Maria Belli-Gontard

Lebenserinnerungen

Maria Belli-Gontard

Lebenserinnerungen

ISBN/EAN: 9783743621466

Hergestellt in Europa, USA, Kanada, Australien, Japan

Cover: Foto ©Raphael Reischuk / pixelio.de

Weitere Bücher finden Sie auf **www.hansebooks.com**

Lebens-Erinnerungen

von

M. Belli-Gontard.

———•◆•———

Frankfurt a. M.

Joh. Chr. Hermann'sche Buchhandlung

Moritz Diesterweg.

1872.

Sämmtlichen

hier und auswärts wohnenden Gliedern

der

Familie Gontard

in

Achtung gewidmet.

Lebens-Erinnerungen.

Nur wenige Worte mögen die Erscheinung dieses Büchleins bevorworten. Was darin meine Person betrifft, geht den kleinsten Kreis der Leser an, schon einen weiteren die Chronik meiner Familie; die übrigen Personen dagegen rechnen auf einige Theilnahme über jene Kreise hinaus. Viele derselben gehören unserer Stadt an, oder traten als ihre Gäste auf, unter ihnen nicht wenige von Bedeutung in Geschichte, Politik, Kunst und Wissenschaft. Ich bescheide mich, nur kleine Züge aus ihrem Leben zu geben; doch mögen diese immerhin als Beiträge zu ihrer Charakteristik und Geschichte gelten. Wenn ich in dem Bilderbuche meiner Vergangenheit bei manchen

Gestalten und Vorgängen mit Interesse verweile, so wollen meine Leser bedenken, wie schwer bei allen unsern Erinnerungen ihr Werth für Andere von den Eindrücken zu scheiden ist, die ein langes Leben hindurch in uns selbst nachklingen.

M. B.-G.

In der Stunde, wo nach uralter Sage die Hexen auf dem Blocksberg ihren Spuk treiben, wurde ich, im Jahre 1788, hier zu Frankfurt a. M. geboren.

Viele Frau Basen, natürlich die Wartefrau Bauheim an der Spitze, schüttelten darob ihr Haupt. Sie meinten, die Kleine käme unter den Einfluß der bösen Geister und könne manches Trübe erleben.

Meine guten Eltern lächelten. Sie dankten dem Himmel für ein gesundes Mädchen. Am 1. Februar 1785 hatten sie sich, aus Neigung, vermählt, und bekamen am 10. November gleichen Jahres einen Jungen. Sie wohnten im ersten Stocke des von Reineck'schen Hauses in der Hasengasse.

Mein Vater hieß „Franz Gontard". Er war ein schöner, großer Mann, mit blondem Haare. Er trug dasselbe nach damaliger Mode gepudert, besaß seelenvolle blaue Augen, eine gebogene Nase, kleinen Mund und prächtige Zähne. Er schonte sie nicht, aß und trank sehr heiß, hatte dabei die Gewohnheit, nach jeder heißen Speise ein eiskaltes Glas Wasser zu trinken. Trotzdem nahm er seine Zähne, in gleicher Schöne, im 70. Jahre mit ins Grab.

1

Er war der Sohn reicher Eltern. Sein Vater starb vor 1785. Seine Mutter lebte länger.

Mein Ur-Ur-Großvater, Herr Peter Gontard, war am 6. Februar 1662 in Grenoble geboren. Er ist am 16. December 1725 zu Frankfurt gestorben. Er verließ in Folge des Ediktes von Nantes Frankreich, vermögend und von Stande (er war Parlamentsrath), jedoch alles opfernd. Er verheirathete sich am 17. Februar 1697 mit Fräulein Sophie von Stein, geboren am 2. Februar 1668 zu Sittard im Herzogthum Jülich. Am 20. April 1702 bekamen sie einen Sohn. Dieser erhielt die Namen „Jacob Friedrich". Er ward der Gründer des Banquier- und Waarengeschäftes „Jacob Friedrich Gontard und Söhne", welches durch seinen Fleiß und seine Redlichkeit bald eines europäischen Rufes genoß. Geschwister hatte er nicht.

Vermählt am 2. April 1726 mit Fräulein Marie Sarasin, geboren am 25. März 1706, ebenfalls Refügiée, hinterließ er vier Söhne, vier Töchter, und jedem derselben entweder ein Haus in der Stadt oder einen Garten, nebst baaren 60,000 Thalern. Ein Vermögen, welches zu jener Zeit ungeheuer war.

Der älteste Sohn, Daniel, war mein Großvater. Heinrich hieß der zweite Sohn. Als Kind gefallen, blieb er klein, verwachsen und häßlich. Der dritte Sohn hieß Alexander, er gründete die Seidenhandlung: „Alexander Gontard und Söhne". Der vierte Sohn hieß Jacob. Dieser hatte einen hochstrebenden, unruhigen Geist. Er ging nach Wien, ward

Associé von Graf Fries, und ließ sich baronisiren mit allen
Ahnen damals lebender Familie und Nachkommen. Das
nöthige Diplom sandte er seinen Brüdern, welche jedoch so
klug waren, nie Gebrauch davon zu machen. Später ging
dieses Diplom verloren. J. Friedrichs älteste Tochter heirathete
Herrn Gogel, und starb kinderlos. Die zweite heirathete
einen Herrn Brevillier, und hinterließ drei Söhne und zwei
Töchter. Die dritte heirathete einen Herrn von Alphen
(Holländer). Sie hatte keine Kinder. Die vierte heirathete
den Grafen von Nesselrode aus Düsseldorf. Sie folgte
ihrem Ehemanne nach Lissabon, wo er russischer Gesandte
war. Der nachmalige russische Staatskanzler war ihr Sohn,
sonst hatte sie keine Kinder. Das portugiesische heiße Klima
sagte ihr nicht zu; sie starb früh. Ihr zehnjähriger Sohn
kam hierher, um bei meinem Großonkel Heinrich mit dessen
Söhnen erzogen zu werden.

Ein Oelbild in Lebensgröße, von Meisterhand in Frankreich gemalt, zeigt Herrn Peter Gontard, einen sehr schönen
Mann, mit freundlichem, intelligentem Ausdrucke, blauen
Augen, schöner Nase und Mund, dabei frischer Farbe. Die
Allongenperrücke gehört zu ihm, wie überhaupt sein ganzer
Anzug geschmackvoll und reich ist: ein brauner Sammtrock
mit goldnen Knöpfen und Brandebourgs geziert, eine gestickte
weiße Atlasweste, niedrige Halsbinde, Jabot und Manschetten
von Spitzen.

Frau Peter Gontard ist von keinem ausgezeichneten
Künstler, ebenfalls Lebensgröße, gemalt. Dem Bilde nach

muß sie nicht schön gewesen sein. Ein gutmüthiger Zug um den Mund ist das einzige Hübsche, was sie hatte. Ihre Augen sind schmal geschlitzt und so zusammengezogen, wie man es zuweilen bei Kurzsichtigen trifft. Die Haare sind nicht gepudert, dunkelblond, und die Frisur hat mit der, wie sie junge Mädchen vor einigen Jahren trugen (ohne den abscheulichen Chignon), viel Aehnliches. Auch ihre Kleidung ließe sich mit der heutigen Mode vergleichen, ohne entstellende Crinoline. Beide Physiognomien, Mann und Frau, tauchten in späterer Generation nur einmal wieder auf. Ich werde seiner Zeit darüber berichten.

Das Aeußere meines Vaters habe ich angegeben, allein noch nicht von seinem Charakter gesprochen. Er war ein Ehrenmann im vollen Sinne des Wortes. Verstand, viele Kenntnisse (er sprach und schrieb französisch, englisch und italienisch gleich seiner Muttersprache), Redlichkeit und Güte, alle diese Eigenschaften besaß er. In der Literatur war er wohl bewandert. Er ging mit dem Geiste der Zeit vorwärts, und bis ans Ende seines Lebens schaffte er stets gute, neue Schriften an. Religiös in hohem Grade, hatte er gegen Katholiken Abneigung. Meine Großeltern wurden zuerst durch die Geburt eines Sohnes erfreut, welcher bald starb. Das zweite war ein gesundes Mädchen. Darauf kam mein Vater zur Welt. Er blieb längere Zeit der einzige Knabe, gesund, schön und frisch. Deßwegen ward er von den Großeltern verzogen, und dieses hing ihm sein ganzes Leben an. Trotz großer Güte ist er etwas herrisch

gewesen, von festem, unabänderlichem Willen. Die Dienstboten wurden von ihm gut gehalten; allein selten sprach er
mit ihnen. Die Mutter mußte die Vermittlerin machen,
geschah es dennoch einmal, so sprach er mit weicher, bittender
Stimme, und nie ohne die Benennung: mein Kind, sei es
so gut u. s. w. Die männlichen Dienstboten wurden damals
„Er" genannt, die weiblichen „höre Sie".

Meine Mutter, eine geborene Wichelhausen, stammte von
mütterlicher Seite aus Holland. Auch sie hatte das Glück,
brave, wohlhabende Eltern zu besitzen. Ihre Erziehung und
ganze Lebensweise war einfacher gehalten wie im Hause
Gontard, allein sie besaß einen gebildeten Verstand. Sprach-
und Literaturkenntnisse gleich meinem Vater besaß sie nicht,
jedoch verheirathet, eignete sie sich diese an. Ich besitze
Briefe meiner Mutter, wahre Musterbriefe. Mit wenig
Worten mußte sie sich deutlich auszusprechen. Sie betete
ihren Mann und ihre Kinder an, lebte nur für uns, ohne
im Entferntesten uns zu verziehen. Mit ernsten Worten
strafte sie; ihre Heiterkeit, einige freundliche Worte, waren
unser höchster Lohn. In unserer großen Familie liebte man
sie bis ans Ende ihres Lebens.

Ihre seltene Schönheit richtig zu beschreiben, erforderte
Kunst. Von mittlerer Größe, hatte sie einen feinen, und
dennoch vollen Wuchs. Die Formen ihrer Büste, Nacken
und Arme waren von ungemeiner Schönheit. Ihr kleiner
Fuß war berühmt. Sie besaß schwarze Haare, blaue Augen
mit prachtvollen Brauen und Lidern geziert, eine kleine

griechische Nase, untadelhaften Mund und Kinn, die Haut
weiß und glänzend wie Atlas, dabei von frischer, schöner
Farbe. Ich besitze zwei Miniaturbilder meiner Eltern aus
dem Jahre 1785, nach ihrer Vermählung; von Ehrmann,
einem berühmten Meister, gemalt. Diese Bilder erregen
heute noch Bewunderung.

Meine Erinnerungen (so unglaublich es scheinen mag),
fangen von meinem zweiten Jahre, bei der Taufe meines
zweiten Bruders 1793, an. Die Wartefrau Rothin nahm mich
auf den Arm, um dem Herrn Pfarrer Bechtold entgegen zu
gehen. So wie ich aber diesen sah, fing ich an zu weinen
und rief: Ah, Buh! der schwarze Mann! Alles Andere ist
in meinem Gedächtnisse bis zu einer späteren Periode ver-
wischt. Wir zogen hinter den Römer, in den noch jetzt sogenannten Mohrenkopf No. 5, welches Haus meinem Großonkel, dem Baron, gehörte. Dort wohnend, sahen wir Kaiser
Franz II. gekrönt. Mich nahm der Bediente auf den Arm.
Er trug mich zu der Großmutter Gontard unter die neue
Kräme (zum großen Kaufhause) No. 7, wo die Handlung
war. Bei dieser Krönung machte der goldene Wagen,
in welchem der Kaiser saß, einen lebhaften Eindruck auf
mich, so daß ich denselben im Jahre 1845 in Wien wieder
erkannte. Einige Zeit nachher vergoß ich die ersten schmerz-
lichen Thränen. Meine Eltern waren ausgegangen und ließen
eine Nähterin, Margaretha Schäffer, zu unserer Aufsicht.
Sie zog frische Vorhänge über eiserne Stangen. Wir Kinder
spielten um sie, da ergreift plötzlich mein ältester Bruder

Friedrich eine der Stangen, und diese fällt, durch eine un=
geschickte Wendung, der Schäffer auf den Vorderkopf und
schlägt eine Verletzung. Sie weinte sehr und drohte (zur
Warnung für die Zukunft), den Kleinen bei dem Bürger=
meister zu verklagen: der würde ihn eine lange Zeit bei
Wasser und Brod ins Gefängniß sperren lassen, ohne daß
unsere Eltern im Stande seien, dieses zu verhindern. Wir
Geschwister liebten uns sehr. Was den Einen traf, traf
uns Alle. Unser Schmerz war grenzenlos. Nachdem der
Schäffer die Strafe für Friedrichs Unvorsichtigkeit groß ge=
nug schien, lenkte sie ein. Sie gab unsern Bitten nach, bei
der Obrigkeit nichts anzuzeigen. Den Eltern wurde es aber
gesagt, und Friedrich bekam einen derben Verweis. Der
Bruder meines Vaters, Onkel Cobus, hatte sich ebenfalls
verheirathet mit Fräulein Süsette Borkenstein aus Hamburg.
Er bekam einen Sohn, Heinrich, und drei Töchter, Henriette,
Helene und Amalie. Mein Vater und dieser Onkel miethe=
ten in Oberrad auf dem Gute des Herrn von Bassompierre
(nun Eigenthum des Herrn Karl Grunelius = St. George).
Das Haus, welches noch steht, ist dasjenige, worin nun der
Gärtner wohnt. In den zweiten Stock schlug vor mehreren
Jahren der Blitz ein, er brannte ab. Statt dessen ward
nur ein Dach wieder aufgesetzt. Von jenem Zusammen=
wohnen ist mir noch einiges erinnerlich. Herr Bassompierre,
ein alter Herr, ein Holländer, welcher stets rauchend im
bunten, seidenen Schlafrocke promenirte, gab uns öfters Obst.
Wenn wir Kinder recht geschickt gewesen, nahm er uns mit

an den Weiher des Gartens, sobald gefischt oder gekrebst
wurde. Auch wir Kinder wünschten auf einem dunkeln Vor-
platze im Hause den Main herzustellen. Wir beeilten uns
Alle, Wasser auf den Ort zu gießen, es kam uns nicht
darauf an, von welcher Art. Bald entdeckte man jedoch
unser Unternehmen. Wir wurden bestraft. Mein Cousin
Heinrich hatte die üble Gewohnheit angenommen, trotz allen
Verbotes, Stückchen Holz in den Mund zu stecken. Eines
Tages that er es mit einer spitzen Gerte. Er fiel und stieß
sich damit ein Loch in die Backe. Nach großen Schmerzen
ward er zwar wieder geheilt, allein eine rothe Narbe, Sechs-
kreuzer groß, entstellte sein sonst schönes Gesicht.

Schon in Oberrad hörten wir die Eltern den Entschluß
aussprechen, eine Gouvernante für uns anzunehmen. Charlotte, eine junge Wittwe aus Sachsenhausen, unsere Kinderfrau, welche gewiß für unser körperliches Wohl besorgt war,
und welche wir sehr liebten, freute sich nicht dieses Vor-
habens. Sie malte uns die Zukunft trübe aus. Der Gedanke, unsere Freiheit durch Lernen zu verlieren, machte
keinen guten Eindruck auf uns; wir sahen mit Betrübniß
der Ankunft unserer Gouvernante entgegen.

Meine Eltern waren so glücklich, Fräulein Elise von
Retzer aus Bern, die Tochter einer zurückgekommenen Pa-
trizierfamilie, zu wählen; ihre jüngere Schwester, Marie,
kam später zu meinem Onkel Cobus-Borkenstein.

Noch sehe ich ihr Eintreten. Wir wohnten wieder in
der Stadt, waren eben fertig mit dem Frühstücke. Die

Mutter hing das feuchte Taffentuch über eine am Ofen befeftigte Gallerie auf, da fuhr der Wagen an. Bald darauf trat fie ins Zimmer. Scheu wichen wir vor ihr zurück, jedoch bald faßten wir Neigung zu ihr, troß der Kinderfrau, troß Lernen und Auffsicht. Sie war gescheidt und gutmüthig. Bis kurz vor ihrem Tode ftand ich mit ihr im Briefwechfel.

Unfere chère amie (fo nannten wir Elife), war unter= fetzt, aber gut gebaut. Ihr Geficht gehörte nicht zu den hübfchen. Sie hatte fchöne Augen, einen frifchen Teint und angenehmen Ausdruck. Ihre jüngere Schwefter war eine Schönheit, befonders erinnere ich mich ihres wunderfchönen hellblonden Haares, welches fich natürlich lockte. Wir lernten fehr bald franzöfifch bei der chère amie, und fprachen es fo gut wie deutfch.

Bald nach der Ankunft der Fräulein Meßer langte der König von Preußen, Friedrich Wilhelm II., 1792 hier an, mit dem Kronprinzen, Prinz Louis Ferdinand, und einem großen Gefolge von Offizieren, Kavalieren, nebft einigen Regimentern Soldaten. Die Preußen wurden bei den Bür= gern einquartiert. Meinen Eltern ward Graf Lehndorf nebft mehreren Bedienten zu Theil. Er war Adjutant des Königs und ein zu allen tollen Streichen aufgeweckter Herr. Der König wohnte mit feinen Prinzen im Rothen Haufe (nun Poftgebäude auf der Zeil). Einen deutfchen Bund hatten wir freilich nicht, aber wir hatten damals in Frankfurt viele reiche Kaufleute. Die Preußen fah man als Retter des Vaterlandes an. Außer dem Könige, welcher keine Einladung

annahm, lud man sie in alle Häuser ein. Beinahe täglich kam
der Kronprinz zu uns. Lebhaft erinnere ich mich, daß wir drei
Geschwister zusammen stets auf seinen Knieen saßen, wobei er
tausend Späße mit uns trieb. Prinz Louis Ferdinand war uns
zu toll. Er zog oft den Säbel; wir fühlten mehr Furcht
als Liebe zu ihm. Graf Lehndorf trieb es am ärgsten.
Wir versteckten uns vor ihm. Einmal ließ er durch den
Conditor des Königs eine Menge Zuckerwerk mit Kalmus
gefüllt verfertigen, womit er seine Bekannten beschenkte. Die
Promenade um die Stadt war zu der Zeit äußerst schmal,
sie bestand nur aus einer Lindenallee. Der König ging
täglich von 11 bis 1 Uhr spazieren in Begleitung eines
Adjutanten, eines Jägers und mehrerer großer schöner Wind=
hunde. Oft blieb er bei uns stehen, fragte mancherlei und
beschenkte uns zuweilen mit Papilloten, welche er in der
Tasche trug. — Einmal hatte es den ganzen Abend und
die Nacht stark geregnet. Koth und Pfützen auf der Chaussee
um die Promenade gab es reichlich. Als das Wetter sich
gegen Morgen besserte, ging der König spazieren. Bei solcher
Gelegenheit gab es für Graf Lehndorf einen Verweis.
Dieser ritt um die Promenade. Offiziere und sonstige Reiter
fielen gewöhnlich in Schritt oder parirten ganz an, wenn
sie in die Nähe des Königs kamen. Lehndorf ritt aber
vollen Laufes bei dem Könige vorüber. Wenn auch die
Majestät nicht gerade besudelt wurde, so spritzte dennoch der
Koth nach allen Richtungen hin. Der König gab ihm meh=
rere Tage Haus= und Stubenarrest. Eine große Strafe

für einen heißblütigen jungen Mann! Er entschuldigte sich damit bei dem Monarchen: er habe ihn nicht gesehen, sein Pferd sei ihm durchgegangen! — Nun, rief die Majestät, da müßte man ja denken, Lehndorf sei am Erblinden, mich, den starken, großen Mann nicht zu sehen, und Pferde, welche durchgehen, verbiete ich, um die Promenade zu reiten.

Unserer Wohnung gegenüber lebte die Familie Volz. Mit deren Kindern spielten wir zuweilen, allein sehr bald ward dieses Haus an Frau von Bethmann von Bordeaux verkauft.

Ein Onkel von Moritz von Bethmann (dem allgemein geliebten Volksfreunde), hatte sich als Weinhändler in Bordeaux etablirt. Er verheirathete sich, verlor aber seine Frau sehr bald. Eine Tochter, einziges Kind, brachte er später zur Erziehung zu seiner Schwägerin nach Frankfurt. Das junge Mädchen gewann eine Vorliebe für diese Stadt, kehrte jedoch nach vollendeter Erziehung nach Bordeaux zurück. Dort vermählte sie sich mit Herrn Metzler von hier. Der junge Mann bekam das Geschäft seines Schwiegervaters. Die Bedingung dieser Ehe war: künftig den Namen Metzler-Bethmann anzunehmen. Zwei Söhne und zwei Töchter stammten aus dieser Ehe. Frau von Bethmann hatte stets deutsche Dienstboten. Sie sprach diese Sprache mit ihren Kindern. Nach dem Tode ihres Mannes übergab sie ihrem ältesten Sohne die Führung der Handlung in Bordeaux, und erfüllte ihren längst gehegten Wunsch, mit ihren beiden Töchtern und ihrem jüngsten Sohne nach Frankfurt überzu=

fiedeln. Sie war eine große Freundin von Bauen, ließ demnach sogleich an ihr Vorderhaus noch ein Dreieck bauen (dieses Haus steht in der Buchgasse und gehört dem Weinhändler Weydt). Ferner besaß sie die grüne Burg (nunmehr Baron Anselm von Rothschild gehörend), und einen Garten an der Windmühle. Ihre älteste Tochter, Sophie, war eine ausgezeichnete Schönheit, schlank und dennoch voll, begabt mit Witz, Heiterkeit, Verstand und Herzensgüte. Der König von Preußen, Friedrich Wilhelm II., hatte sie mehrere Male gesehen, und bewies ihr seine Zuneigung in auffallender Weise. Mutter und Tochter berührte dies peinlich. Der hannöver'sche Resident in Frankfurt, Herr Joachim von Schwarzkopf, warb um sie. Sie wurde seine glückliche Gattin. Er legte seine Stelle nieder und lebte von da an auf einem Gute bei Hannover.

Das zweite Fräulein von Bethmann, Jenny, war keine Schönheit gleich ihrer Schwester, doch gefiel sie allgemein. Sie war bleich und nicht groß, hatte aber seelenvolle Augen und schönes hellblondes Haar. Sie besaß zwei Talente: sie war Meisterin auf der Harfe und eine geschickte Malerin. Der junge Baron von Edelsheim, Sohn des badischen Oberhofmeisters, verliebte sich in sie. Obgleich, aus Adelstolz, sein Vater diese Heirath nicht gerne sah, willigte er dennoch später ein. Sie wurden Brautleute. Edelsheim ging auf sein Gut nach Büdesheim, um alles zur Aufnahme seiner jungen Frau einzurichten. Frau von Bethmann hatte auch noch manches zu besorgen. In dieser Zeit erkrankte Jenny.

Zuerst ward ihr Zustand für Nervenschwäche gehalten, allein leider verschlimmerte sie sich täglich. Ein heftiges Nerven= fieber zerstörte bald alle Hoffnung; ihr Tod erfolgte so schnell, daß der arme Bräutigam sie schon im Sarge fand. Dieser Tod machte einige Zeit Eindruck auf uns Kinder. Wir hörten so viel davon reden und sahen viele Thränen darüber vergießen. Bei Kindern haftet der Schmerz jedoch nicht lange, auch wir waren bald wieder durch andere Dinge beschäftigt. Wir hatten an dem Hause unserer Wohnung einen Ueberbau, welcher den kleinsten Theil des Hofes be= deckte. Eine überwölbte Gallerie, an den Küchenfenstern vorbei, führte dahin. Sie war der Eingang zu dieser Altane. An ein halb gedecktes Berceau von Latten, welches sich darauf befand, wurden in mit Erde gefüllten Kasten im Frühjahre Speclilien und Blumenbohnen gepflanzt, um etwas Grünes zu sehen, auch des Schattens wegen. An der Ecke, nach der kleinen Straße zu, stand der Schornstein der darunter befindlichen Waschküche, welcher von uns be= wundert ward; am meisten, wenn er rauchte. Dieser Schorn= stein hatte seine eigene Bauart, er war säulenartig. An der Oeffnung befand sich eine zulaufende Art von Krone; der Schornstein steht noch, jedoch verändert.

Den Altan benutzten wir zum Spielen, und ich denke mit Wonne jener glücklichen Zeit. Leider trat in diese Lust ein heftiger Schmerz, besonders für mich, ich dachte damals, jede Freude des Lebens sei für immer verloren.

Uns berührte die allbekannte Geschichte Friedrichs des

Großen, welcher einst in seinem Vorzimmer den wachhabenden
Pagen eingeschlafen fand, aus dessen Weste ein angefangener
Brief an seine Mutter heraus sah, in dem er meldete, daß
er sich unglücklich fühle, ihr trotz der höchsten Sparsamkeit
noch immer kein Geld senden zu können. Der König steckte
dem treuen Sohne bekanntlich seine mit Gold gefüllte Börse
in die Westentasche, ging in sein Zimmer zurück, um dem
Pagen zu klingeln. Letzterer trat bestürzt vor den König,
warf sich ihm zu Füßen, um Verzeihung wegen seines
Schlafes zu erflehen. Er sprach noch die Bitte aus, Se.
Majestät möge eine Untersuchung wegen der Börse verfügen,
da er fürchten müsse, einer seiner Feinde wolle ihn ver=
dächtigen. Der König sorgte von da an väterlich für den
Pagen. Später avancirte dieser zum Major und bekleidete
längere Zeit eine Hofmeisterstelle bei dem kleinen Kron=
prinzen. Er hieß „von Malchitzky". Auch er befand sich
damals 1792 unter des Königs Gefolge hier. Klein von
Statur, war sein Wuchs untadelhaft. Sein freundliches
Gesicht zierten stets rothe Wangen; man nannte ihn deß=
wegen scherzweise „den Borsdorfer Apfel". Bei meinen
Eltern eingeführt, kam er bald täglich, und da Elise von
Netzer und er sich genauer kennen lernten, bat er um ihre
Hand. Ich war ihm sehr gut, und besitze noch folgende,
bei der Uebergabe von Charpie für ihn geschriebene Worte:

Voilà de la charpie,
De votre chère Mimi.

„Marie" war mein Taufname, allein da meine Pathin, eine

Schwägerin meiner Mutter, den Wunsch aussprach, ich solle „Mimi" genannt werden, geschah es. Zu meinem Entsetzen hörte ich später, mich „Miche" von meiner Pathe rufen.

Malchitzky hatte die Zusage der chère amie erhalten. Er ging nach Berlin, seine Wohnung zu deren Empfang einzurichten. Wir Kinder hatten keine Ahnung von dem Verluste, welcher uns treffen sollte.

Mehrere Jahre später verlobte sich auch die Schwester der chère amie mit dem Herrn Baron Rübt-Collenberg, einem reichen, jungen badischen Offiziere. Nach der Vermählung quittirte er, und bezog ein Gut in Bübigheim. Nach einigen Wochenbetten kränkelte sie; durch Nervenzufälle ward der Aermsten Leben ein trauriges.

Im Frühjahr bezogen wir das Barkhausische Gut „den Finkenhof", worin wir auch den Winter und den darauf folgenden Sommer blieben. Das alte Haus No. 22 und 24 steht noch mit seinen steinernen Figuren außer diesem ist alles gewandelt. Das Gut fing hinten, an dem jetzigen Bornwiesenweg an, und endete am Eingange der Finkenhofstraße in die Eschenheimer Landstraße. Die Breite war von dem Hause No. 28 an der genannten Chaussee, bis zu dem Hause No. 38 bis 42. In der Mitte dieser Besitzung führte ein breiter Weg, auf beiden Seiten mit Kirschbäumen bepflanzt, bis in die Gegend des Hauses. Dicht an der Stacketenwand, welche die Nebengärten trennte, waren schmale Wege. Nach vorn an der Landstraße befanden sich große, dicht mit Buchenholz bewachsene Lauben. Diese waren so

unburchbringlich, daß meine Mutter in die eine unsere Babe-
wanne stellen ließ; bei schönem Wetter badeten wir. Der
andere Theil der Besitzung war in Felder eingetheilt und
mit Gemüse, Korn, Kartoffeln u. s. w. angepflanzt. Ein
dichtes Gebüsch, ebenfalls von Buchen, befand sich dem Wohn-
hause gegenüber. Wir erlebten dort das Bombardement von
Mainz. Bei Nacht sah man die Bomben fliegen und den
Widerschein des Feuers.

Die französische Revolution mit ihren Gräueln, auch angestrengte Arbeit, hatte auf meinen armen Vater einen so
heftigen Eindruck hervorgebracht, daß er melancholisch warb.
Der Arzt verordnete Landleben; auch mußte er sich ein Pferd
halten, um viel zu reiten. Um Geschäfte durfte er sich nur
wenig kümmern. Seinen Kindern zeigte er stets die höchste
Freundlichkeit. Jedesmal wenn er ausritt, nahm er eins
von uns Kindern abwechselnd auf das Pferd bis zum Ausgange. Da leider sein Zustand sich nicht besserte, hielt der
Arzt eine Badekur in Pyrmont für geeignet. Die zweite
Schwester meines Vaters, Marie, an Herrn Schönemann
im Jahre 1786 verheirathet, ging ebenfalls mit ihrem Mann
und ihrer kleinen Tochter dorthin. Meine Mutter und mein
ältester Bruder, Friedrich, reisten mit dem Vater. Wir beide,
mein jüngster Bruder, Wilhelm, und ich blieben unter Aufsicht der chère amie. Sie hatte ihre Vermählung verzögert,
um meine Mutter in ihrem Mißgeschicke nicht zu verlassen.
Anfänglich schien das Bad gut auf meines Vaters Zustand zu wirken, jedoch trat leider ein Fall ein, welcher das

Gegentheil bewies. Er sprach den Wunsch aus: alle an=
ständigen Leute im Bade zu einer Gesellschaft einzuladen.
Karten wurden zur Einladung herum geschickt. Den Schloß=
garten hatte er sich dazu erbeten. Als er jedoch am be=
stimmten Tage dem Schloßcastellan befahl, die Stühle und
Tische wegzubringen, statt dessen Heuhaufen hinzulegen,
auch den Fröschen des nahen Teiches das Quaken zu ver=
bieten, ward sein Zustand erkannt. Es gelang seiner Um=
gebung ihn zur Rückreise zu bewegen. Er kam in Auf=
regung hier an. Dr. Ehrmann, sein Arzt, erklärte, daß
keine Heilung möglich sei, so lange er sich in der Umgebung
der Seinigen befände, wo Niemand den Muth habe, sich
seinen Einfällen zu widersetzen.

In Dorheim wohnte der Amtmann Zahnschlüpfer, be=
freundet mit der Familie Gontard; er erbot sich, da mein
Vater Schwalheimer Brunnen trinken sollte, ihn aufzunehmen.

Unter dem Vorwande, des kranken Mutter und Frau
wünschten noch einmal nach Pyrmont zu gehen, bestimmte
man ihn zur Reise. Dieses Mal ward ich, auf des Vaters
Wunsch, mitgenommen. Auch Joujou, der kleine Lieblings=
hund, mußte mit.

Ich begriff den eigentlichen Zustand des Vaters nicht.
Die trüben Gesichter meiner Großmutter und Mutter be=
fremdeten mich, jedoch der Muth fehlte mir, nach der Ur=
sache zu fragen. Den Vater sah ich stets heiter und lustig,
ihn, der früher so ernst und eigenwillig war.

Wir fuhren nach Tische ab. Der Weg sollte über

Friedberg gehen. Wir blieben über Nacht dort. Wie zu=
fällig fanden sich am Morgen bei dem Frühstück in Fried=
berg zwei Freunde meines Vaters ein. Der eine war Herr
Gogel und der andere Herr Jacob Gontard=Wichelhausen,
Schwager und Cousin des Kranken. Sie mußten den Pa=
tienten zu einem Spaziergange nach Dorheim und an den
Schwalheimer Brunnen zu bereden. Als sie ihm aber all=
mählich beibrachten, er solle eine Zeit lang seiner Gesundheit
wegen in Dorheim wohnen, ohne seine Mutter, ohne Frau
und Kinder, da brach seine Heftigkeit erschreckend aus. Auf
das Versprechen, er solle noch heute mit den Seinigen in
Friedberg zu Mittag speisen und dann nach Frankfurt zu=
rückkehren, wolle er sich dort den Anordnungen des Dr. Ehr=
mann unterwerfen, willigte er in Alles.

Dr. Ehrmann hatte unterdessen von Frau von Beth=
mann höchst freundlich das Wohnhaus auf der „grünen
Burg" angeboten bekommen. Das Haus stand dicht bei
dem Weiher und war einstöckig. Das Parterre hatte einen
gelben Anstrich und das Dach war mit Schiefer gedeckt, wie
zu jener Zeit die meisten Gartenhäuser. Mein Vater bezog
beruhigt diese Wohnung. Jedoch konnte er die Trennung
von den Seinigen nicht lange ertragen. Er gerieth in einen
Zustand, wobei die strengsten Mittel angewendet werden
mußten. Dr. Ehrmann war so klug, sich ihm nie als Zucht=
meister zu zeigen. Dem nöthigen Wärter ward alles Unan=
genehme zugeschoben, es war dies ein Chirurg. Ehrmann ließ
denselben in preußische Uniform stecken. Acht Wochen dauerte

die Cur. Welchen Eindruck der Chirurg auf den Kranken machte, beweist ein späteres Billet, das er an seinen Schwager Schönemann geschrieben. Dieses lautete:

„Ich schmeichle mir, lieber Schönemann, daß meine Krankheit, durch die niederträchtige Behandlung eines Teufels von Chirurgen, im Dienste Sr. Majestät des Königs von Preußen, hervorgebracht, nicht unsere Freundschaftsbande gelöst, welche zu innig und fest, um durch eine Begebenheit zu leiden, welche durch all zu angestrengte Arbeit entstanden ist.

„Meine Mutter kömmt heute Abend zum Thee bei uns. Wenn Du, Deine Frau und Tochter, nichts Besseres habt, so erfreuet mich durch eure Gegenwart und verschafft mir die Beruhigung, euch mündlich die Versicherung meiner Achtung und meiner unerschütterlichen Anhänglichkeit zu geben.

Sonntag, 12. October 1794. Franz Gontard.“

Der Vater durfte im Frühjahre 1795, mit Mäßigung, seine Comptoirarbeiten wieder beginnen.

Wir Kinder waren damals noch zu jung, als daß diese Begebenheit auf uns einen besonderen Eindruck gemacht hätte.

Mein Vater ward merklich davon berührt. Er war so herzensgut, allein die Furcht eines Rückfalles ließ ihn oft kalt und theilnahmlos erscheinen, nur um Unangenehmes von sich zu entfernen. Er ward oft falsch beurtheilt, von Menschen, die nicht wußten, wie sorglich er die Regungen seines Herzens zu bewachen hatte.

Meine Mutter stand als Engel neben ihm, sein Wille,

sein Wunsch, war auch der ihre; er erkannte stets, welchen
Schatz er an ihr besaß, und trug sie, nach seiner Weise, auf
den Händen.

Nach des Vaters Genesung zogen wir im Winter einige
Monate vor das Bockenheimer Thor No. 12 in den Garten des Herrn Schöff Stock. Damals besaßen die Eigen-
thümer der ganzen Gartenreihe noch nicht das Feld vor
ihren Gärten bis zur Chaussee. Diese Felder waren theils
mit Klee, Hafer, Kartoffeln u. s. w. bepflanzt. Eine Vicinal-
chaussee führte längs der Gärten hin bis zu Malapert's
Gut. Der Weg war besonders im Winter von Spazieren-
gehenden besucht; denn durch die Wände der Gärten war
er gegen Norden geschützt. Man nannte ihn öfter: chemin
de Nice.

In diesem Garten erfuhren wir Kinder, daß unsere
chère amie uns verlassen würde. Bald sollte ich das that-
sächlich erleben.

Sie reiste nach Leipzig zu einer Freundin. Von Malchitzky
kam von Berlin ebenfalls dahin, dort war die Hochzeit.
Die Eltern und wir begleiteten die Braut bis Hanau, aßen
da im „Kalten Bade" am Kanalthor zu Mittag. Nach
Tische fuhr sie, unter Thränen von ihrer und unserer Seite,
ihrer neuen Bestimmung entgegen. Die Rückfahrt heiterte
uns Kinder zwar wieder auf, allein zu Hause angekommen,
fühlte ich die ganze Größe meines Verlustes. Ich klammerte mich mit meinen kleinen Händen fest an das Treppen-
geländer. Ich wollte nicht essen, nicht schlafen gehen, ich

dachte, sie hier wieder zu erwarten. Des Vaters eisernen Kopf hatte ich geerbt, und war deßwegen oft recht schwer zu behandeln. Mit Gewalt löste der Vater die Hände und trug mich zu Bette. Mit Thränen und Müdigkeit kämpfend, schlief ich endlich ein. Es dauerte längere Zeit, bis mir Trost ward.

Noch habe ich meiner guten Großmutter nicht erwähnt ebenso meiner Brüder. Es ist an der Zeit, von ihnen zu berichten. Die Großmutter, geb. d'Orville (ebenfalls réfugiée), war eine Schönheit. Man sah es noch in ihrem Alter. Ein Oelbild in Lebensgröße zeigt ein reizendes Gesicht und schönen Wuchs. Drei Söhne und drei Töchter hatte sie geboren, von welchen der ältere bald starb. Ihre älteste Tochter Helene heirathete Herrn Wilhelm Manskopf, die zweite Marie, Herrn Schönemann, Bruder von Goethe's Lili. Die jüngste, Margarethe, starb unvermählt. Die Großmutter hatte die ältesten Kinder aus der Taufe gehoben, und soll eine gute, aber eigene Frau gewesen sein. Ich stand nicht in Gunst bei ihr. Mein tolles Wesen und Eigensinn waren wohl der Grund hiervon. Von ihr erhielt ich die erste Ohrfeige. Da wir Kinder größer wurden, kamen wir selten zu ihr. Sie regalirte uns stets mit großmütterlicher Freigebigkeit; die Folgen davon blieben nicht aus; deßwegen durften wir nur mit den Eltern hingehen. Ju späteren Jahren kränkelte sie beständig und konnte Kinderlärm nicht ertragen. 1798 verließ sie ihre Wohnung unter der neuen Kräme, tauschte mit dem Vater, bezog den Mohren und

wir das Handlungshaus. Im März 1800 starb sie nach
längerer Krankheit. Daß sie an der Windmühle Sommers
in ihrem Garten wohnte (er gehört nun Herrn de Bary=
Gontard) und wir dort Karoussel fuhren, davon habe ich
noch Erinnerung. Auch einer Weihnachtsbescheerung denke
ich noch. Mein Bruder Fritz bekam einen Park mit einem
Wohnhaus. Der Inbegriff alles Schönen war ein Weiher
von einer Spiegelscheibe nachgemacht, mit zuckernen Schwänen
und Enten darauf. Bruder Willi bekam einen Pferdestall
mit vier Pferden, Kutscher, Reitknecht, Heuboden und allem
Zubehör. Ich erhielt eine Puppenstube mit Figuren darin,
die Großmutter nebst Eltern und Tanten vorstellend. Am
schönsten fand ich einen rothen hessischen Husarenoffizier (Herrn
von Schlotheim), welcher längere Zeit bei der Großmutter ein=
quartiert gewesen. Wir Kinder hatten mit ihm Freundschaft.

Des Kutschers meiner Großmutter und der Equipage
entsinne ich mich ebenfalls. Im Winter war es eine sechs=
sitzige Familienkutsche, im Sommer ein solcher Phaeton. Der
beiden schweren schwarzen Pferde gedenke ich auch. Mattern,
so hieß der Kutscher, machte stets ein brummiges Gesicht.
Wir fürchteten uns vor ihm. Selbst wir Kleinen mit unsern
neckischen Streichen waren nie im Stande, ihn zum Lächeln
zu bringen. Alle Kinder der Großmutter bedienten sich seiner
zum Fahren, was ihn oft bitterböse machte. Einst nahm
ihn eine Gesellschaft, von der Großmutter gegeben, seiner
Meinung nach, zu sehr in Anspruch. Frau Manskopf fuhr
zuletzt, sie wohnte am Goetheplatz No. 13. In der Weiß=

ablergasse hielt Mattern an, stieg ab und erklärte der ge-
putzten Dame, er könne nicht weiter fahren, seine Pferde
seien zu müde, er fahre direkt zu dem Stalle, zum weißen
Hirsche. Alles Protestiren, Drohen u. s. w. half nichts.
Um keinen Straßenskandal herbeizuführen, mußte sich die
Dame zum Aussteigen bequemen.

Am 1. Juli 1795 machte die ganze Familie Gontard
eine Partie auf den Feldberg. Mattern ließ sich das nicht
nehmen, den Zug der Wagen anzuführen. Da mein Onkel
Gontard-Borkenstein damals den Sommer in Hausen wohnte,
wir aber zu Bockenheim, so ward der Weg bei der Rückkehr
am späten Abend von Rödelheim nach Hausen eingeschlagen.
Der Himmel hatte sich mit Wolken bedeckt; es war sehr
dunkel. Plötzlich stehen die Pferde von Mattern still; er
peitschet und darauf steigt er ab, die Ursache zu finden. —
Einen Schritt, und die klugen Thiere so wie Alle im Wagen
wären verloren gewesen. Mattern, anstatt den Feldweg zu
verfolgen, war auf Aecker gerathen, die Equipage stand am
Rande eines tiefen Abgrundes, nahe der Mühle von Hausen.
Eine Höhlung bestehet dort noch. Ich fahre nie ohne Schaudern daran vorbei, Gott dankend, daß er unsere Eltern damals erhalten.

Mein ältester Bruder Friedrich ward Fritz gerufen. Er
war ein hübscher, kräftiger, gesunder Junge, eher untersetzt
wie groß. Früh entwickelte er viel Fassungsgabe, war heiter,
munter und gutmüthig, ausgelassen und toll niemals. Auf-
brausend und heftig, gingen diese Wallungen so schnell vor-

über, wie sie kamen. Meist bereute er, was seine Leiden=
schaft gethan.

Mein zweiter Bruder, Wilhelm, ward Willi gerufen.
Ein schöneres Kind wie er, habe ich nie wieder gesehen. Er
war groß, schlank und dabei voll. Seine dunkelbraunen Haare
lockten sich, dabei war er stets munter. Nichts konnte seinen
Humor stören. Gabe zum Lernen hatte er wenig, allein
seine Witze und Güte machten ihn zum allgemeinen Liebling.
Er ist der Einzige in der Familie Gontard gewesen, welcher
unserem Ur=Ahn ähnlich sah.

Von mir kann ich nicht viel Gutes sagen, ausgenommen
daß ich bildschön gewesen sein soll. Längere Jahre blieb ich
das einzige Töchterchen. Ich wurde deswegen, trotz meiner
vielen Fehler, mit etwas mehr Nachsicht wie die Brüder
behandelt. Wenn ich ernstlich wollte, begriff ich leicht; allein
der Wille war nicht immer vorhanden. Gutmüthig bin ich,
wie wir alle, aber eigensinnig und leicht verdrossen. Ich hatte
die unbegreifliche Gewohnheit des Schmollens. Dieses dauerte
gegen meine Brüder, bis es mich selbst langweilte, da kam
ich gewöhnlich ins Lachen und machte wieder meine Streiche.
Das kleine Gedicht:

> „Marie war ein wildes Kind,
> Fast wilder noch als Knaben"

u. s. w. war wie an mich gerichtet. Ich übertraf im Laufen
und Springen bei weitem meine Brüder, hatte im Gehen
und Rennen eine seltene Ausdauer. Freilich sah auch meine
Toilette danach aus. Die Brüder haschten mich, die Falten

des Kleides waren meistens ausgerissen, die Haare zerzaust. Ich bekümmerte mich darum nicht. Alle Vorstellungen, Beschämungen u. s. w. halfen nicht. Kam Besuch zur Mutter, der mich sehen wollte, so mußte ich erst einer Revision unterzogen werden, ob mein Aeußeres nicht gar zu übel sei. Meist ward ich mit Protest zurückgeschickt.

Einst fuhr meine Mutter Schlitten. Diesen sehe ich noch vor mir: ein goldner Löwe vorn, eine prachtvolle Tigerdecke darüber; zwei schöne braune Pferde mit Federn und vergoldeten Schellen geziert, waren vorgespannt. Die Vorreiter, in Scharlach gekleidet, mit Goldepauletten, schwarzen Cassets, ebenfalls mit Gold, knallten gehörig. Bei meiner Mutter Rückkehr offerirte ihr galanter Führer, Commerzienrath Jordis, mir zu erlauben, daß er mich ein wenig fahre. Allein mein Anzug! Die Mutter konnte es mir nicht erlauben. Einen vorübergehenden Eindruck machte das auf mich.

Am 1. Mai 1795 zogen wir auf den Münzhof nach Bockenheim. Dieser gehörte dem Erbschenk Baron von Bengard (nunmehr im Besitze des Herrn Passavant-Heyder). Das Haus nach der Straße zu, in dem wir wohnten, steht noch. Im Garten befand sich damals ein Gartenhaus, nur Parterre, welcher eine kleine Küche nebst zwei Zimmern enthielt. Bei großer Hitze wurde dieser Aufenthalt seiner Kühle wegen benutzt. Die Zimmer waren, statt tapeziert, mit blauem und weißem holländischem Porzellan getafelt. Es stellte Chinesen vor, immer wiederholt; dennoch konnten wir nicht aufhören, sie zu bewundern. Die Blattern fingen an, sich in Bockenheim zu zeigen, und zwar bösartig. Einst aßen wir in diesem Hause zu Mittag. Der Vater brachte Dr. Ehrmann mit, welcher gutes Blatterngift bei sich trug, und uns alle drei auf dem Oberarm damit impfte; die Blattern schlugen nicht an, auch die zweite Jnoculation war vergeblich.

Herr Chiron Vater wanderte vor Jahren nach dem Cap der guten Hoffnung aus. Seine Frau starb dort. Er hatte einen einzigen Sohn, welcher, vermählt, vier Töchter bekam. Der alte Mann sprach stets den Wunsch aus, nach Europa in seine Vaterstadt zurück zu reisen, um da zu sterben. Mit großem, selbsterworbenem Vermögen gesegnet, begab sich hierauf die ganze Familie zur Reise. Die Seefahrt war günstig; allein sobald sie das tropische Klima verließen, fing Frau Chiron (auf dem Cap geboren) an zu kränkeln, sie starb auf dem Schiffe. Die Herren Chiron mietheten anfänglich den Garten von Frau Zahn an dem Wege von Nice (jetzt Eigenthum des Herrn Baron Willi von Rothschild). Dadurch waren wir einen Winter hindurch, da wir in Stocks Garten wohnten, Nachbarn. Die Eltern wurden bekannt mit ihnen. Später kauften sie das Schloß in Bockenheim, welches mehrere Jahre vorher von einer apanagirten Prinzessin gebaut und bewohnt ward (nun Besitzung der Frau Bernus-Grunelius). Sie hatten eine Mohrin, „Phillis" genannt, als Dienerin mitgebracht (die Aermste war eine geraubte Königstochter), einen schönen Affen und viele Papageien. Ein Festtag war es für uns, wenn wir mit den Eltern dorthin gingen, um alle diese fremden Dinge zu bewundern.

Der Sommer war anfänglich uns Kindern angenehm. Es war für die Lehrer zu entfernt zum Stundengeben, auch wünschte Ehrmann, wir sollten diesen Aufenthalt frei genießen: zum Lernen sei es noch Zeit.

Meine Eltern machten beinahe jeden Abend mit uns einen Spaziergang. Einmal hatte es den ganzen Tag mit Gewitter und Regen gedroht, ohne daß es zum Ausbruch kam. Der Vater, in der Meinung, es würde bis zur Nacht gut bleiben, schlug mit der Mutter und uns den Weg über die Wiesen nach Praunheim ein. Wir Kinder pflückten Blumen. Die Eltern richteten ihre Aufmerksamkeit auf unser Zurückbleiben und übersahen das nahende Gewitter. Plötzlich durchkreuzten Blitze die Wolken; der Donner rollte. Es ward sogleich umgekehrt, jedoch die Entfernung vom Gute war schon groß, und unsere Kräfte klein. Ein heftiger Sturm erhob sich und brachte strömenden Regen. Bald war der Wiesenweg so erweicht, daß das Voranschreiten sehr langsam ging. Mein Vater nahm den kleinen Willi auf den Arm und mich an die Hand; die Mutter führte Fritz. Durchnäßt erreichten wir endlich das Haus. Wir Kinder wurden zu Bette gebracht und bekamen warme Getränke. Allein trotz dieser Vorsicht überfiel Fritz und mich ein heftiger Keuchhusten, und Willi die Ruhr. Letzterer schwebte längere Zeit in Lebensgefahr.

Die Entfernung von Bockenheim und aller ärztlichen Hülfe machten meine Eltern besorgt. Als wir wieder völlig genesen waren, zogen wir ungesäumt in die Stadt.

Unsere Lectionen begannen von Neuem. Herr Habermann Religions- und Geschichtsstunde, Herr Collischon Schreiblehrer, Perrault französischer Sprachlehrer und endlich Tischbein aus Eutin, (ein Vetter des berühmten Malers), gab uns Zeichnenstunde.

Habermann und Tischbein zogen wir den übrigen Lehrern vor. Ersterer hatte eine vortreffliche Weise, kleinere Kinder zu unterrichten. Er bekam von uns und den andern Kindern in der Familie den Namen „der Kanarienvogel" oder „Mäni", weswegen, weiß ich nicht mehr. Tischbein, scheinbar ernst und trocken, war eigentlich voller Witz und Humor. Er faßte für uns besondere Neigung, ging öfter mit uns spazieren und führte uns zuweilen in den hübsch angelegten Garten, welchen Dr. Ehrmann, als Militairarzt, von der Stadt zur Benutzung bekommen hatte. Dieser Garten lag auf dem Gewölbe des Allerheiligenthores. Auch ging er mit uns zu dem berühmten Pferdemaler Pforr, bei welchem er wohnte; auf dem freien Platze in der großen Bockenheimerstraße No. 10, nunmehr das Bierhaus „der Taunus". Pforr zeichnete uns Pferde, wenn wir recht geschickt waren; hätten wir einfältigen Kinder nur die kleinste Ahnung des Werthes derselben gehabt, wir würden sie bewahrt haben. Auch sahen wir da zuweilen die berühmte Hendel-Schütz, eine stattliche Dame.

Meine Haare waren zu der Zeit goldblond, sie hingen bis auf die Schultern in Locken. So zeichnete Tischbein mich einst, auf einem Stuhle sitzend, die Beine reichten noch nicht zur Erde; auch dies Bildchen ging verloren.

Mein Bruder Fritz war der einzige von uns dreien, welcher etwas Talent zum Zeichnen besaß. Wir beiden andern hatten keinen Funken. Indessen lieferten wir am Neujahr jedes seine kleine Zeichnung den Eltern. Das beste daran war stets Tischbeins Arbeit. Zwei Jahre gab er uns Unterricht, dann ging er von Frankfurt weg. Die Eltern gaben uns, nach den abgelegten Proben, keinen Zeichnenlehrer wieder.

Perrault hatte eine vortreffliche Aussprache, wußte aber durch seinen Ernst nie unsere Gunst zu erwerben. Einst hörten wir den Vater der Mutter sagen: „Perrault ist Jesuit", er wolle ihn nicht lange mit den Kindern lassen. Wir mußten nicht, was der Name bedeute und nahmen uns vor, die Mutter oder unser „Mäni" zu fragen, vergaßen es jedoch.

Collischon schrieb wie gedruckt, war ernst, auch strenge. Ich stand am meisten bei ihm in Gnade. Meine Schrift war am besten. Wir hatten lange Zeit Unterricht bei ihm. Später ward uns der Schreibmeister Höflich gegeben, um gut französische Buchstaben schreiben zu lernen, worin er excellirte. Höflich glich einem lebenden Todten. Zum Gerippe abgemagert, hatte sein Gesicht eine Furcht erweckende Bleiche; seine Haare waren voll und tief schwarz. Gut und freundlich ist er gewesen, allein an sein Aeußeres konnten wir uns kaum gewöhnen. Der Aermste war recht zu beklagen, er hatte eine Wunde am Beine, und konnte nachmals nur bei sich Unterricht ertheilen. Er gab den Mädchen und den Knaben zu verschiedenen Zeiten Stunde, es war das erste Mal, daß ich von meinen Brüdern getrennt ward. Dies behagte mir nicht; allein die Gewohnheit macht Alles gut. — Höflich's Bein ruhte auf einem Kissen, ein eigenthümlich eingerichteter Pult diente ihm zum Schreiben. Damit seine Kräfte nicht zu schnell abnähmen, brachte ihm seine Frau zeitweise Chocolade, Brühe u. dergl. Einen größeren Contrast als dieses Ehepaar konnte man kaum sehen; sie war eine schöne, von Gesundheit strotzende Frau. Leider starb Höflich früh.

In diesem Jahre gebar Frau von Malschitzky eine Tochter, zu welcher meine Mutter (ohne jedoch nach Berlin zu gehen), Pathe ward.

Den Eltern genügte es nicht, nur Lehrer zu unserer Bildung zu halten. Sie entschlossen sich, einen tüchtigen Hofmeister zu engagiren, damit ihre Kinder unter stete Beaufsichtigung kämen.

Herr Friedrich Vertraugott Klitscher von Carolath in Schlesien ward ihnen empfohlen. Nach einigen gewechselten Briefen traf er am 1. Februar 1796 ein.

In diesem Jahre brach auf den Gutleuthöfen am Morgen 10 Uhr Feuer aus. Von dem oberen Boden unseres Hauses konnte man trotz der Tageshelle die Flammen sehen. Nach Tische um 4 Uhr gingen wir mit dem Hofmeister hinaus. Einen traurigen Anblick boten die Ruinen. Alles war abgebrannt; man sah nur hie und da geschwärzte Mauerreste. Im Keller, wo das Feuer ausgebrochen, brannte es noch. Fässer mit Branntwein und Sprit gefüllt, lagen in diesen Kellern. Als das Feuer ausbrach, war es nicht möglich gewesen, Einhalt zu thun; man mußte es austoben lassen.

Nur die kleine Kirche, die an dem Ufer des Maines stand, blieb unbeschädigt. In jener Kirche ward Sonntags Gottesdienst für die Niederräder gehalten, welche keine Kirche hatten.

Einen vortrefflicheren Mann als Klitscher konnte es nicht geben, aber leider sehr excentrisch. Er gefiel sich nicht in seiner Lage, löste schon seine Stellung 1797, und starb frühe.

Während des Sommers, den er bei meinen Eltern zubrachte, zogen wir in den Garten des Gastwirthes Schnorr, (Weidenhof auf der Zeil). Jener Garten liegt an der Ecke der Bockenheimer Anlage und Eschenheimer Landstraße, bestehet nunmehr aus vier Gärten No. 5. Im alten Hause hinten wohnten wir. Vorn an der Ecke stand ein Pavillon mit italienischem flachen Dache. Er enthielt einen Salon, und hatte nach allen Seiten Fenster. Nur selten ward er Abends benutzt, des argen Staubes wegen, wir tauften ihn „Staubpavillon". Einige glückliche Monate verlebten wir in diesem Garten. Meine Mutter nahm damals Unterricht auf der Guitarre. Der Vater ließ ihr ein sehr gutes und dabei schönes Instrument von Paris kommen. Ihr Lehrer war Herr Scheidler von Mainz. Sein Spiel war meisterhaft. Nur einmal hörte ich in späteren Jahren von Paganini ein besseres Spiel dieses unvollkommenen Instrumentes. Allein als Musiker konnte man kein größeres Original als Scheidler finden; schon sein Anzug erschien auffallend; stets hatten seine Kleider die Farbe von dunkelrothem Zahnpulver, auch die Wäsche war nicht die reinste. Am merkwürdigsten ist sein Gesicht gewesen. Er war. bleich, hatte einen großen Mund, unstäte Augen, wenig Haare, und war gepudert. Es schien ihm unmöglich, Jemanden nur eine Minute lang anzusehen; die Augen funkelten hin und her. Wenn er spielte, (immer ohne Noten), richtete er die Blicke gegen Himmel und schien alles um sich zu vergessen. Er spielte nur eigene Compositionen. Die Schlacht von „Neerwinden" hatte er für sein Instrument eingerichtet. Bei Allem, was darin vorkam, sprach er erläuternde Worte: „Jetzt marschirt unter Trommeln die Infanterie vor, nun kommt die Cavallerie angesprengt; Gewehrfeuer, Kanonendonner; das Aechzen der Verwundeten und Sterbenden, endlich der Siegesmarsch." Am schönsten sollen seine Fantasien gewesen sein. Bigotter Katholik, fürchtete er Gespenster, welche ihn seiner Versicherung nach furchtbar quälten. Sie sperrten ihn ein, zuweilen bekam er sogar Prügel und sonderbarer Weise hatten diese Gespenster meist Uniformen an. Scheidler's Frau war sehr hübsch, und diese sah nie Geister, fürchtete sie auch nicht.

Zeichnenunterricht nahm meine Mutter bei dem berühmten Strack von Mainz; sie besaß Talent.

Dies glückliche Leben störte das Anrücken der Franzosen. Eilends zogen wir zur Stadt. Als dieselbe mit Bombardiren bedroht ward, mußten wir, nach des Vaters Wunsch, mit der Mutter und Herrn Klitscher nach Hanau flüchten. Die gute Mutter verließ die Stadt mit banger Sorge um ihren Mann, welcher zurückblieb. Es war alles so schnell gekommen, daß wir auf gut Glück nach Hanau fuhren, ohne dort Wohnung zu haben. Die Bürger Hanau's zeigten sich damals gegen die Frankfurter nicht von der besten Seite. Sie prellten. Längere Zeit fuhr uns der Kutscher vergeblich in den Straßen umher, ohne Wohnung bekommen zu können. Endlich wies uns ein Mann in ein Haus, nahe am Frankfurter Thor, dicht neben dem jetzigen Waisenhause; im zweiten Stock bekamen wir zwei Zimmer, eins nach vorn, das andere nach hinten, auch eine kleine Kammer für unser Dienstmädchen. Herr Klitscher mußte weiter wandern und für sich sorgen.

Am andern Morgen wollte meine Mutter eine andere Wohnung suchen, es war ihr unheimlich in jenem Hause. Früh lagen wir am Fenster, dem Treiben auf der Straße zusehend; da erblickte meine Mutter den Herrn, welcher sie einst Schlitten fuhr, und rief ihn an. Er schien zu staunen, kam sogleich herauf und bat die Mutter, schnell wieder einzupacken; er würde sie sogleich mit seinem Wagen holen und solange zu seiner Frau bringen, bis er eine passende Wohnung gefunden habe, — denn hier sei sie — in einem öffentlichen Hause. Die Mutter erschrack nicht wenig.

Dieser Freund, Herr Jordis von Firnhaber, war vor einiger Zeit hessischer „Commerzienrath" geworden; er trug deßhalb Uniform. Bald fand er bei Herrn Jünger, in der Straße, welche vom Markte nach der Esplanade führt, das Gewünschte. Wir bezogen einen Theil des Parterrestockes. Herr Klitscher fand bei uns kein Unterkommen; er nahm zwei Zimmer in derselben Straße, unserer Wohnung schräg gegenüber. Leider machten die Geruchsorgane gar bald üble

3

Erfahrungen. Herr Jünger war Seifensieder und Unschlitt-
zieher. Jeden Dienstag und Freitag ward Hammelsfett ausgelassen, und dabei entwickelten sich mehrere Stunden lang
schwer zu ertragende Dünste.

, Nach glücklich überstandenem Bombardement Frankfurt's
kam auch der Vater zu uns. Von der Zeit an verließen
wir an jenen beiden Tagen schon am frühen Morgen das
Haus. Wilhelmsbad, die Teiche, die Fasanerie, die Quäcker-
höfe und Kesselstadt wurden abwechselnd besucht. Ein junger
Mann in Hanau, welcher als Commis unter dem Vater
die Handlung erlernt, und während dieser Zeit bei der
Großmutter gewohnt hatte, nahm sich sehr unserer an; er
bereitete meinen Eltern manche angenehme Stunde. Früher
lachte man oft über ihn. Meine Großmutter aß, wie damals
in allen Häusern, auf Zinn; jeden Tag, wenn man zu
Tische saß, wendete er seinen Teller um und sagte: „Klingling, ja, ja, so hieß der Zinngießer." Es war ihm nicht ab-
zugewöhnen. Diesen Spottnamen „Klingling" trug er von
da an in der Familie. Vier Wochen blieben wir in Hanau.

Beinahe die ganze Familie Gontard hatte in dieser Periode
die Stadt verlassen. Der Bruder meines Vaters war allein
zurückgeblieben, ging dann aber auch nach Hessen-Cassel, wohin sich seine Familie, die Großmutter, die ledige Schwester
meines Vaters (Margarethe), und Fräulein Marie Retzer,
geflüchtet hatten. Ein geprüfter Commis, Namens Kling,
war im Handlungshause zurückgeblieben, jedoch von den Franzosen als Geisel nach Givet gebracht worden.

Bald begann wieder unser früheres Leben. Täglich gingen wir spazieren, selbst bei ungünstigem Wetter. Weder im Winter noch Sommer trug ich den Kopf bedeckt, nur ein Shawl von Kattun war im Winter über dem Kleide festgesteckt, mein ganzer Schutz gegen die Kälte, Ehrmann wollte es so haben.

Perrault ward als Lehrer nicht wieder angenommen, wir bekamen dagegen Abbé Durand, aber bald ward alles Lernen unterbrochen.

Die hiesigen Aerzte theilten damals die Ansicht, den Kindern kein Fleisch zu geben, welche nicht die natürlichen Blattern gehabt hatten; leider gehörten auch wir zu dieser Zahl. Außer, vielleicht von einer mitleidigen Magd zugesteckten Bissen, kannten wir den Genuß davon nicht. Wir waren deßhalb froh über Dr. Ehrmann's (leider verfehlte) Inoculation. Ein Mädchen unserer Bekannten lag im November 1796 an den Blattern. Mir verbot man sie zu besuchen, ich schlich dennoch hin.

Im Dezember gleichen Jahres an einem Sonntage hatten die Eltern nach Tische einen Spaziergang nach Bornheim mit uns verabredet. Ein prachtvoller Wintertag veranlaßte sie hierzu. Mit Kopfschmerz war ich aufgestanden, welcher bis zum Mittage sich vermehrte. Die Mutter ließ mich wohl zugedeckt auf das Sopha legen, dann wurde ich der Pflege der alten Marie (von der ich später sprechen werde) anvertraut.

Heftiges Erbrechen stellte sich ein; dann sah ich eine Menge Gestalten um mich, die erst ganz klein, stets näher rückten und zu ungeheurer Größe wuchsen. Plötzlich schwand mir das Bewußtsein; als ich wieder zu mir kam, war es Nacht; Vater, Mutter und Dr. Ehrmann standen an meinem Lager; man brachte mich zu Bette und die Blattern brachen aus.

Anfänglich sollten meine Brüder von mir entfernt werden; allein die Blattern waren nicht bösartig und die Wiedervereinigung fand statt. Beide Brüder wurden angesteckt, Fritz war am kränksten, Willi hatte im Ganzen drei Stück und durfte sobald diese getrocknet, wieder ausgehen. Sorgfältig überwachte man uns Tag und Nacht; deßwegen blieben keine Narben zurück. Eingenommen hatten wir nichts; Wasser mit Milch, dünne Suppe, zuweilen Compot, dies war unsere ganze Nahrung während der Krankheit.

Wieder hergestellt, drohte uns Dr. Ehrmann mit einem tüchtigen Schlotfeger aus der Apotheke. Ein Morgen ward hierzu bestimmt. Er kam, und nun bat er die Mutter, die Arznei zu bringen. Scherz trieb er mit uns: Die Mutter brachte jedem ein Sardellen-Butterbrod und ein kleines Gläschen Lünell. Großmutter sendete Geschenke.

Ende 1796 waren viele Emigranten nach Frankfurt gekommen, um Schutz und Mittel für ihr Leben zu suchen. Unter jenen Emigranten befanden sich zwei Familien, die weitläufig mit der Familie Gontard verwandt. Die eine bestand aus Graf Marion mit seiner Tochter, die andere war Gräfin La Tournelle mit ihrer Tochter Lolotte nebst Herrn Abbé Durand, ihrem ehemaligen Hauscaplan.

Graf Marion schien Mittel zu besitzen. Er ging häufig aus und schrieb viel; seine Tochter führte den Haushalt, Dienstmädchen hielten sie nicht. Ihre Wohnung war einfach: in dem Hause Nr. 58 Ecke der alten Mainzer- und Seckbächergasse hatten sie zwei Zimmer.

Die Gräfin La Tournelle wohnte schlechter. Sie hatte drei Zimmer und eine kleine Küche im ersten Stock im Hause des Herrn Schäffner in der alten Mainzergasse. Jenes Haus hatte ausgetretene Treppen und so schlechte Fußböden, daß ich oft bei meiner Raschheit fiel.

Nach der Beseitigung der Blattern und deren Folgen nahm ich bei La Tournelle Unterricht im Goldsticken. Niemals kam ich oder ging, ohne daß mich Lolotte auf der Treppe führte. Wie schwer mag diese Lage für die gute alte Gräfin gewesen sein. Von Kindheit war sie mit allem Luxus des Lebens umgeben. Sie besaß in Metz ein schönes Hotel und in der Umgebung ein prachtvolles Schloß mit vielen Ländereien. Von zahlreicher Dienerschaft früher umgeben, mußte sie selbst jetzt Diener sein. Zu ihrem Vergnügen hatte sie früher gestickt, nun war sie gezwungen, Unterricht darin zu ertheilen. Mütterliche Liebe bedauerte die Tochter, und kindliche die Mutter.

Nie sah man die Gräfin heiter, aber ebensowenig hörte man eine Klage; sie benahm sich, sowie auch Lolotte, musterhaft.

Bald kam eine große Zahl Schülerinnen, aber keine machte ihnen so viele Sorgen als ich. Noch schäme ich mich

der Thränen, welche Lolotte meines Eigensinnes wegen ver=
goß. Ungeschickt stellte ich mich, allein durch ihre unermüd=
liche Geduld kamen endlich zwei Meisterstücke zum Vorschein.
Die meisten Stiche daran waren freilich von Lolotte's Hand.
Es waren erstens ein Paar in Gold gestickte Saffianschuhe
für die Mutter, und zweitens für den Vater ein Kissen für
die Uhr, worauf ein Zifferblatt gestickt; Zahlen, Zeiger und
die Umschrift, welche lautete: Elles sont marquées par vos
bontés, waren von meinen und der Geschwister Haaren.

Graf Marion mußte sich durch etwas bei Louis XVIII.
beliebt gemacht haben. Eines Tages kam er zu meinen
Eltern. Er trug ihnen die Bitte vor, mit uns Kindern der
Feierlichkeit beizuwohnen, mit welcher er zum Ritter des la
croix de St. Louis geschlagen würde, wozu der König einen
andern Ludwigsritter beauftragt habe. Diesen Act sahen wir.
Ich kann nur bedauern, so jung gewesen zu sein, da ich nichts
davon verstand. Feierlich ging es zu; eine Menge Emi=
granten waren zugegen, alle im höchsten Glanze; viele
Thränen flossen, besonders da das Ritterschwert auf das
Haupt des Grafen gelegt ward. Die hierauf gebotene Choco=
lade und der süße Wein fanden bei uns Kindern mehr
Anklang und Verständniß.

Wir drei Geschwister schliefen mit den Eltern im gleichen
Zimmer. Die Brüder forderten von mir, sobald wir zu
Bette lagen, ihnen bis zum Einschlafen etwas zu erzählen,
was ich redlich that. Erfundene Geschichten kamen oft an
die Reihe und so war ich ihnen eine Art Scheherezade ohne

es zu wissen. Einstmals hörte ich sie schnarchen und legte mich eben auch zum Schlafen, da öffnete sich leise die Stubenthüre; das Nachtlicht brannte nicht hell. Jemand, den ich nicht kannte, nahm etwas von der neben der Thür stehenden Kommode weg und entfernte sich leise. Den andern Tag entdeckte es sich, daß die kleine Uhr der Mutter gestohlen worden war. Die damalige Polizei bestand aus einigen Bettelvögten; ein gewisser Fleischmann war derjenige, der zur Entdeckung von Diebstählen am meisten gebraucht ward. Die Obrigkeit schützte ihn als nothwendiges Uebel, obgleich die Vermuthung gegen ihn war, daß er nur da verrathe, wo er es für gut fand. Dieser Diebstahl ward nicht von ihm entdeckt.

Ein anderes Mal erwachte ich durch lautes Schreien und Weinen meines Bruders Fritz. Voll Erstaunen sah ich ihn vor seinem Bette stehend; die Mutter, ohne zu sprechen, gab ihm derbe Klapse auf die Sitztheile. Er hatte die Gewohnheit des Nachtwandelns angenommen. Es war ihr als einzige Heilung dieses Uebels angerathen, sobald er aus dem Bette steige, ihn so wie eben gesagt zu behandeln, jedoch sprechen dürfe man dabei nicht. Die Cur schlug vollkommen an. Meine Mutter rieth dem ältesten Fräulein Chiron, mit Herrn Bernay verheirathet, der ebenfalls an jenem Uebel litt, es ebenso zu machen. Leider war diese Dame sehr taub. Es entstand Nachts Feuerlärm; er springt aus dem Bette, sie, meinend er wandele, eilt ihm nach und prügelt stumm auf ihn los.

In der Zeit, wo wir ohne Gouvernante und Hofmeister
waren, log Fritz häufig; diesen Fehler drohte der Vater
strenge zu bestrafen. Es war kurz vor Tische, mein Bruder
durfte nicht mit uns essen, er bekam in der Ecke einen
kleinen Tisch gedeckt. Die Schande und die Reue, so ge-
handelt zu haben, ließen ihn bittere Thränen vergießen. Sein
Gesicht bekam dadurch einen höchst komischen Ausdruck. Ich
fing laut an zu lachen. Als ich den Grund des Lachens
bekennen mußte, gab mir der Vater eine Ohrfeige, damit
ich ein ähnliches Gesicht schneiden könne. Es war der erste
Schlag und der einzige, welchen ich von ihm erhielt.

Wer am meisten zu den Eltern kam, waren die Brüder,
Schwestern, Schwägerinnen und Schwäger. Tante Margarethe, die einzige ledige Schwester meines Vaters, und Onkel
Peter Wichelhausen, der allein ledige Bruder meiner Mutter,
kamen beinahe täglich. Die Tante war liebevoll gegen uns,
obgleich stets ernst. Sie spielte die Harfe ausgezeichnet. In
Stickereien war sie Meisterin; im Umgange angenehm und
belehrend.

Onkel Peter hatte viel Welt gesehen und wußte humo-
ristisch seine Erfahrungen mitzutheilen. Er besaß eine un-
versiegbare Heiterkeit. Die Frau von Friedrich Wichelhausen,
Philippine, geborene d'Orville, ist wegen ihrer wahrhaft rüh-
renden Gutmüthigkeit und ihres großen Verstandes der Liebe-
ling meines Vaters gewesen.

Ein Stiefonkel meiner Mutter, Herr Hieronymus von
de Walle, ein braver Mann, jedoch großes Original, war

zu unserer Freude öfter bei uns. Die Gefälligkeit selbst, erfüllte er alle Aufträge meiner Eltern mit vieler Umsicht. Er hielt des Vaters bedeutende Bibliothek in Ordnung.

An sein Aeußeres durfte man sich freilich nicht kehren. Von den Blattern stark gezeichnet, war er häßlich; sein Anzug entbehrte jeder Frische, so wie auch seine Wäsche, und zum Unglück schnupfte er stark. Seinen dreieckigen Hut behielt er auch bei, als jene Art von Hüten Niemand mehr trug. Frankfurter Accent war seine Sprache; selten fing er eine Phrase an, ohne: „O Mai" zu sagen, jedoch jüdisch klang es nicht.

Straßenoriginale gab es damals Legion, darunter manche, welche ich fürchtete; da war z. B. der närrische Wolf. Noch rascher floh ich vor dem närrischen Sauer, welcher es besonders auf kleine Mädchen abgesehen hatte und diese mit Schimpfreden der gemeinsten Art so lange verfolgte, bis sie seinem Gesichtskreise entschwanden.

Der tägliche Spaziergang mit den Eltern führte uns durch das Mainzer Pförtchen, ein Gewölbe, welches auf einer Holzbrücke über den trockenen Stadtgraben lief. In Mitte dieser Brücke waren auf beiden Seiten Thüren vor verschlossenen Räumen; in diesen Räumen sollen in alten Zeiten Marterwerkzeuge gewesen sein, auf der linken Seite sogar die eiserne Jungfrau. Eine Jungfrau stand allerdings beinahe den ganzen Tag da, eine lebende arme Blinde, aber im höchsten Grade reinlich gekleidet. Sie sprach kein Wort, reichte nur die Hand hin, bei meinem Vater nie vergebens. Eine alte Frau führte sie auf jene Stelle und holte sie wieder ab.

Unter jener Brücke war ein Garten angelegt, mit schönen Spalier= und Obstbäumen, Gemüse u. s. w. Dieses war der innere Stadtgraben. Es floß in der Mitte nur ein kleiner Bach durch; wenn der Main groß ward, gab es Ueber= schwemmung. Den Garten hatte Weißbindermeister Baft von der Stadt gemiethet; seine Stangen standen darinnen, er strich auch im Sommer zuweilen dort an. Ein schöner, blühender Mann, dabei freundlich, nickte er uns stets zu.

Wenn man aus der Brücke trat, sah man links, bis zu dem Gallusthore am Fuße des hohen Walles, prachtvolle Kastanien= und Nußbäume stehen, rechts war eine niedrige Mauer, welche ebenfalls bis zum Thore ging, über welche man in den trockenen Stadtgraben sah; in der Mitte befand sich der Fahrweg. Dem Thore gegenüber ward der Stadt= graben durch eine Quermauer getheilt und hinter dieser befand sich der Schützenplatz. Von dort an lief, an der niedrigen Mauer hin, eine Allee von Buchenhecken, auf beiden Seiten 20 Fuß hoch und durch die Scheere beschnitten; sie begann von der jetzigen Ecke der Weißfrauenstraße an bis ans Ende der Häuser, welche nun die Ecke der Gallusstraße bilden. In jener Allee befanden sich steinerne Bänke und in der Mitte eine Schänke, worin man alle Arten Mineralwasser in Gläsern bekommen konnte. Eine Menge Einwohner tranken Morgens dort die Cur. Dies gab auch zuweilen Veran= lassung zu Stellbichein und manche Ehe ward so gestiftet.

Rechts, bis zu dem Bockenheimer Thore, standen gleichfalls, wie oben erwähnt, Bäume und hier und da kleine Schoppen, welche die Färber erbaut hatten. Stets war eine Menge blau gefärbter wollener Tücher zum Trocknen aufgespannt, welche für die Uniformen der Stadtsoldaten bestimmt waren.

Damals erzählte man folgende Geschichte: „Der Dombechant von Hohenfeld, ein reicher Herr, wohnte in dem ehemaligen Mohrengarten. Zwei Engländerinnen, Geschwister Lee, waren bei ihm, Jugend und Schönheit schmückten beide nicht mehr. Eines Tages gingen diese Damen verschleiert am Morgen in der Cur-Allee spazieren. Zwei französische Offiziere kamen ihnen entgegen und der eine hatte die Frechheit, der älteren Schwester den Schleier mit dem Ausrufe: „Beauté passée" aufzuheben. Diese antwortete auf der Stelle: tout à fait, comme votre gloire, Messieurs! —

Im Monat Februar 1797 bekam ich das dreitägige kalte Fieber. Dr. Ehrmann rieth jeden Tag, wenn das Wetter nicht gar zu schlimm sei, mich spazieren gehen zu lassen. Es geschah.

Einmal ward ich auf der Bockenheimer Chaussee von dem Fieber überfallen. Ehrmann gab keine Arznei dagegen, nur wenn der Frost kam, mußte ich eine Tasse Lindenblüthenthee mit Citronensaft darin trinken; das Fieber steigerte sich immer mehr, ich fühlte mich schwach und magerte sichtlich ab. Mehrere von der Familie riethen der Mutter, einen anderen Arzt wegen meiner zu nehmen; sie ward ängstlich und besprach sich mit dem Vater. Beide stimmten überein, mit Ehrmann darüber zu reden. Dieser erwiederte, er könne nach seiner Ueberzeugung nicht das System der Cur ändern, es sei ein Wachsfieber, China gäbe er nicht, für das Leben des Kindes stände er ein, — wünschten sie jedoch einen andern Arzt, so träte er zurück, würde aber ihre Schwelle nie wieder betreten; es sei dies gegen seine Ehre.

Meine Eltern liebten ihn und hatten vollkommenes Vertrauen in seine Kunst, ihr Entschluß war, ihn zu behalten. Nach einiger Zeit verlor sich das Fieber und ich erholte mich schnell.

Am 3. April 1797 kam unser neuer Hofmeister, Hähnisch. Das Aeußere von Hähnisch war nicht empfehlend; untersetzt, neigte er zur Corpulenz, sein bleiches Gesicht hatte etwas von einem Mopshunde. Geborener Sachse, kam uns sein Dialekt widerwärtig vor. Dabei hatte er mitunter häßliche Gewohnheiten, so z. B. rieb er sich die Hände, sobald ihn etwas freute.

Ich hatte gleich Anfangs Abneigung gegen ihn, meine Brüder ebenso; sie sprachen es aber durch ihre Handlungen nicht so deutlich aus, wie ich es that.

Um jene Zeit besuchten die meisten hier anwesenden Hofmeister unser Haus. Wir Kinder gingen zu deren Zöglingen. Es waren bedeutende Männer darunter: Karl Ritter (der Geograph), bei Holweg, Schlosser (der Geschichtsforscher), bei Mayer, Mieg bei Willemer-Chiron, Engelmann bei Sarasin-Chiron, Hölderlin bei meinem Oheim Cobus Gontard-Borkenstein u. s. w. Sehr gut erinnere ich mich aller

dieser Männer, keiner war aber so freundlich gegen uns Kinder, als Hölderlin.

Wir bezogen damals den Garten des Herrn Schnerr,
den wir ein Jahr zuvor so unglücklich verlassen hatten. Vorher hatten wir auch die Stadtwohnung geändert. Die Großmutter, stets mehr kränkelnd, wünschte sich eine ruhigere
Lebensweise. Den nöthigen Fremden-Empfang überließ sie
meinem Vater. Wir bewohnten nun das Handlungshaus
unter der neuen Kräme, die Großmutter hingegen mit der
Tante Margarethe den Mohren.

Eine Freundin meiner Mutter, Sophie Münch, welche
um jene Zeit oft bei uns gewesen, ein recht schönes, gescheidtes und besonders sanftes Wesen, war in Glanz und
Reichthum erzogen. Nach ihres Vaters Tode fand sich kein
Vermögen, sondern viele Schulden vor. Sie mit ihren beiden Schwestern mußten sich sehr beschränken.

Auch zwei dienende Persönlichkeiten spielten eine Rolle
bei uns im Hause. Die erstere war die alte Marie*). Sie
hatte die Kinder meiner Großmutter Wichelhausen groß-
gezogen, gekocht und sonstige Arbeiten verrichtet. Bei dem
Tode meiner Großmutter war sie zu alt, um weiter zu
dienen; sämmtliche Geschwister erhielten sie. Jeden Morgen
fand sie sich, nach der Mutter Wunsch, bei uns ein und
Abends kehrte sie in ihr Stübchen zurück; anfangs konnte

---

*) Marie l'Allemand war eine Hanauerin, Großtante des berühmten
Malers l'Allemand in Hannover. Ich besitze mehrere Porträts, von
ihm gefertigt, welche sich durch Aehnlichkeit und Schönheit auszeichnen.

sie der Mutter gute Dienste leisten: sie gab heraus und achtete auf Alles; später jedoch erblindete sie, ward aber dennoch jeden Morgen, bis 1806, wo sie, 77 Jahre alt, starb, von einem Dienstboten geholt und Abends zurückgebracht.

Die zweite war eine Nähterin, Eva Walter von Schlüchtern, eine merkwürdige Erscheinung; man sah ihrem alten freundlichen Gesichte noch an, daß sie sehr schön gewesen sein mußte; ein entschlossener Geist wohnte in ihr. Den siebenjährigen Krieg hatte sie erlebt, und ein vortreffliches Gedächtniß kam ihr zu statten, dieses Erlebte mitzutheilen. Nie krank gewesen, machte ihr die allerkleinste Berührung an ihren Armen, welche sie stets blos trug, blaue Male, womit sie fortwährend bedeckt war. Fleißig in der Arbeit, kam sie bis wenige Tage vor ihrem ebenfalls 1806 erfolgten Tode, 85 Jahre alt, zu uns.

Nach der Rückkehr zur Stadt fing Hähnisch an, seine physikalischen Kenntnisse zu entwickeln; er baute zwei Elektrisirmaschinen, eine mit einem Glas-Cylinder, später eine größere mit einer Glasscheibe, wozu mein Vater ihm das nöthige Geld gab. Ein Isolirstuhl, Flaschen aller Größen, eine Menge Schalen von Pappdeckel mit Goldpapier überzogen, auch ein kleines Haus von Pappe wurden verfertigt. Für die gröbere Arbeit an der Maschine hatte Hähnisch einen Zeugschmidt; den nöthigen Lack dazu kochte er in dem Kamine des Zimmers; einmal liefen einige Tropfen über, so daß es brannte, aber mit Geistesgegenwart ward das

Feuer gleich wieder gelöscht; dennoch erfuhr es der Vater, und verbot- in unserem Beisein diese Kocherei. Höhnisch unterließ es nicht und, um uns zum Verhehlen zu bringen, lehrte er uns lügen und belohnte dieses Laster durch Butterbrod und Näschereien. Von da an tyrannisirten wir ihn durch Drohungen mit Verrath. Die Unterrichtsstunden, welche er uns gab, waren mangelhaft; ich trieb, was mir einfiel, wollte er Naturgeschichte vornehmen, so griff ich nach Geographie; gab er ein Thema, um es auszuarbeiten, so schrieb ich über griechische Mythologie, oder begann gar einen Roman; noch bin ich im Besitze zweier Bruchstücke jener geistigen Auswüchse.

Ein merkwürdiges Gedächtniß besaß ich, und brachte ihn dadurch oft zur Verzweiflung. Er gab mir Fabeln von Gellert auf, zweimal las ich eine durch, da konnte ich sie hersagen, und da ich wußte, daß mein schnelles Auswendiglernen ihn ärgerte, gab ich mir doppelte Mühe.

Auch eine Kanarienvogelhecke schaffte Höhnisch an, sowie eine Drechslerbank; mit dieser Arbeit befreundete ich mich schnell, denn in kurzer Zeit drechselte ich ganz nette Sachen.

Mein Bruder Fritz lernte die Flöte bei Heroux, ich Klavier bei Haueisen, Organist in der französisch-reformirten Kirche. Haueisen hatte einst eben die Stunde begonnen, da entfernte er sich wieder; sein Hut und Ueberrock befanden sich im Vorzimmer; ich spielte für mich weiter, er blieb ungebührlich lange, ich fand es aber nicht schicklich, nach ihm zu sehen; endlich kam er, ungewöhnlich aufgeregt, aber höchst

vergnügt wieder. Nach der Stunde entschuldigte er sein
langes Ausbleiben damit: er habe sich eben copuliren lassen,
wollte jedoch deswegen keine Stunde versäumen.

Unsere Emigranten, von denen ich früher sprach, verließen
Frankfurt in der Hoffnung, Frankreich wieder betreten zu
dürfen. Die Familie Gontard vereinigte sich, ihnen ein
bedeutendes Kapital einzuhändigen; sie versprachen, im glücklichen Falle, Rückzahlung nebst Zinsen, auch wollten sie stets
Nachricht von sich geben. Lange Jahre vergingen, endlich kamen
Briefe, Gelder und Aufklärung: sie waren wieder im Besitze
ihrer Güter und sprachen sich über ihre Verhältnisse günstig aus.

Da Abbé Durand mit fortgegangen, bekamen wir Herrn
du Chatel und später Abbé Libert zum Lehrer, einen gräm-
lichen, heftigen Gesellen. Ich vertrug mich nicht mit ihm;
auf eine naseweise Antwort bekam ich von ihm ein gebun-
denes Buch an den Kopf geworfen, dessen eine Ecke mir am
Auge eine Schramme machte. Meine Eltern wollten ihre
Kinder nicht unter Mißhandlungen, sondern nur mit ernsten
Worten erzogen haben, sie entließen ihn, dagegen kam Herr
Will, englischer Sprachlehrer, ins Haus, ein guter, sanfter
Mann; er gab mir bis zur Confirmation Unterricht.

Habermann hatte an einem kleinen deutschen Hofe eine
Anstellung genommen, an seine Stelle kam Herr Gillé,
Vater des jetzigen Bankdirectors; mit ihm befreundete ich
mich besser.

Am 9. Januar 1798 bekamen wir noch einen Bruder,
„Johann Heinrich" ward er getauft; es war ein schönes

starkes Kind. Wir zogen in den Garten von Malapert, welcher herrliche Aussicht auf den Taunus hatte. Eine Menge steinerne Gottheiten, mitunter stark beschädigt, zierten zu unserer Freude den Garten. Vor der Thüre, welche in denselben führte, befand sich ein mit Steinplatten belegter großer Platz. Das Kind war beinahe den ganzen Tag in dem Garten und gedieh vortrefflich. Im August jedoch ging eine auffallende Veränderung mit dem Kleinen vor, er ward elend, bekam Zufälle und starb. Die erste Leiche, welche wir sahen, machte Eindruck auf uns, mehr aber noch der Schmerz der armen Eltern. Die Mutter besonders litt unsäglich, sie bekam um den Mund eine ganze Menge gelber Flecken, und wäre nicht einige Jahre später eine günstige Catastrophe für sie gekommen, würde sie vielleicht nicht mehr lange am Leben geblieben sein.

Das Kindermädchen mußte ihren Dienst verlassen, es wurde eben Alles entfernt, was an das Kind erinnern konnte. Das Mädchen verheirathete sich einige Jahre später, kam in Wochen und starb darin. Vorher hatte sie jedoch bekannt, daß sie durch Unvorsichtigkeit den Tod des Kleinen verursacht habe; sie ließ dasselbe vom Arme auf die erwähnten Steinplatten fallen; die Mutter erfuhr es nie.

1799 zogen wir in den Garten von Lilienstern an der Windmühle (nunmehr Eigenthum der Frau Lutteroth-Gontard.)

Diesen Winter hatte Häfnermeister Benkard mit seiner Frau Streit bekommen und sie umgebracht. Er ward zum Tode verurtheilt und am 7. Juni auf dem Roßmarkt hin-

4

gerichtet. Wir waren alle zu Gogel (neben dem englischen Hofe, No. 15 wohnend, eingeladen. Die Mutter wollte nicht hingehen, der Vater hingegen hatte die Einladung angenommen. Ich war der Meinung, mit ihm und meinen Brüdern hinzugehen, und kleidete mich Morgens dazu an; der Vater jedoch fand, daß es kein Schauspiel für Mädchen sei. Bei meiner Heftigkeit vergoß ich reichliche Thränen, allein ganz vergebens. Um zehn Uhr sollte die Execution vor sich gehen. Meine gute Mutter schlug vor, gegen jene Zeit mit mir an das Gallusthor zu gehen, um möglicher Weise etwas zu hören und vielleicht den Kasten zu sehen, in welchem der Leichnam auf den Kirchhof des Gutleuthofes gebracht würde. Die Todtenstille an der Windmühle, in der Promenade, am Gallus=Thor (welches geschlossen war) und in der Stadt hatte etwas Grauenhaftes. Endlich entstand Lärm, man hörte deutlich das Gepolter eines herannahenden Karrens, welcher aus dem Thore an uns vorüber kam — den Eindruck dieses Anblickes will ich nicht schildern, ich dankte dem Vater, daß er mich nicht mitgenommen.

Mein Bruder Fritz lernte Reiten, Fechten, Tanzen, Rechnen und Mathematik. Willi war noch zu jung dazu, später bekam er gleichen Unterricht.

In dem letzten Monat des Jahrhunderts gab uns der Vater den ersten Kinderball. Frau von Brevillier geborene von Ferber von Wien, (eine Cousine des Vaters), war hierher gekommen mit ihren drei Töchtern. Sie wollte einige Monate bei ihren Verwandten bleiben und dieses gab die Veranlassung. Die Mädchen, besonders die ältesten waren schön, fielen aber durch ihre Kleidung, gegen uns andere Kinder, auf. Sie waren stark geschnürt und trugen schon in jenem Alter seidne und andere theure Stoffe. Am 1. Januar 1800 ward ein Ball gegeben bei einer Freundin meiner Eltern, deren zwei Knaben auf unserm Kinderballe sich bei uns befanden. Sie waren beide noch klein und ungeschickt im Tanzen, deswegen zu blöde um ein Mädchen zu fordern, sobald ich dies bemerkte, tanzte ich öfter mit ihnen. Auf diese Weise hoffte ich auch, am Wechsel des Jahrhunderts, bei ihnen eingeladen zu werden. Diese Hoffnung ward in meinem kleinen Kopfe zur Gewißheit, als die Mutter der Knaben sich bei mir bedankte. Ich hatte aber falsch gerechnet, ein Mädchen von zwölf Jahren paßte nicht für einen Ball für Große. Ich brachte also diesen wichtigen ersten Abend des Jahrhunderts mit andern Mädchen bei einer Freundin, Sophie du Fay, später Frau Rath Schlosser, zu; wir kochten in einer großen Puppenküche dem neuen Jahr entgegen. Die älteste Schwester meiner Freundin, Charlotte (später Frau Nieß), hatte an jenem Abende das Theater dem Balle vorgezogen; sie erzählte uns bei ihrer Rückkehr Alles, was vorgekommen. „Männertugend und Weiberlist", von L. v. Bilderbeck, Schauspiel in vier Aufzügen, war gegeben worden. An jenem Tage war der Lärm, die Musik, das Schießen und Trommeln ärger wie gewöhnlich am Neujahrstage. Dem Hause gegenüber, worin wir uns befanden, war ebenfalls Ball, und sehnsüchtig schauten wir dorthin.

Herr Hähnisch baute, als wir wieder in der Stadt wohnten, noch eine Galvanisir-Maschine. Er warb mir, je mehr ich heranwuchs, unleidlicher. Er suchte, (jedoch nur, wenn ich mit ihm allein war), mich zu küssen. Voller Ekel puffte ich ihn dafür, auch versuchte er manches andere, welches ich nicht verstand, ich denke mit Verachtung seiner. Oft wollte ich es der Mutter oder meinen Brüdern klagen, jedoch falsche Scham hielt mich zurück.

In jedes Menschen Herzen schlummert der Keim des Bösen, durch richtige Erziehung wird er erstickt. Bei jenem schlechten Hofmeister geschah es nicht. Hätten wir in unseren vortrefflichen Eltern nicht ein Beispiel strengster Sittlichkeit und Tugend vor Augen gehabt, wäre es gefährlich für unsere Zukunft, ja für unser ganzes Leben geworden. Einfluß übte es dennoch auf uns. Hähnisch ist wahrscheinlich nicht mehr am Leben; Gott möge ihm seine Sünde verzeihen.

Zu Anfang des Jahres ward die Großmutter kränker; wir durften nicht mehr zu ihr gehen. Bettlägerig, faßte sie den unbegreiflichen Entschluß, nichts mehr genießen zu wollen. Der Arzt hatte ihr alle Speisen erlaubt. Täglich wurde Rath gehalten, ihr Lieblingsspeisen ans Bett zu bringen, sie wies mit Heftigkeit jedes Anerbieten zurück, Vorstellungen und Bitten des Arztes vereint mit ihren Kindern halfen nichts. Da kam Jemand auf den klugen Einfall, die Speisen an ihr Bett zu stellen und sich zu entfernen. Dieses Mittel half; sobald sie sich allein glaubte, fing sie an, mit Begierde zu, essen. Man nahm die leeren Teller ohne Bemerkung fort und auf jene Weise ward sie eine Zeit lang ernährt. Der 14. März 1800 machte ihren Leiden ein Ende; sie starb von Vielen beweint. Fortan blieb Tante Margarethe allein in dem Mohren wohnen. Der alte Kutscher war vor seiner Herrin gestorben, auch die Equipage war abgeschafft.

Anfang März theilte uns Herr Hähnisch in großer Aufregung mit, wir würden ein kleines Kind ins Haus bekommen. Er bedauere uns deswegen; da die kleineren Geschwister von den Eltern meist vorgezogen würden, so könne uns das großen Nachtheil bringen. Anfänglich machte es Eindruck auf uns, indessen war ich viel zu flüchtig, als daß dieser haften geblieben wäre. Die Brüder schliefen bereits längere Zeit nicht mehr mit den Eltern in demselben Zimmer, ich war allein bei ihnen geblieben. Neugierig, wie es mit dem Kommen des Kindes gehen würde, bekam ich von meinen Brüdern den Auftrag, auf die Mutter zu achten.

In der Nacht vom 31. März zum 1. April erwachte ich durch Geräusch und sah die Mutter angezogen in einen Mantel gehüllt, auf des Vaters Arm gestützt das Zimmer verlassen. Sogleich verließ auch ich mein Bett und trat an das Fenster; das Schlafzimmer befand sich im zweiten Stock und die Fenster desselben gingen in den Hof. Gegenüber im ersten Stock hatte man die Wochenstube eingerichtet. Ich konnte sie übersehen, allein wie groß war mein Aerger über die fest zugemachten Rouleaux; dennoch blieb ich am Fenster, ich sah die Wartefrau kommen und den Doctor,

legte mich aber am Ende wieder nieder und ward am Mor=
gen mit der Nachricht geweckt, eine Schwester bekommen zu
haben. Erst um zwei Uhr nach Tische durften wir zur
Mutter kommen und das Pfannenstielchen, (so nannte man
damals die ungetauften Kinder) sehen. Eine Sitte, welche
ebenfalls aufhörte, war, daß das neugeborene Kind
seinen älteren Geschwistern Benzucker mitbrachte. Die
Schwester meiner Mutter hob die Kleine aus der Taufe,
sie ward „Sophie" genannt. So gut mir die Taufe meines
Bruders Wilhelm im Gedächtniß blieb, so wenig habe ich
eine Erinnerung der letzteren.

Die Kleine gedieh bis zum Prozeß des Zahnens sehr
gut. Dieses Zahnen machte viel Sorge, an dem Tage
meiner Confirmation glaubte man sie verloren; allein Gott
erhielt sie. 1801 zogen wir an die Windmühle No. 50.
in den Garten der Frau Elise von Bethmann. Dort hatten
wir wieder Kämpfe mit Herrn Hähnisch. Nach Tische durften
wir in den Garten gehen bis um drei Uhr; dann fingen
die Stunden wieder an. Wir drei bestiegen jeder einen
Baum, so hoch wie möglich und ließen uns dann suchen.
Der hierauf folgende Winter brachte den Erzieher aber end=
lich aus dem Hause. Nachmittags trug ihm eine Magd den
Kaffee auf seine Stube, während er uns Stunden gab. Eines
Tages gerieth er in Zorn gegen meinen jüngsten Bruder,
welcher das Zimmer auf einige Zeit verlassen mußte. In
demselben Augenblicke öffnete die Magd mit dem Kaffee=
geschirre die Thüre, der Junge rannte gegen sie und schlug

In seiner Hast Alles zu Boden. Hähnisch ergriff ihn an den Schultern, stieß ihn mit großer Gewalt zwei- bis dreimal mit den Knieen auf die Erde. Mein Bruder schrie laut auf vor Schmerz und ich lief, ohne mich zu besinnen, in das Comptoir zu meinem Vater, ihm das Geschehene mitzutheilen. Der Vater sandte Herrn Hähnisch augenblicklich Geld mit dem ausgesprochenen Willen, am selben Tage das Haus zu verlassen. Nun waren wir zu meiner und der andern größten Freude ihn für immer los. — Lügen und manches andere hatte er uns gelehrt. Er trieb sich noch länger herum, heirathete, zog nach Offenbach und errichtete dort eine Bleiche mit der Kunst, aus farbigen Stoffen die Farbe auszuziehen und sie wieder ganz weiß herzustellen. Einige Zeit soll es ihm geglückt sein, gute Geschäfte zu machen, aber nicht lange; er zog von dort wieder weg. Nach langen Jahren erkannte ihn mein ältester Bruder in Wien, wo er eine Branntweinbude hielt und über Armuth klagte.

Ich bekam nun mehrere Lehrer, unter andern den Rechenlehrer „Rothschild" (nicht mit dem reichen Rothschild zu verwechseln). Ich lernte gern und manches bei ihm. Ich brachte es bis zu der Regula de Tri mit Brüchen; haften blieb diese Kunst nicht bei mir. Ich besitze noch mein letztes Rechenbuch, würde aber keine Erklärung dazu geben können.

In der letzten Hälfte des Jahres 1801 fing mein Religionsunterricht bei den beiden Predigern der französischen Gemeinde an. Der älteste Prediger hieß Souchay, der jüngere Badolet. Souchay war ein ernster, würdiger und etwas strenger Mann, jedoch liebten wir ihn sehr; Babolet hingegen die Güte selbst. Leider war der Arme stocktaub, er konnte nur hören, wenn er sein silbernes Hörnchen ins Ohr steckte und man hinein sprach. Dadurch wurde der Unterricht unvollkommen. Wir waren drei Mädchen, Lotte Gogel, eine meiner besten Freundinnen, und Mimi Schöne- mann, eine meiner vielen Cousinen. Die Knaben waren: Alexander Gontard, Cousin von mir, Jean Noé Gogel, Lottens Cousin und Violett, der Sohn des Kirchendieners, ein wahrhaft bornirter Mensch; sie ruhen alle, ich allein habe sie überlebt.

Der Religionsunterricht war meiner jetzigen Ansicht nach höchst mangelhaft; der Prediger hielt ein selbstgeschriebenes Heft mit Auszügen aus der biblischen Geschichte in der Hand, die er vorlas. Von Zeit zu Zeit erhob er sich und richtete über das eben Gehörte Fragen an einen oder den andern. Bei Pfarrer Souchay nahmen wir uns zusammen, allein bei Pfarrer Babolet erlaubten wir uns zuweilen un- artige Scherze; wenn er vorlas, gab man nicht Acht und sprach untereinander; kam es zum Fragen, da wußte man selten zu antworten, und die Nichtgefragten sagten Dinge vor, welche man dem Prediger in sein Hörnchen sprechen sollte; er klagte oft über uns bei seiner Frau. Einst hörte sie im Nebenzimmer dem Unterrichte zu, da wir weggingen, empfing sie uns an der Treppe und sagte uns manches harte, aber wahre Wort; sie drohte, wenn wir uns nicht beffern würden, unseren Eltern alles mitzutheilen. Wir

standen beschämt vor ihr, und die Drohung bewirkte voll=
ständige Besserung.

An Sonn= und Feiertagen gingen wir meistens zur
Kirche, nach der Kirche durften wir Mädchen, mit Erlaubniß
der Eltern, in Begleitung der bekannten jungen Herren bis
gegen 1 Uhr spazieren gehen; zuweilen erstiegen wir auch
Thürme, besonders gern den Dom, um dort zwölf Uhr
schlagen und läuten zu hören. Noch sehe ich vor mir die
Läuteglocke, welche wir ihrer schnellen und heftigen Bewegung
wegen, „die Gansel“ nannten. Der älteste Sohn des
Herrn du Fay „Cobus“, sechs Jahre älter als ich, sehr
klein, verwachsen, aber durch und durch gescheidt, steckte mir
einst auf der Treppe des Domes im Emporsteigen ein
Billet in die Hand; einen Scherz erwartend, öffnete ich es
an der ersten Luke und — fand ein Liebesgeständniß
nebst Heirathsantrag; ich erschrak so heftig, daß ich die Er=
klärung auf die Treppe fallen ließ, ein anderer Junge fand
sie; der arme Cobus ward weidlich genect. Von jener Zeit
an sah er nicht mehr nach mir; der Arme starb einige Jahre
nachher an der Auszehrung.

War einer der begleitenden Knaben bei Kasse, so be=
wirthete er uns bei einem Zuckerbäcker; was würde man
heutzutage nun dazu sagen, wenn Aehnliches geschähe? Da=
mals freuten sich die Eltern des Vergnügens ihrer Kinder!

An Ostern 1802 war die Confirmation, welche Pfarrer
Souchay leitete; er dictirte in den letzten Stunden Fragen
und Antworten, acht und dreißig an der Zahl, diese mußten

wir auswendig lernen; da er aber stets dieselben Fragen an dieselbe Person richtete, so wußten wir, wen es bei der Con= firmation treffen würde. Ich bekam eine Frage, vor deren Antwort mir gruselte; hier ist sie:

25. Q. Quels sont les vices opposés au vrai zèle pour Dieu? —

25. R. Ce sont les froideurs ou l'indifférence pour tout ce qui regarde la religion et ses progrès, pour tout ce qui peut contribuer à rendre l'amour de la vérité et les bonnes moeurs respectables, c'est encore la tiédeur qui rend les hommes chancelants entre Dieu et le monde, sans savoir à qui ils doivent donner la préférence. Parce-que tu n'es ni froid ni bouillant, dit le Seigneur, mais que tu es tiède, je te „rejetterai de ma bouche."

Eigentlich hieß es im Text: „je te vomirai de ma bouche." Mit Erlaubniß des Predigers hatte ich es ge= mildert.

Die Confirmation war damals nicht in der Kirche, sondern in der Stube der Aeltesten; sie waren nebst den Diakonen gegenwärtig. Nach der Beendigung gab man allen die Hände, dankte dem Prediger und fuhr nach Hause.

Mit Thränen der Verzweiflung wurde ich zu Hause von meinen lieben Eltern empfangen. Die kleine Sophie lag in Krämpfen und Dr. Ehrmann hatte wenig Hoffnung, sie zu retten; trotzdem beschenkte man mich: mein Vater hatte eine goldene blau emaillirte Blume, mit an beiden Seiten Schleifen

und Enden in Filigranarbeit, in die Haare bestimmt, aus
Genf kommen lassen, die Mutter gab mir eine kleine Uhr;
so klein, wie man sie nun hat, war sie nicht, von Form
rund, gleich einer starken Flintenkugel, blau emaillirt, öffnete
sie sich durch den Druck eines Knopfes. Von meiner Tante
Wichelhausen von den Velden bekam ich eine Nadel, in der
Mitte ein großer Stein, kein Diamant, eine Rose von acht
kleineren Steinen umgeben. Meine Rückkunft von der Confirmation schien Glück gebracht zu haben, denn Sophiens
Zustand besserte sich mit jeder Stunde und ich konnte beruhigt Abends zu meiner Tante Schönemann gehen, welche
uns Confirmanden eingeladen hatte. Zu dieser Zeit ging ich
dort am liebsten hin. Herr Schönemann war der Bruder
von Frau von Türkheim (Goethe's Lilli), deren zweiter
Sohn Karl arbeitete seit 1801 als Volontär in meines
Vaters Comptoir; Karl war ernst, aber sehr gescheidt, liebenswürdig, freundlich und gegen uns junge Mädchen von der
höchsten Aufmerksamkeit. Ich sah ihn täglich, so oft ich
ausging oder kam, grüßte er mich freundlich; ich traf
ihn oft in Gesellschaft, er ward mir bald recht theuer und
auch er zeichnete mich aus. 1802, gleich nach der Confirmation, befiel mich ein leichtes Fieber, Ehrmann kam, kaum
saß er an meinem Bette, da trat mein Vater mit der Frage
ein: wie er mich fände, „es hat nichts auf sich, Herr
Gontard“, sagte Ehrmann, und wenn sie das Fräulein heilen
wollen, so geben sie die Einwilligung zur Heirath mit Karl
von Türkheim, er ist eben bei mir gewesen und hat mich

gebeten, mit Ihnen davon zu reden". „Aber lieber Freund",
erwiderte der Vater, „es ist das erste Wort, was ich davon
höre; Karl ist mir als Schwiegersohn sehr willkommen,
allein ich gebe meine Tochter nicht von hier weg; der Vater
von Türkheim soll mir schreiben und da werden wir sehen,
wie es sich macht". Es machte sich aber leider nicht; Herr
von Türkheim wollte seinen Sohn nicht missen, und eben so
dachte der Vater wegen meiner. Wir wurden für immer
getrennt; ich litt sehr, ließ es aber nicht merken; von da
an mied ich es, ihn zu sehen, ich faßte einen festen Entschluß, den ich auch ausführte — später davon. Wir zogen
1802 abermals in den Garten von Bethmann an der Windmühle; es war ein Unglücksjahr in jeder Hinsicht. Lotte
Gogel brachte mir stets zu meinem Geburtstage ein Andenken, dieses Mal auch wieder. Kurze Zeit darauf hörte
ich in der Kirche, sie sei Tags zuvor an Kopfschmerz und
Erbrechen erkrankt, Niemand dürfe sie sehen und den
folgenden Tag starb sie. Einziges Kind, Braut, reich
an Gaben aller Art, war die Trauer eine allgemeine.
Ihre Eltern sahen nie wieder deren Freundinnen bei
sich, und haben sie noch viele Jahre überlebt. An
Christi Himmelfahrt ward sie begraben, ihre Begleitung
war endlos.

Einige Zeit nachher erkrankte die Nichte des Herrn
Gogel, welche nach dem Tode seines Bruders und seiner
Schwägerin zu ihm ins Haus kam und mit seiner Tochter
erzogen wurde. Der Arzt ließ sie erbrechen, am folgenden

Tage war sie eine Leiche. Dr. Ehrmann, der Arzt des Herrn Gogel, ging hin, sein Beileid zu bezeigen und wünschte die Todte zu sehen; kaum eingetreten, riß er die Schelle, befahl ein gewärmtes Bett und wollene Decken zu bereiten, ließ der Scheintodten die Stirne und Schläfe mit starken Essenzen einreiben und die Fußsohlen bürsten; nach kurzer Zeit erwachte sie wieder zum Leben. Dieser Vorgang wurde des Haus=Arztes wegen geheim gehalten. Sie starb hochbetagt vor zehn Jahren.

Im Juni gaben meine Eltern ein großes Diner, Frau Gontard=Borkenstein, meine Tante, war auch anwesend; nie erschien sie mir so reizend, wie an jenem Tage; noch weis ich ihre Kleidung, sie bestand in einem weißen Atlas=Unterkleid, darüber ein schwarzes Tüllkleid, kurze Aermel und einem kleinen weißen Crepphut mit einer Feder; Hals, Arme, Brust und Gesicht so weiß wie Alabaster; sie trug keinen Schmuck. Die anwesenden Herren umgaben sie unaufhörlich; Graf Schlick, der österreichische Gesandte, Herr Baron von Schall, dessen Attaché, und Herr von Hiersinger, der französische Gesandte, plauderten beständig mit ihr.

Wenige Tage darauf hatte ich mich heftig erkältet, Ehrmann fürchtete eine ernste Krankheit. Tante Süsette kam mich zu besuchen, da es schon besser ging; wie lieb und schön war sie wieder in ihrem einfachen braunen Kattunkleide, ihre Haare waren nur leicht aufgesteckt; beim Weggehen gab sie mir die Hand und versprach bald wieder zu kommen.

Am folgenden Tage brachen bei ihren Kindern die Rötheln aus, sie pflegte sie, ward angesteckt und starb, ein Opfer ihrer mütterlichen Pflicht. Mein Onkel raste, warf sich in den Wagen und fuhr davon — ein Jahr nachher war er Bräutigam.

Die Familien Brevillier und du Fay besaßen ebenfalls Gärten an der Windmühle, beide Cousins meines Vaters. Die älteste Tochter des Herrn Brevillier, Charlotte, vermählte sich ein Jahr zuvor mit Fritz Gontard, und die interessanten Umstände seiner Frau bewogen beide, den Sommer in den Garten ihrer Eltern zu ziehen, um dort das Wochenbett zu halten. Beinahe jeden Abend, wenn die Herrn zu Hause gekommen, ging man nach dem sogenannten „Grindbrunnen"; zuweilen richtete man ein schnell improvisirtes Picknick ein, zusammengesetzt von sämmtlichen Nachtessen, man unterhielt sich dabei sehr gut, besonders die Jugend.

An einem schwülen Tage im Juli hatte es Morgens geregnet, nach Tische kam die Sonne und es gab einen schönen Abend. In dem Garten der Frau von Bethmann, den wir bewohnten, stand nahe am Hause ein länglicher Tempel, welcher einen durch Fenster und Glasthüre geschützten Saal enthielt. Im Frontespiece stand mit goldenen Lettern „Tempel der Freundschaft"; er stand etwas von der Stacketenmauer entfernt, man konnte bequem mit Vorübergehenden sprechen. Wir saßen gegen Abend immer darin; Brevilliers und Gontards kamen an jenem Abend vorüber, um ihre gewöhnliche Promenade zu machen, baten uns, mit-

zugehen, allein meine Mutter fand es zu feucht auf der
Wiese, man könne sich erkälten und warnte besonders die
junge Frau; indeß man hörte nicht auf ihren Rath und ging
weiter. Bei dem Rückweg gaben sie der Mutter Recht, sie
eilten zum Wechseln nach Hause; wie groß war aber unser
Schrecken, als wir andern Tages erfuhren, Frau Gontard
habe in der Nacht furchtbare Krämpfe bekommen und sei
gestorben. Es war dieses in jeder Hinsicht ein trauriger
Sommer und auch ich fühlte mich sehr allein; mein
ältester Bruder Fritz war zu Herrn Violet nach Genf gekommen, um die Handlung zu erlernen, und mein jüngster
Bruder Willi befand sich in Hanau bei Habermann, welcher
Rector des dortigen Gymnasiums war. Habermann war
klein und verwachsen, hatte aber ein ungewöhnlich schönes
Antlitz, frische Farbe und schöne Augen, dabei war er gescheidt, streng in der Erziehung und dennoch höchst gutmüthig;
Frau Habermann war groß, hager und unschön. Sie hatten
einen einzigen Sohn, welcher Karl hieß, ein Ideal von
Schönheit. Wilhelm Manskopf, Henri Gontard, zwei Gogels
von hier und zwei Holländer, Jan mit Namen, befanden
sich zu jener Zeit dort. Wir fuhren einigemal im Jahre
hin, um Willi zu besuchen, und in Ferien kam er öfter
hierher, dennoch gewöhnte ich mich sehr schwer an diese Ent-
behrung. Zu meiner Erheiterung erhielt ich Unterricht auf
der Guitarre; mein Lehrer war ein Wiener und hieß Joseph
Baumgärtner; eigentlich war er Clarinettist am hiesigen
Orchester; früher bei der Kapelle des Herrn Nikolaus Bern-

hard in Offenbach angestellt, kam er nach deren Auflösung
hierher; Proben und Vorstellungen ließen ihm Zeit genug,
Unterricht zu geben. Ich lernte gern und nicht ohne Nutzen,
denn nach einigen Jahren war ich eine fertige Dilettantin
auf diesem Instrumente; auch meinem tollen Einfalle, die
Clarinette zu lernen, gab er Gehör, jedoch weiter, als die
Tonleiter rein zu blasen, brachte ich es nicht, und gewiß zu
meinem Besten.

Mein Onkel Gontard-Borkenstein ließ zur Erziehung
seiner Töchter nach der Tante Tod Fräulein Jenny d'Huc
von Lyon kommen; sie war gescheidt, heiter und liebenswürdig. Mein Onkel Gontard-Wichelhausen, dessen Hofmeister, Herr Schmidt, eine Pfarrstelle in Sachsen erhielt und sich mit Fräulein Sophie Münch (die jüngste
der drei Schwestern Münch, welche durch Goethe so bekannt
geworden sind), verlobte, sah sich veranlaßt, für seine drei
Töchter, die jüngere, Fräulein Pauline d'Huc, ebenfalls
kommen zu lassen; für seine Söhne bekam er den Candidaten Karbach, welcher später in Mannheim Prediger ward;
demselben wurde die traurige Pflicht, den Studenten Sand im
Gefängniß aufzusuchen und ihn auf seinem letzten Gange zu
begleiten. Karbach war immer gut und freundlich mit uns
Allen, ebenso Jenny d'Huc; Pauline d'Huc jedoch viel weniger,
denn sie war streng, kalt, immer übler Laune, welches sich
mit den Jahren steigerte, ganz das Gegentheil ihrer
Schwester; steter Umgang mit meinen Cousinen und Cousins
machten mir Pauline d'Huc höchst unangenehm.

Den folgenden Sommer zogen wir an die Bockenheimer Chaussee in den Garten des Hrn. Jung (nunmehr im Besitze der Frau Seufferfeld von Trepka); kaum einge= zogen, bekam mein guter Vater die Rötheln, meine kleine Schwester und ich wurden, aus Furcht vor Ansteckung, voll= kommen abgesperrt. Dr. Ehrmann zu jener Zeit in Straß= burg, hatte den Dr. Klees empfohlen, falls jemand erkranke. Dieser gab meinem Vater eine unbegreifliche Freiheit; der Kranke schlief zwei Treppen hoch und er er= laubte ihm, jeden Morgen auf den Arm der Mutter und des Bedienten gestützt in ein Parterre=Zimmer zu gehen und am Abend wieder herauf. Es entstanden keine üble Folgen daraus, ausgenommen daß mein Vater von da an öfter an den Augen litt. Die ganze Familie floh uns gleich Pestkranken. Ich entschädigte mich mit arbeiten, lesen und schreiben und etwas — durch Obst naschen. Nach sechs Wochen war Alles im alten Geleise. Da meine Lese=Zeit beschränkt, nahm ich die so sehr üble Gewohn= heit an, im Bette es zu thun. Jeden Abend verschloß ich meine Thüre, welche in ein großes Zimmer mündete, durch welches meine Eltern gehen mußten um in ihr Schlafzimmer zu kommen. Meine Mutter sah durch die Thürspalten noch Licht bei mir, sie klopfte und fragte nach dem Grunde des Lichtes. Tief eingeschlafen gab ich keine Antwort; glücklicherweise hatte die Thüre eine Pasquille, wodurch die Mutter öffnen konnte. Ich schlief ruhig bei brennender Kerze, das Buch lag auf der Erde und das Kopfkissen dicht

5

an der Flamme. Mein Erschrecken, und noch mehr die
Thränen, welche meine liebe Mutter, bei dem Gedanken
vergoß, ich hätte verbrennen können, machten einen so heftigen
Eindruck auf mich, daß ich es für immer unterließ und noch
jetzt, im hohen Alter, höre ich stets mit dem größten Un-
willen, wenn jemand diese Thorheit begeht.

Nachdem wir wieder zur Stadt gezogen, bekam ich auch
Sing-Unterricht bei Herrn Woraleck, dessen Tochter vor
einigen Jahren erste Sängerin bei dem hiesigen Stadttheater
gewesen. Diese besaß eine herrliche Stimme, auch ihre
Bildung steigerte sich noch mehr, nachdem sie den Musikdirektor Cannabich geheirathet hatte. Maurer, der erste Bassist
hier, ein vortrefflicher Sänger, verliebte sich in sie. Seiner
Schule hatte sie vieles zu danken. Leider ging Cannabich
mit seiner Frau, ebenso Maurer einige Jahre später, nach
München, woselbst Maurer plötzlich starb; bald darauf Cannabich. Seine Frau verlor aus Schrecken darüber ihre Stimme.
In dieser traurigen Lage verliebte sich ein apanagirter Prinz
von Isenburg in sie und heirathete sie. Kinderlos, kaufte
ihr der Prinz ein einträgliches Gut in Bayern, damit sie
nach seinem Tode anständig leben könne; eine Vorahnung
seines Schicksals bewog ihn dazu. Kurz nachher ward er
tödtlich verwundet (durch sein eigenes Gewehr) von der
Jagd nach Hause gebracht. So endigte ein früher so reiches
Dasein für sie; stets angebetet, da ihr Gesang vollkommen
mit ihrem Spiele harmonirte, lebte sie später in der Ein-
samkeit. Die gebesserte Eigensinnige, Griselda, Sextus u. s. w.

waren ihre Glanzrollen gewesen. Sie erreichte ein hohes Alter und soll viele Wohlthaten gespendet haben.

Mein Gesanglehrer beging einen großen Fehler, er ließ mich nicht lange Scala singen, aber kleine Lieder zur Guitarre und endlich auch Arien; meine Stimme war hoher Sopran, wohlklingend und schön, jedoch singen lernte ich nicht. Nach seinem Tode, der bald erfolgte, gab mir Frau Lange Unterricht, eine Nachfolgerin der Cannabich; die erste Blüthe der Jugend lag schon lange hinter ihr, sie war aber eine treffliche Coloratursängerin und Schwägerin des großen Mozart (anfänglich wollte er sie zur Frau nehmen, sie mochte ihn aber nicht, er heirathete ihre jüngere Schwester). Die Rollen der Vitellia in Titus, der Königin der Nacht in der Zauberflöte und der Constanze in der Entführung aus dem Serail soll Mozart für sie componirt haben. Ihre Stimme war natürlich nicht mehr frisch, aber desto größer ihre Kunst; schade, daß trotz Schminke und Toilette sie auf der Bühne noch älter aussah, als sie es eigentlich war. Sie beging den nämlichen Fehler mit mir, wie Woraleck; ich lernte eben nicht singen. Ein junger Spanier (er hieß Valwerdy) war wegen ihrer Kunst verliebt in sie, wegen seiner ließ sie sich von ihrem Manne, dem so sehr berühmten Hofschauspieler Lange in Wien, scheiden; als Katholiken konnte sie den Spanier nicht heirathen, er würde diese Thorheit begangen haben. Valwerdy besaß keine starke, aber für das Zimmer eine prachtvolle und gebildete Baritonstimme; er sang nie öffentlich; allein er war so freundlich, einige Mal in meiner

Eltern Hause Duetten mit ihr und spanische Lieder zur Guitarre zu singen.

Im Jahre 1803 kam mein ältester Bruder wieder zurück und trat als Commis in das Geschäft.

In diesem Jahre, am 18. Juli *), war der König Friedrich Wilhelm III. mit der Königin hier angekommen, seine Begleitung war eine glänzende; die Fürstin von Thurn und Taxis, die Herzogin von Cumberland, der Statthalter von Oranien nebst Gemahlin, Tante des Königs von Preußen, waren die hervorragendsten.

Herr Moritz von Bethmann bot diesen Herrschaften einen Ball an, welcher, da es gerade Sommer war, in seinem Gartenhause vor dem Friedberger Thore stattfand.

Bei der Einladung dazu ließ Herr von Bethmann die jüngeren Herren und Damen ersuchen, stets zu vier Paaren in irgend einer kleidsamen Tracht zu erscheinen und Tänze aufzuführen, das ward mit Freuden befolgt; für die Personen, bei denen ich war, wählte man die reiche polnische Tracht.

Die Königin von Preußen, geschmückt mit allen Reizen der Jugend, Schönheit und Anmuth, ohne jedoch in ihren Bewegungen ihren hohen Rang zu verleugnen, erregte allgemeine Bewunderung. Ihr Anzug war reich und geschmack-

---

*) Am 31. September 1803 war der König von Schweden mit der Königin im Theater. Sie sahen den „Titus“. Sie war schön, allein bleich und ernst; die prachtvollsten Perlen waren ihr Schmuck.

voll; sie trug Juwelen und Blumen, allein nichts überladen.
Ihre Gestalt, schlank und dennoch voll, harmonirte mit den
lieblichen Gesichtszügen; ihre Augen und ihr Blick waren
wundervoll. Von den beiden Schwestern der Königin hielt
man die Herzogin von Cumberland für die schönste; der
Fürstin von Thurn und Taxis fehlte es ebenfalls nicht an
Reizen, sie war die größte von den Dreien und hatte eine
üppige Gestalt. Die Statthalterin, eine alte Dame, war
nicht schön; sie steckte wie in einem Harnische von Juwelen,
man konnte kaum die Farbe ihres Kleides erkennen, Alles
strahlte an ihr.

Im Jahre 1845 ereignete sich gelegentlich einer ähn-
lichen Ueberfüllung von Juwelen ein komischer Fall in
Constantinopel. Die Frau des englischen Gesandten hatte
den Wunsch, dem Sultan vorgestellt zu werden, sie wollte
mit Hülfe eines Dolmetschers einige Worte an ihn richten;
damals war die türkische Etiquette noch streng. Alle Versuche, welche man machte, schlugen fehl; endlich entschloß sich
der Sultan zu einer Vorstellung im Garten des Serails.
Die Lady war reich, sie hatte den Einfall, alle ihre Juwelen
auf ihrem Kleide anzubringen. Die Zusammenkunft fand
am Tage statt bei hellem Sonnenschein. Als der Sultan
mit seinem Dolmetscher in den Garten kam, griff er grüßend
an sein Fes, die Lady verbeugte sich tief, aber als sie sich
wieder erhob, war Sultan und Dolmetscher verschwunden. —
Der Sultan äußerte, er habe mit der Frau nicht reden
können, es wäre ein Juwelenkästchen gewesen, es hätte vor

seinen Augen so geblitzt und geflimmert, daß er sich schleunig habe zurückziehen müssen.

Der König von Preußen wünschte auf dem Balle, Herr von Bethmann möge ihm die Herren vorstellen, welche er 1792 als Kronprinz hier gekannt habe. Unter diesen war auch mein Vater; der König fragte ihn, ob seine Kinder noch am Leben seien und ob das kleine Mädchen sich auf dem Balle befände, er wünsche sie zu sehen und bäte, sie ihm vorzustellen. Mit der Freimüthigkeit eines Kindes trat ich dem König entgegen, der Monarch reichte mir die Hand und bemerkte: „Ei, wie groß sind Sie geworden, ich hätte Sie nicht wieder erkannt, Sie haben sich recht verändert gegen damals, als Sie so oft auf meinen Knieen gesessen haben; ich wünsche Ihnen alles Glück in der Ehe, wie ich es habe; machen Sie Ihren Eltern stets Freude im Leben. Nun will ich Sie nicht länger vom Tanzen abhalten." Mit einer Handbewegung war ich entlassen.

Mein Vater fing damals an mit Frankreich Bank= geschäfte zu machen. Receveur Raiset, in Mainz angestellt, und Receveur=général Gerbolle in Coblenz, speisten oft bei uns. Letzterer war ein Coblenzer und hatte eine Deutsche zur Frau, Raiset hingegen war Pariser (de coeur et d'ame); Seine Frau, eine Pariserin, hatte das ganze Jahr vapeurs. Beide Herren luden meine Eltern wiederholt zum Besuche ein. Zu meiner Freude entschloß sich der Vater zu einer Reise nach Coblenz; zugleich wollte er meiner kleinen Schwester eine Freude bereiten. Die erste Pflegerin der=

selben war in St. Goarshausen verheirathet und sollte be=
sucht werden. Wie unendlich groß mein Glück gewesen
kann ich kaum sagen. Die erste Reise meines Lebens; Mainz,
Coblenz, den Rhein mit seinen Schönheiten, dies alles sollte
ich sehen! Mein Vater hatte eine Cousine in Benndorf
verheirathet, Namens Hoffmann, deren Töchter kamen
öfter zu ihren Tanten d'Orville hierher. Auch diese, schon
längst meine Freundinnen, sollte ich wiedersehen. Mimi,
die älteste, liebenswürdigste und schönste, hatte vor mehreren
Jahren das Unglück mit dem Knie auf einen spitzen Stein
zu fallen. Sie litt ihr ganzes Leben daran und konnte
nur mit Mühe gehen; war gerade Niemand da, auf den
sie sich stützen konnte, so mußte sie das leidende Knie
mit der Hand halten. Dieser Zustand bereitete ihr einen
frühen Tod. Jeanette, die zweite, ein recht munteres Mäd=
chen, heirathete später ihren Cousin Remy, war glücklich
und hinterließ viele Kinder. Die dritte, Louise, ist stets sehr
ernst gewesen, wie selten ein junges Mädchen. Sie wies
alle Freier ab, heirathete jedoch in später Zeit den be=
rühmten Geschichtschreiber Schlosser in Heidelberg. Bertha,
die jüngste war damals noch ganz Backfisch. Diese Cousine
Hoffmann sollte auch von uns einen Besuch erhalten. In
einem Miethwagen fuhren wir nach Mainz, ein Kinder=
mädchen und der Bediente mußten mit. In Castel miethete
mein Vater einen großen Kahn mit Leinwand überspannt.
So erreichten wir Abends Rüdesheim; es war ganz dunkel
geworden, als wir bei Ackermann ankamen. Obgleich

ich müde war, konnte ich nicht schlafen gehen aus Erwartung, das jenseitige Ufer zu sehen; kaum ward es Tag, stand ich schon am Fenster. Wie reizend war jener Anblick; im Hintergrunde Bingens düstre Thürme, dazwischen hohe Pappeln und auf dem Berge links von Bingen stach die weiße Mauer des Judenkirchhofs ab; noch mehr links am Ende dieses Berges standen die Ruinen der Rochuskapelle. Unter dem folgenden Hügel liegt lang gestreckt am Rhein Kempten, welches sehr gehoben ist durch das große Wirths- haus in der Mitte des Ortes.

Nach dem Frühstück fuhren wir wieder zu Wasser nach St. Goarshausen. Die fragliche Pflegerin harrte schon am Ufer und fuhr mit uns nach St. Goar; hier wurde über- nachtet. Den andern Tag ging es nach Coblenz. Mein Vater hatte die Gewohnheit, vor dem Schlafengehen zu lesen; er nahm sich deswegen englische Bücher mit, die da- mals in Frankreich streng verboten waren. Der Douanier nahm ein Buch dem Bedienten mit der Frage: ob es eng- lisch sei, aus der Hand; jener versicherte, es sei italienisch, und darauf hin wurden die Bücher nicht genommen.

Wir blieben zwei Tage in Coblenz, Herr und Frau Gerdolle waren die Freundlichkeit selbst; sie hatten Equipage und zeigten uns die schönsten Punkte um die Stadt, auch einige Festungswerke. Mit einem Miethwagen fuhren wir andern Tages ganz früh nach Benndorf; wir wurden herz- lich empfangen; man führte uns auf den Rennberg, ein neu angelegter Spaziergang, von welchem man eine herrliche

Aussicht hat. Nach Tische fuhren wir nach Neuwied, besahen das Schloß, den Schloßgarten und die Herrnhuter Anstalt; mein Vater, freundlich und galant wie immer, überraschte uns durch Geschenke; ich bekam ein kleines Schmuckkästchen, innen von Sammt, außen mit weißem Atlas überzogen, auf dem Deckel von schmalem Bande ein Bouquet gestickt; ich habe es noch, allerdings verblichen, aber nicht mit ihm die Freude des Besitzes.

Wir fuhren wieder zurück nach Coblenz, blieben dort noch eine Nacht, frühstückten bei Gerolle und machten in dem Miethwagen die Rückreise in die Heimat, ganz entzückt über alles Gesehene.

Mein Vater spornte mich stets an, in der englischen Stunde bei Herrn Will recht fleißig zu sein; er war als junger Mann mehrere Jahre in London in einem Handelshause, liebte deshalb die Engländer und ihre Sprache über Alles. Um ihn zu erfreuen, machte ich gute Fortschritte; zum Beweise übersetzte ich die „Stricknadeln" von Kotzebue; diese Arbeit war gelungen, ich schrieb sie sauber ab und ließ das Ganze hübsch einbinden, alsdann überreichte ich es dem Vater zu seinem Geburtstage, 1. März. Zu meiner Freude war er sehr vergnügt und erneuerte sein Versprechen, mit mir nach England zu gehen, allein wegen der eingetretenen Continentalsperre mußte es unterbleiben.

„Die Zauberflöte" sah ich bei der ersten Aufführung, sie machte großen Eindruck, aber später noch mehr „die Palmyra" von Salieri, „die drei Prinzen", ein Scythe, ein

Egyptier, ein Deutscher mit ihren Geschenken, Riesen, Zwerge u. s. w. gefielen mir ganz besonders. Die Arie des Scythen-Fürsten:

> „Giftige Schlangen
> Hab' ich gefangen
> Und sie zum Scherzen
> Zerbrückt am Herzen"

sangen wir wiederholt. Auch der Spiegel von Arkadien von Süßmayer gefiel mir nicht minder: ein Zauberer gibt einem armen Volke Samenkörner, diese entwickeln sich und es gibt ungeheure Kürbisse, welche aufspringen. Im Innern befanden sich Handwerker aller Art.

Zwei erfreuliche Sitten für Kinder sind gänzlich verschwunden. Am Geburtstage ward man reich beschenkt: in der Mitte des Tisches stand eine Torte oder ein Kuchen mit einem Papier belegt, worauf kleine brennende Wachslichter aufgeklebt waren, welche die Zahl der Jahre bezeichneten. Für die Weihnachtstage wurden von Brendenteig bei dem Zuckerbäcker die Vor- und Zunamen des Beschenkten bestellt, und diese lagen auf einem kleinen Blotzen, der reich mit Confitüren belegt war; außerdem stand noch ein großer Marzipan auf der Tafel.

Ich sah den letzten Einzug der Geleitsreiter; sie wurden von den Bürgermeistern an der Ziegelhütte empfangen, bekamen Pfeffer und Salz nebst der Erlaubniß, unter Trompetenschall und dem Geläute der Glocken in die Stadt zu reiten. Der Geleitstag ist geblieben mit seinen sonderbar geformten Bretzeln, allein die Reiter! —

Von 1804 an kam ich öfter auf Bälle; ich tanzte gern. Viele meiner Freundinnen durften ohne ihre Eltern auf Privatbälle gehen; mir ward es nicht gestattet. In dem jetzigen Postgebäude auf der Zeil wurde jeden Monat im Winter ein Casinoball gehalten. Einmal jedoch konnte man den Saal nicht haben, und da hinten in dem Garten dieses Gebäudes ein großer Pavillon stand, entschlossen sich mehrere Familien, die Jugend bis 11 Uhr darin tanzen zu lassen. Bei Beendigung des Balles hatten sich die Kutscher verspätet und die ganze Gesellschaft mußte auf sie warten. Wir setzten uns in einen Kreis und die jungen Herren standen plaudernd dahinter: auf einmal bekam ich einen derben Kuß auf den entblößten Nacken mit den Worten: „Verzeihung, ich konnte der Versuchung nicht widerstehen"; eine kräftige Ohrfeige war meine Antwort.

Ein Cousin meines Vaters befand sich mit seiner Frau in Langenschwalbach zur Cur; die Landgräfin von Hessen-Rheinfeld, geborne Prinzessin von Lichtenstein, war ebenfalls dort. Mein Vater besorgte deren Geldgeschäfte, und im Winter spielte er oft L'hombre mit derselben. Um jene Personen zu besuchen, benutzte mein Vater die Post; die Mutter und mich nahm er mit. In Schwalbach fanden wir viele Frankfurter, und machten schöne Spaziergänge. Zu der Landgräfin, welcher zu jener Zeit Schwalbach gehörte, und die ein kleines Schloß (ist nun das Amtsgebäude) dort besaß, war der Vater öfter geladen; wir wurden nur am Brunnen begrüßt. Auf dem Kirchhofe zu Schwalbach befindet sich vom Jahre 16 . . ein Komödiant (so lautet die Schrift) begraben. Dies grabschriftliche große Lob seiner Moralität ist gewiß eine Merkwürdigkeit. Von dort fuhren wir nach Ems, ein neuer Badeort für meine Eltern; sie waren niemals zuvor dort. Gleich nach der Ankunft beging ich die Unvorsichtigkeit, einige Gläser Krähnchen-Wasser zu trinken; ich bekam dadurch in der Nacht Blutspeien. Der dortige Brunnenarzt (Dr. Vogel) gab mir eine Kleinigkeit, die sogleich half. Am letzten Tage unserer Anwesenheit gingen wir Abends in den kleinen Cursaal, dicht an der Lahn gelegen. Wir fanden dort den Herzog Louis von Württemberg mit einigen Herren seiner Umgebung. Er sprach sogleich den Vater an und fragte ihn, ob er dem Guitarren-Spiel und Gesang einer seiner Herren zuhören wolle, ihm und den Damen würde es gewiß gefallen. Der betreffende Herr holte darauf sein Instrument, spielte vortrefflich, und sang mit kleiner, aber höchst wohlklingender Stimme einige Lieder. „An ein Veilchen" mußte er wiederholen. Und wer war der Herr? — Der später so berühmte Carl Maria von Weber! damals Secretair des Herzogs. Wer weiß ob nicht der musikalische Fürst den ersten Impuls für Weber's großen Ruhm gab.

Meine Eltern waren besonders gastfrei, sie gaben im Winter sechs große Mittagessen, welche man zu jener Zeit Gastereien nannte. Bei zwei Mittagessen wurden nur hohe

Herren geladen, welche den Winter hier zubrachten: so die Gesandten bei der freien Reichsstadt Frankfurt, Fürst Reuß-Greiz mit einem Prinzen, Graf Schlick und Herr von Schall für Oesterreich, Baron Hiersinger für Frankreich (der Gesandten für Württemberg, Bayern, Preußen, Hessen und Rußland erinnere ich mich nicht), der Landgraf von Hessen-Rumpenheim, der Burggraf, Graf von Westphalen, Moritz von Bethmann einige hier wohnende Patrizier und Senatoren gehörten zu jener Zahl. Das zweite Herrenessen bestand nur aus Kaufleuten, von Bethmann wurde auch hierzu stets geladen. Ich erinnere mich eines Falles, wo mein Vater wieder recht seine Redlichkeit bewies. Die Herren Kaufleute theilten nämlich einander mit, auf welche Weise sie ihr Vermögen erworben; einer der älteren erzählte, er habe wohlfeil Assignaten gekauft und diese wieder zum vollen Werthe den Emigranten berechnet. Mein lieber Vater stand vom Tische auf, legte seine Hände auf des Sprechers Schultern und sagte (trotzdem daß jener sein Gast war): „Ich hoffe, mein starker Wein spricht aus Ihnen, sonst wäre es nicht glaublich." „O nein", erwiderte der andere, „es ist wirklich so." Der Vater lud ihn nie mehr ein.

Dann wurden ältere Herren mit ihren Damen eingeladen; später die jungen Herrschaften. Das letzte Mittagessen gab man zu Ehren der Prediger der französischen Gemeinde.

Gesellschaften gab es oft, auch zwei Bälle und einmal Concert.

Mit Frau von Malschitzky wechselte ich oft Briefe; ein=
mal sandte sie mir durch Herrn von Schwarzkopf, welcher
sie in Berlin besucht hatte und hierher kam, eine Tasse,
worauf die drei Parzen gemalt sind, unten steht der
Wunsch: „Spinn' ihn lange noch!" Die Tasse bewahre
ich wie Gold; der Wunsch ist in Erfüllung gegangen, denn
indem ich dieses niederschreibe, beginne ich das 85. Jahr.
Die gute chère amie starb schon 1808. Meinem Vater
schrieb Malschitzky nach dem Tode seiner Frau noch zuweilen,
später hörten wir nie mehr etwas von ihm. Der Einfluß
der stets siegenden Franzosen, die Uebergabe der Stadt an
den Fürsten Primas am 6. September 1806 durch den
französischen General=Commissär Lambert löste damals viele
Bande.

Der Fürst war anfänglich von den Bürgern nicht ge=
liebt, allein es änderte sich schnell, denn er that so viel
Gutes, als in seiner Macht stand. Der Graf Tascher de
la Pagerie sollte nach des Fürsten Tode Frankfurt erhalten,
deswegen stand der Primas stets unter Napoleons Herrschaft.
Er wohnte im fürstlich Taxisschen Palais. Einen Tag
in der Woche gab er große Gesellschaft, wozu man am An=
fange des Winters für immer eine Einladung erhielt; diese
Gesellschaften waren sehr besucht. Durch ein Vorzimmer
ging man in den großen runden Saal, wo man sich ver=
sammelte; die Damen saßen in einem Kreise, die Herren
standen in der Mitte. Später wurde in Nebenzimmern Karte
gespielt; im Saale ward von den Orchestermitgliedern musicirt,

Quartette oder von Hoffmann ein Violin=Concert, von Tschiasny ein Violoncell=Concert, oder auch vom sogenannten blonden Hoffmann ein Clarinett=Concert, welches stets ab= wechselte. Wer dem Fürsten gesagt, daß ich Guitarre spiele, erfuhr ich nie; er bat mich, zu spielen, und so ungern ich es that, mußte ich dennoch zusagen. Meine liebe Mutter schenkte mir ihr Instrument, es klang herrlich. Ich wählte ein Terzett mit Violine und Violoncell=Begleitung; trotz meiner Angst, war doch die Ausführung über Erwarten gut. Der Fürst Primas, ein sehr freundlicher Herr, fand in der Gesellschaft stets ein passendes Wort für Alle; mit mir sprach er öfter. Da er das Aufstehen von dem Stuhle, wenn er Jemand ansprach, sich verbat und ziemlich groß war, so stand er meist in gebückter Stellung; er trug an einem rothen Bande ein großes, sehr reiches Kreuz mit herrlichen Juwelen. Einst lobte ich die Schönheit der Steine, er nahm den Schmuck in die Hand und sagte: „Ja es ist schön, drückt aber schwer." Oft bereute ich mein Loben, ich hatte ihm wehe gethan.

In den Gesellschaften des Fürsten kamen merkwürdige Toiletten zum Vorschein. Ich erinnere mich einer reichen Frau Syndicus, welche überaus häßlich war, dieselbe trug einen Kopfputz und ein Kleid drap d'argent, und so noch verschiedenes Auffällige.

Der Hofstaat des Fürsten war nicht groß. Er bestand aus: Hofmarschall von Ferret, Kammerherr von Junghenn und Bosschi, Weihbischof Kolborn, Leopold Graf von Beust (ein Sachse), Conferenzminister, Freiherr von Eberstein, Geheimer Staatsrath, von Itzstein, Ober-Polizeiminister, von Zwcier, General-Commandant und Guiollett, Directorialrath. Die Fürstin von der Leyen, welche später in Paris so schrecklich verbrannte, war des Fürsten Nichte. Bei den Mittagessen, welche Primas gab, empfing sie und machte die Honneurs. Wir aßen zweimal dort, der Fürst war nie anwesend, wenn man sich versammelte; erst später fand er sich im Eßsaal ein, wahrscheinlich weil er keine Dame zu Tische führen konnte. Ward den Gästen das Anrichten gemeldet, so rief der Hofmarschall die Namen der Herren auf und nannte die Dame, welche er zu Tische führen sollte.

Der Ton bei Tische war ungezwungen, das Menu reichlich und vortrefflich. Ein Hausmeister bot die Speisen an und nannte sie. Eine Menge Bediente waren um den Tisch beschäftigt, alle schwarz gekleidet; der Fürst gab keine Livree, nur zwei Läufer hielt er sich, die er höchst fantastisch kleidete; in der Stadt liefen sie seinen Wagen voraus; man sah sie oft in den Straßen, stets in kurzem Trabe laufend.

Eine Sitte an des Fürsten Tafel war störend; es stand kein Wasser auf derselben, nur zweierlei Wein in kleinen Karaffen; sobald eine geleert war wurde augenblicklich gewechselt. Nach dem Kaffee, dem der Fürst nicht beiwohnte, entfernte man sich.

Die Fremdenloge ersten Ranges im Theater ward für den Fürsten eingerichtet. Es standen zwei vergoldete Sessel mit rothem Sammt bezogen darin. Im Hintergrunde waren

Kandelaber an der Wand aufgehängt, diese wurden angesteckt — ehe er kam, was man stets vorher wußte. Warten ließ
er nie, das Publikum empfing ihn jedesmal. War sein
Namenstag, so wurde das Haus festlich beleuchtet, ein Pro-
log gesprochen, oder ein Gedicht declamirt. Er besuchte
fleißig das Theater. Das Schauspiel und die Oper waren
damals sehr gut. Jedesmal sprach er mit seinen Nachbarn
zur Rechten und zur Linken. Die Stadt gab ihm zu Ehren
einen Volksball in dem dazu eingerichteten Theater, er unterhielt sich dabei mit Jedermann.

Den Sommer brachte der Fürst meist einige Monate
in Aschaffenburg zu; war er aber hier, so gab er in den
untern Räumen des Schlosses Gesellschaften, wobei auch
der hübsche Garten benützt ward. Das Eschenheimer Thor
bekam, dem Primas zu Ehren, den Namen „Karls-Thor".
Es stand in großen vergoldeten Buchstaben an dem Eingange
nach der Promenade zu, und blieb stehen, bis vor einigen
Jahren der Thorbogen abgerissen ward.

Die Entfernung der Wälle und Festungswerke geschah
auf Anordnung des Fürsten. Wie herrlich Guiollett alles
umgeschaffen, daran haben sich schon Tausende von Menschen
erfreut. Schade, daß es kein gutes Bild von ihm gibt,
seine Marmorbüste in der Promenade ist ihm durchaus
nicht ähnlich. Mir gab er kurz vor seinem Ende, sein
Porträt in Profil von Gyps, dieses allein ist sprechend ähnlich; um es der Nachwelt zu erhalten, schenkte ich dasselbe
der Stadtbibliothek.

6

Ferdinand von Camuzi, Canonicus des Collegat-Stifts zu St. Peter in Mainz (aus Freiburg im Breisgau gebürtig), war in allen Familien freundlich aufgenommen. Im höchsten Grade liebenswürdig, heiter für sein Alter, witzig, ohne zu beleidigen, war er der angenehmste Gesellschafter. Bei beschränktem Einkommen war Geben seine höchste Lust; nicht helfen können, für ihn der größte Schmerz. Niemals fragte er nach der Religion, er half, wo er konnte. Er spielte gut Klavier, und da er dachte, ich habe musikalisches Talent, kam er öfter, mit mir zu spielen. Eines Tages sprach ich ihm von der Geisterwelt: ob er wohl glaube, daß man nach dem Tode erscheinen könne? Er gab ausweichende Antwort, versprach mir aber auf meine Bitte, wenn er könne, ein Zeichen nach dem Tode zu geben. Der H-dur-Akkord sollte angeschlagen werden. Wenige Tage darauf, am 28. September 1807, ging Camuzi ganz gesund Morgens aus, fiel auf der Straße zur Erde und war todt! — 63 Jahre war er alt. Viele Thränen flossen um ihn, unter den Trauernden war auch ich; der Akkord ward niemals angeschlagen.

Drei Freier fanden sich um diese Zeit für mich: der eine war der primatische General von Zweier, noch einmal so alt wie ich; der andere ein französischer, hochstehender Marschall; endlich der dritte, der russische Gesandte Graf Alopeus, letzterer war sogar älter als mein Vater. Dieser erzählte mir erst später von jenen beiden Anträgen, als ich bereits verheirathet war.

Ein apanagirter Prinz von Weilburg brachte meistens die Wintermonate hier zu; sehr munter, sprach und scherzte er am liebsten mit uns jungen Mädchen, und wäre er nicht so corpulent gewesen, würde er auch getanzt haben. Zu meiner Tante Schönemann ging er beinahe täglich. Oft lud er sie nebst Onkel und Tochter nach Weilburg ein; auch mich bat er, mitzukommen. Wir sollten unsere Ankunft ihn wissen lassen: er würde dann seinen Wagen senden und uns auf das Schloß holen lassen. Meine Tante konnte der Einladung nicht widerstehen, sie entschloß sich dazu und bat meinen Vater, mich mitnehmen zu dürfen. So sehr ich es wünschte, schlug es der Vater doch ab. Er meinte, wir möchten nicht hingehen, der Prinz hier und der Prinz dort seien zwei verschiedene Personen; man solle sich keiner Unannehmlichkeit aussetzen. Die Tante hörte nicht auf diesen Rath. Sie reiste hin, dort sandte sie einen Diener auf das Schloß, ihre Ankunft zu melden; dieser kam mit der Antwort zurück, der Prinz sei verreist. Die Tante entschloß sich, zwei Tage zu bleiben; bei ihrem ersten Ausgange begegneten sie dem Prinzen im Wagen. Dieser sah sie an, grüßte jedoch nicht. Die Tante glaubte, er habe sie nicht erkannt, und sandte nochmals auf das Schloß. Der Prinz ließ sagen, er sei unwohl und könne Niemanden empfangen.

Im Winter, bei abscheulichem Wetter, gab man im Theater „die Geschwister" von Goethe. An demselben Abende waren viele Bälle, Gesellschaften u. s. w. in der Stadt. Das Theater blieb leer. Werdy, der erste Liebhaber, spielte ben Wilhelm. Als der Vorhang aufgezogen war und er das leere Haus sah, stutzte er und fing nicht an, seine Rolle zu sprechen. Die Räthin Goethe war in ihrer Loge; sie stand auf und rief mit lauter Stimme: „Werdy, ich bin da, die Räthin Goethe, das ist mehr als ein volles Haus, spielen Sie nur; ich werde tüchtig applaudiren." Diese Worte elektrisirten die Schauspieler, sie spielten Alle vortrefflich.

Der junge Goethe war sehr mit dem berühmten Darmstädter Merk befreundet. Ueber „Clavigo" sagte Merk: „Solch einen Quark mußt du künftig nicht mehr schreiben. Das können die Andern auch." Die Dichtung dieser Tragödie ward in kurzer Zeit vollendet. Räthin Goethe, beseelt von dem Wunsche, ihr Sohn möge sich vermählen, hatte ihr Augenmerk auf eine Tochter des reichen Kaufmanns Münch gerichtet. Goethe schien ebenfalls jene zu bevorzugen. Die Räthin versammelte jede Woche einen Abend junge Leute bei sich. Es wurden auch Pfänderspiele getrieben. Fräulein Münch gewann ein Pfand von Goethe. Da ausgemacht war, der Verlierende müsse Alles thun, was die Gewinnende begehre, so forderte sie von ihm eine Tragödie, und gab ihm nur vierzehn Tage Frist. Goethe versprach es, arbeitete Tag und Nacht, und in jener kurzen Zeit war „Clavigo" beendet. Seit dieser Zeit hatte seine Neigung zu ihr gänzlich aufgehört. Goethe erwähnt in „Hermann und Dorothea" jener Familie (Seite 21). Im Jahre 1813 kam Goethe, reich und als Geheimerath nach Frankfurt am Main. Kauf=

mann Münch war todt, er hatte sein großes Vermögen verloren; Fräulein Münch lebte kümmerlich in dem Katharinen-
kloster. Man fragte Goethe, ob er nichts für sie thun
wolle, er gab keine Antwort auf diese Frage.

In dem trefflichen von Burkhardt herausgegebenen Werke
„Goethe's Unterhaltungen mit dem Kanzler Fr. v. Müller"
wird von einem reizenden jungen Mädchen in Wiesbaden,
der Tochter eines Secretärs daselbst, erzählt, deren Bekanntschaft Goethe im Sommer 1814 gemacht. Er ließ sich
von dieser, welche die höchsten Anlagen zur Declamation und
zum theatralischen Vortrage besaß, den Taucher declamiren.
Da sie dabei zu viel Malerei und Gesticulation machte,
bat er sie, den Vortrag hinter einem Stuhle, dessen Lehne
mit beiden Händen festhaltend, zu wiederholen. Das schöne
Kind habe bald die Absicht und Wohlthat seiner Bitte erkannt
und ihm lebhaft dafür gedankt, sagt Goethe. Wir bemerken,
daß dies dieselbe junge Dame ist, auf die sich eine Aeußerung in einem Briefe Goethes an Hundeshagen bezieht,
der uns in einem Einzeldruck vorliegt. „Daß Sie Ihre
schöne Mitbürgerin an mich erinnern", schreibt Goethe diesem
„und von den übersandten Gedichten vielleicht einiges aus
ihrem Munde hören wollen, weiß ich recht sehr zu schätzen;
sagen Sie dem lieben Kinde, daß ich bei mancher Rollen-
vertheilung an sie denke, und mich freue, nächsten Sommer,
nicht in den letzten, sondern in den ersten Tagen meines
Wiesbadner Aufenthalts, ihrer angenehmen Gegenwart zu
genießen."

Die liebenswürdige Freundin Goethe's hatte ich das
Vergnügen, kennen zu lernen. Freundlich und bereitwillig
erzählte mir am 26. Juni 18 . . Fräulein Philippine Labe selbst
Folgendes über ihre Bekanntschaft mit dem großen Dichter.
Sie war zu Besuch bei den beiden Töchtern des Bergraths
Kramer in Wiesbaden und die drei jungen Mädchen allein
im Zimmer scherzend und plaudernd. Plötzlich geht die
Thüre des Nebenzimmers auf und in derselben steht ein
schöner alter Herr. „Ei" sprach er „das ist ja eine hübsche,
junge Gesellschaft — es war da eine Stimme die mich
anzog."

Darauf erkundigte er sich bei der Einen der beiden
Schwestern, ob sie sänge, und auf ihre bejahende Antwort
ersuchte er sie um ein Lied. Auch die zweite mußte singen;
Fräulein Labe aber antwortete, daß sie nicht musikalisch sei.

„Das ist die Stimme!" rief Goethe sogleich nach diesen
Worten und dann fragte er: „Kennen Sie die Werke
Goethe's?"

„Nein", antwortete sie, „die ziehen mich nicht an."

„So! welchen Schriftsteller lieben Sie denn besonders?"

„Schiller!" rief Fräulein Labe, „den liebe ich über
Alles, ich kann das Meiste von ihm auswendig."

„Hoho!" meinte Goethe, „dann declamiren Sie mir
Einmal Etwas, — z. B. den Anfang der „Braut von
Messina."

Fräulein Labe erröthete betroffen, begann aber „Nicht
eigene Wahl" und sprach den ganzen Monolog ohne Anstoß.

Goethe klatschte ihr lebhaft Beifall — und bat sie dann noch um den „Taucher".

Nachdem sie auch die Ballade gesprochen, bemerkte Goethe: ihre Bewegungen mit den Armen seien zu heftig gewesen, bei einer Ballade passe sich das nicht; Sie mußte wieder= holen und dabei eine Stuhllehne festhalten; bei den Haupt= scenen jedoch wackelte der Stuhl gewaltig.

An dem Tage mußte Fräulein Lade stets an Goethe's Seite bleiben und bei Tische neben ihm sitzen, wodurch sie natürlich, obwohl noch im Alter des „Backfisch", ein Gegen= stand allgemeiner Aufmerksamkeit wurde.

Goethe beschäftigte sich von da an viel mit Fräulein Lade. Es war im Jahre 1814, er gebrauchte die Kur in Wies= baden und hatte seinen eigenen Wagen bei sich. Täglich fuhr er mit ihr spazieren und nahm sie mit ins Theater. Dann mußte sie ihm ihre Meinung sagen, wann ihr etwas gefiel oder mißfiel, und weßhalb, wobei Goethe es sich an= gelegen sein ließ, ihren Geschmack zu läutern und zu bilden. Natürlich gewann er dadurch an dem jungen Mädchen eine enthusiastische Verehrerin.

Auf einer Landpartie nach Jörgenborn bei Schlangenbad mußte Fräulein Lade wieder neben ihm im Wagen sitzen, und da sie später eine Skizze nach der Natur machte, wünschte er diese zu sehen und fing an zu kritisiren.

„Ach! Sie können Alles besser machen als ich!" rief Fräulein Lade, nahm ihm das Blatt aus der Hand und zerriß es, wahrscheinlich ein wenig gereizt. „Aber Eins kann ich, was Sie nicht können!" und damit lief sie rasch einen steilen Weinberg hinan, — Goethe ihr nach. Auf der Höhe aber stolperte er und fiel an dem steilen Abhang zu Boden. Mit beiden Händen klammerte er sich an, bis auf des jungen Mädchens Geschrei einige Herren von der Gesellschaft herbei eilten und ihn aus seiner gefährlichen Lage befreiten. Fräulein Labe zerfloß in Thränen, Goethe aber lachte und suchte sie zu beruhigen.

Beim Abschied nahm Goethe dem Secretär Labe das Versprechen ab, ihn mit seiner Tochter in Weimar zu besuchen.

Fräulein Labe hat Goethe nicht wieder gesehen. Die Reise geschah erst im Jahr 1857, zur Feier der Enthüllung des Goethe-Schiller-Monuments.

Das Original der zwischen Goethe und Hundeshagen gewechselten Briefe schickte letzterer nach deren Herausgabe an Fräulein Labe zum Geschenk. Später verlieh sie dieselben an Professor Harleß in Köln, mit dem sie verwandt war. Nach dessen Tode hat sie von dem Sohne Dr. Harleß, trotz aller Bitten, die Briefe nicht wieder erhalten können.

Fräulein Labe lebt noch, und hat sich nicht vermählt.

Copie eines Briefes der Räthin Goethe an den Archivarius Bernhard Crespel.

Frankfurt d. 17ten Mertz 1777.

„Lieber Sohn! nun die 6 oder 8 Wochen werden sich also noch erleben laßen, was wird das vor ein gaudium sein!!!!! Gott soll denen alsbann gnädig beystehen die auf unsern mist kommen. Schwärmer, Ragetten, Feuer-Räder wollen wir unter die Kerls werffen: Die Kleider sollen ihnen zum Meinsten Verbrennt werden, wenn sie auch schon die Haut zu schonen davon lauffen. Daß Er keinen Brief an die Max *) geschrieben, darann hat Er sehr weißlich gethann; Was ich von Ihr weiß ist folgendes. Ihre große Jugendt und Leichtsinn hilft Ihr freylich schwere Lasten tragen. Peter **) ist immer noch Peter, seine Standtserhöung ist auf der einen Seite betrachtet von Mama la Roche ein guter Einfall gewesen, den da er sich erstaunlich Viel drauf Einbildet, und es doch niemandt als seinen Schwiegereltern zu Verdanken hat; so hat daß einen großen Einfluß auf seine Frau. Auf der andern Eke aber hat das Ding Wieder seine Verteuffelte Muken. Sein Hauß will er (weil die la Roche ihm in Kopf gehenkt hat, der Churfürst Würde bey ihm einkehren) unterst zu oberst Wenden, als Resident muß er einen Bedienten hinter sich her gehen haben, das Viele zu Fuße gehen sagt er schicke sich auch Vor die Max nicht mehr, nun denkt Euch bey dieser angenommen größe den Peter, der jetzt fürchterliche Ausgaben, und sich zu einem Vornehmen Mann Wie der Esel zum Lautenschlagen schickt — — — So Viel rathe ich Euch ihn nicht anders als Herr Residendt zu Tituliren. Neulich War er beym Papa, der im Discurs Herr Brentano sagte, Wissen sie nicht daß ich Churfürstlich Thrierscher Residendt bin? Ha Ha Ha, darnach könt ihr

---

*) Frau Brentano la Roche. — **) Herr Brentano la Roche.

Euch also richten, und vor Schimpf und Schaden hüten.
Wie viel nun die gute Max bey der Historia gewonnen
oder verlohren hat, Weiß ich nicht. Eure Schwestern sind
herrliche Geschöppe Tante und ich haben sie recht lieb. Ich
Vor mein theil Weiß doch keine größer Glückseligkeit als
mit guten Menschen umzugehn. Kommt also bald Wieder
und helft die Zahl der Braven Leute Vermehren, mit offnen
Armen solt Ihr empfangen werden. Der Papa und die
Samstags Gesellschafft grüßt Euch von Herzen, und Von
mir seyd Versichert, daß ich bin, meines lieben Sohnes
Wahre Freundin und treue Mutter
C. E. Goethe.

N. S. Vor die Nachricht daß
ich die Briefe an Euch nicht Fran=
kiren soll, danke die galgen Vögel
auf der Post haben mich ausgelacht,
daß ich es bißher gethan habe.

Mit Archivar Crespel war Goethe sehr befreundet, sie
liebten sich wie Brüder.

Bei Frau Schöff Stock aß die Räthin Goethe jeden
Sonntag zu Mittag. Einst sagte sie, da man eine gebra=
tene Gans verspeiste: „Kinder, dieses Gericht esse ich so
gerne, daß ihr mir versprechen müßt, wenn ihr eine Gans
esset, nachdem ich todt bin, stets an mich zu denken."

Die Räthin trug gerne bunte Farben, besonders Blumen
auf der Haube und Federn auf dem Hute. Sie war ziem=
lich groß und stark, ohne schön zu sein, hatte sie doch ein

angenehmes Aeußere. Begegnete man ihr auf der Straße und grüßte sie, so blieb sie stehen, nahm nach alter Sitte ihr Kleid auf beiden Seiten in die Höhe und knixte tief. Meine Quelle ist Fräulein Stock. —

Das Leben an der Windmühle hatte seinen großen Reiz. Fräulein Jenny d'Huc bot Alles auf, der Jugend Freude zu machen. Sie ließ ein großes Zimmer theilen, welches zwei Eingänge hatte, auf der einen Seite war ein kleines Theater aufgeschlagen, in den andern Theil begaben sich die Zuschauer. Ein französisches Stück von einem Akte, dessen Namen ich vergessen, wurde von meinen Cousinen und mir aufgeführt. Heinrich, der Sohn des Hauses, war der einzige mitspielende Herr. Ich bekam die Rolle einer Nonne, bedeckte mich indessen mit Schmach, spielte schlecht, was um so mehr abstach, als die andern ihre Rollen gut ausführten. In späteren Jahren spielte ich wieder und erntete Beifall.

Zur Feier des Geburtstages des Onkels Gontard-Borkenstein, im Garten in Gruppen gelagert, stellten wir Zigeuner vor. Man bat ihn, jede Gruppe zu besuchen, um sich wahrsagen zu lassen. Diese Wahrheiten wurden in Versen gesprochen, zuweilen unter Begleitung der Guitarre gesungen, stets zu seinem Lobe. Dabei gelang mir meine Aufgabe besser. Seine Kinder schenkten ihm verschiedene Handarbeiten. Jenny d'Huc war Zigeuner-Mutter.

Ein ander Mal, stets am Geburtstage des Onkels, ward der Coeur-König, der Pique-König nebst deren Damen nach Tarok-Karten auf dünnen, weißen Pappdeckeln gemalt,

diese auf Holzrahmen gespannt, so hoch und breit, daß eine
Person dahinter stehen konnte, ohne gesehen zu werden. Quer
durch lief hinten eine Leiste, woran zwei Griffe befestigt
waren, um damit gehen zu können. Augen und Mund
waren ausgeschnitten. Diese vier Karten standen neben einander, bis das Publikum saß. Hierauf marschirten sie einige
Schritte vor. Jede Karte sprach nach einander ein kleines
Gedicht, zur Feier des Tages. Sie gingen dann rückwärts
auf ihren früheren Platz. Der Scherz gefiel allgemein und
ward öfter wiederholt.

Herr Jean Noé du Fay besaß den Garten an der Windmühle, welchen später der Kurfürst von Hessen kaufte. Er
war ein allgemein geachteter und gescheidter Mann, welcher
bereit war, mit seinen Kindern uns andere zu erfreuen. In
der Loge Sokrates ist er Meister vom Stuhl gewesen. Jene
Loge befand sich auf dem Roßmarkt, wo das Kasino ist, im
zweiten Stocke, dem englischen Hof gegenüber. Wir baten
und quälten ihn so lange, uns die Loge zu zeigen, bis er
einwilligte. Wir waren sechs junge Mädchen (leider lebt
außer mir keine mehr). Ein Logendiener, auf der Treppe
wartend, führte uns in ein kleines, blaues und mit lateini-
schen Sprüchen bemaltes Zimmer, welches vier Thüren hatte,
und über diesen standen die Namen der Himmelsgegenden:
Oriens, Meridies, Occidens und Septentrion. Dieser
Raum hatte nur Oberlicht.

Freundlich empfangen von Herrn du Fay, führte er uns
in den Saal, worin die Freimaurer sich versammeln und

arbeiten. Jener Saal war länger als breit, hatte ebenfalls Oberlicht. Er war schwarz behangen mit goldnen Sternen. Auf jeder Seite standen schwarze Stühle; im Hintergrunde befand sich eine Tribüne, zu welcher einige Stufen führten; oben befand sich ein schwarzer Sessel, der Sitz des Meisters vom Stuhl. Ein Tisch, ebenfalls mit schwarzem Teppich bedeckt, worauf ein großes Buch, ein Hammer und ein Todtenkopf lagen, stand davor.

Ich, immer Fräulein Naseweis, bestieg die Tribüne und sprach: „Geliebte Brüder und Schwestern, ich weiß Euch gar nichts zu sagen." — „Nun da mußt du herunter gehen!" antwortete Herr du Fay.

Nachdem wir Alles genug betrachtet, gingen wir wieder in das früher gesehene Zimmer und fanden dort ein sehr zusagendes Frühstück.

Im Besitze großer Muskelkraft, habe ich einst eine ältere Frau, welche vor mir stand, auf meinen Arm genommen, und trug sie, trotz ihres Schreiens, im Zimmer umher.

Die berühmte, jedoch schon gealterte Sängerin „Mara" kam nach Frankfurt. Sie gab nur Ein Concert im Theater. Der Vater wollte seine Loge nehmen, welche man vor 12 Uhr Mittags bestellen mußte, allein im Drange der Geschäfte vergaß er das. Statt dessen führte er uns zu den englischen Reitern. Es war die berühmte Gesellschaft „Franconi". Dieser selbst war damals ein schöner Mann, groß, wohl gebaut und außerordentlich geschickt in seiner Kunst.

Blondel, der Spaßmacher der Gesellschaft, war unübertreff=
lich. Die Späße und Witze des letzteren überraschend; er
war dabei der beste und geschickteste Reiter. Die Damen
waren schön und ritten meisterhaft. Die Toiletten zeichneten
sich durch Geschmack, Reichthum, Mannigfaltigkeit und Frische
aus. Die Pferde und deren Dressur konnten nicht besser
sein, auch die Beleuchtung war gut. Jeden Abend hatte
Franconi treffliche Einnahme und reichen Beifall. Auch wir
wurden fleißige Besucher der „englischen Reiter".

Die Mara, trotz ihres Alters, soll noch große Bravour
und Coloratur besessen haben.

Nachdem meine Schwester Sophie ihr siebentes Jahr
erreicht hatte, kam sie in die Erziehungsanstalt der Frau
Bunsen, geborene Huth, geschiedene Frau des Münzmeisters
Bunsen; sie war die Mutter des Dr. Bunsen, bekannt durch
seine politische Richtung und Flucht nach Amerika. Sophie
besuchte nur die halbe Pension; sie kam zum Mittagessen
nach Hause. Abends blieb sie nur dort, wenn die Mutter
ausging. Meine Schwester ist das Gegentheil von mir ge=
wesen, heiter, ordentlich, freundlich gegen Jedermann, gescheidt
und gutmüthig, war sie ein schönes Kind. Diese Schönheit
entwickelte sich bei ihr als erwachsenes Mädchen noch mehr.
Später kam Fräulein Jenny Berthoud von Neufchatel als
ihre Erzieherin zu meinen Eltern. Sie erhielt darauf meh=
rere Lehrer; am meisten ehrte sie Herrn Candidat Philipp
Pfeifer; dieser ward später Prediger in Bonames, und einige
Jahre nachher Prediger an der hiesigen Weißfrauenkirche.

Er blieb uns sein ganzes Leben innig befreundet. Ich habe seinen Tod schmerzlich beweint.

Am 22. Juli 1807, von Tilsit kommend, reiste Kaiser Napoleon durch Frankfurt, er sollte bei dem Fürsten Primas um 4 Uhr zu Mittag speisen. In dem schon von mir genann=ten runden Saale ward angerichtet; dieser Saal hatte oben eine Gallerie. Es wurden Karten für diese Gallerie ausgetheilt, wo=bei man die Vorsicht brauchte, nur an die Personen solche zu ver=theilen, von deren Unterthänigkeit man überzeugt sein konnte. Später hatte der Weltkaiser aus Corsica ein Attentat in Wien zu bestehen.

Wir bekamen natürlich Karten; ich konnte wegen ge=schwollenen Backens und Zahnweh zu meinem größten Be=dauern nicht mitgehen. Schon von drei Uhr an war die Gallerie dicht besetzt, die schön gedeckte Tafel, sowie die hin= und hergehenden Personen konnte man bewundern. Um 5 Uhr kam ein Courier, welcher meldete, der Kaiser käme erst gegen 7 Uhr, würde jedoch nicht speisen. Darauf verließen die meisten Personen die Gallerie; diejenigen, welche blieben, sahen den Kaiser rasch mit dem Fürsten und einem großen Gefolge durch den Saal gehen; man vermochte ihn kaum zu erkennen. Von hier fuhr er am frühen Morgen nach Mainz. Vor der Mainzer Warte befindet sich ein Baum=stück, dort ließ Napoleon halten, der Apfelbaum ist lange als Berühmtheit gezeigt, jedoch vor einigen Jahren gefällt worden.

Die Kaiserin Josephine kam später nach Mainz, wo der Kaiser ihrer gewartet, von dort kam sie nach Frankfurt.

Napoleon lud alle ihm getreuen Herrscher Deutschlands zu einem Congresse nach Mainz ein; zur Unterhaltung der Herrschaften hatte er die Mars, die Duchenois, die Georges und Talma dorthin beschieden. Der Receveur Raiset schrieb meinem Vater, und lud ihn mit seiner Familie ein bei ihm zu wohnen, seine Loge zu benützen und die berühmten Schauspieler zu sehen. Meine Mutter und ich wären gerne der Einladung gefolgt, allein des Vaters Haß gegen das Kaiserthum war so entschieden, daß er es abschlug. Dagegen bot er uns eine Reise nach Baden=Baden an, wo eben sein Onkel Alexander mit der Tante sich zur Kur befand; Herr und Frau Schönemann mit Tochter waren ebenfalls dort.

Diese Reise ward beschlossen, der Vater wollte jedoch nicht mit Post fahren, er nahm den Lohnkutscher Diehl, mit einem großen und breiten Wagen an. Eine seiner Cousinen, Frau Wittwe Lessing=Brevillier (Nichte von Ephraim Lessing,) und deren Tochter Marianne bot er an, mit zu reisen. Die Equipage glich einer kleinen Arche Noah: Vater, Mutter, Frau Lessing, meine Schwester Sophie, Marianne und ich, mithin sechs Personen im Wagen, Kutscher und Bedienter auf dem Bock, eine große Wachsdecke überspannte das Dach, zwei Koffer waren hinten aufgeschnallt. Bei großer Hitze fuhren wir Mittags 1 Uhr ab, hinter Isenburg begann damals eine Sandwüste, welche erst in Sprendlingen durch eine miserable Chaussee aufhörte. Von Arheilgen führte eine gepflasterte Chaussee mit Pappeln bepflanzt nach Darmstadt. Hier ward Vorspann genommen, mit Schneckenpost ging es bis zur

Stadt. Dort schliefen wir die erste Nacht. Die zweite in
Bickenbach, die dritte in Heidelberg, wir blieben zwei Tage
dort. Der Vater ließ den Candidaten Pfeiffer, welcher
da studierte, ersuchen, unser Wegweiser zu sein. Wir bestiegen
die Schloßruine, erfreuten uns der schönen Aussicht auf der
Terrasse, sahen das große Weinfaß, lauschten in dem Thorbogen, welcher in den Schloßhof führt, am Ohr des Dionys.
Den Nachmittag gingen wir zum Wolfsbrunnen, herrliche
Forellen zu sehen und zu verspeisen. Folgenden Tages er-
kletterten wir den Berg bis zu dem Riesensteine, von wo
aus man die ganze Pfalz übersieht; wir konnten Mannheim,
Speier, Worms, viele kleine Dörfer und Städtchen erkennen
und eine lange Strecke den Lauf des Rheines verfolgen.

Der nächste Ruhepunkt ward Bruchsal, darauf Carls-
ruhe, wo wir einen Tag blieben und bei Nacht weiter fuhren, weil die Hitze und der Staub immer lästiger wurden.
Früh am Morgen erreichten wir Baden-Baden. Gleich am
Anfange des Ortes stand damals ein altes Mönchskloster,
nun ist alles dort verändert. Früher waren die „Sonne" und
der „Salm" die besten Gasthöfe. Für uns hatte Tante
Schönemann in einem Privathause gemiethet, wir aßen aber
jeden Tag im Salmen, in Gesellschaft des Onkels und der
Tante Alexander.

Die herrliche Lichtenthaler Allee, welche bis zu dem
Nonnenkloster führt, besuchten wir zuerst. Frauen war es
erlaubt, ins Kloster zu treten, im Refectorium empfing uns
die Aebtissin, von mehreren Nonnen begleitet. Mancherlei

7

Kleine Arbeiten kauften wir ihnen ab; eine noch junge und schöne Nonne schien an mir Gefallen zu finden. Sie vermeinte mich bereden zu können, ebenfalls Nonne zu werden, ich mußte ihr sagen: ich sei eine Ketzerin; erschreckt fuhr sie zusammen und wandte mir ferner den Rücken.

Meine Eltern hatten in Baden-Baden den Amtmann L'Assolay kennen lernen, dieser veranstaltete eine Partie nach Eberstadt an der Murg und nach Forbach, dem letzten Orte, wo das Flüßchen noch einige Breite hat. Bei Eberstadt auf ziemlich hohem Berge liegt ein altes Schloß, damals von dem Markgrafen Ludwig bewohnt; da dieser gerade anwesend war, konnten wir das Innere nicht sehen. Der schöne Park war jedoch stets für das Publikum geöffnet. Wir begegneten dem Markgrafen darin, er grüßte freundlich und sprach dem Amtmanne den Wunsch aus, er möge ihm die Gesellschaft vorstellen. Hierauf sprach er mit den meisten.

Forbach ist berühmt durch seine Lage, seine Krebse und Forellen.

Das alte Schloß sahen wir gleichfalls, die Aussicht ist schön. In die unterirdischen Gewölbe gingen wir; nicht ohne Schaudern tritt man in dieselben. Der Eingang bestand aus einer dicken, genau in ihren Fugen construirten Pforte, welche sich nur von außen in ihren Angeln dreht. Fiel die Thüre zu, so war man gefangen; rufen oder schreien war nach außen nicht zu hören; besuchte niemand mehrere Tage lang das Gewölbe, so war man dem Hungertode verfallen, welches auch früher schon einigemal geschehen sein soll. Nun aber wurde die Vorsicht gebraucht, stets einen Mann außen stehen zu lassen, der die Eintretenden zählt und bemerkt, wenn beim Herauskommen jemand fehlt.

Dicht neben dem früher genannten Mönchskloster führte eine Pappelallee zu dem Jägerhause; dieses ist ein einstöckiges Gebäude, im Innern einfacher Saal, welcher nach allen Seiten hin Fenster hat. Man konnte den Schlüssel zu jenem Gebäude haben; die Aussicht oben ist entzückend, das ganze Elsaß ist zu übersehen, den Straßburger Münster erkannte man ziemlich deutlich.

Die Rückreise war die gleiche, nur verschlimmert, weil wir öfter Regen hatten. Der lästige Staub quälte uns nicht mehr, allein die Leder an den Seiten des Wagens mußten geschlossen werden, und dadurch ward die Luft erstickend. Mein armer Vater war zu beklagen, er konnte nie gut Hitze ertragen; dennoch war seine Güte so groß, daß er die Gefahr des überfüllten Wagens trug. Hinter Isenburg, am Anfange des Waldes, ließ er halten und ging bis an das Ende des Schattens zu Fuße.

Unter den vielen Jugendfreundinnen waren zwei, welche mich besonders ansprachen; die eine, Auguste, war die Tochter der Gräfin Luxburg (deren Sohn später eine Geliebte Napoleons I. heirathete). Die Gräfin war eine ziemlich corpulente, schöne Dame. Auguste Luxburg ist groß gewesen, schlank, hatte schöne blaue Augen, hellblondes Haar, eine gebogene gut geformte Nase, Mund mit Perlzähnen, frische Farbe, wundervolle Arme, Hals, Büste und schöne Füße. Es war eine vollendete Schönheit, dabei sprudelte sie von Witz und komischen Einfällen. Sie war gescheidt, bescheiden und im höchsten Grade gutmüthig, leider hatte sie im Gesichte Nervenzucken; als Kind mit ihren Eltern während der Revolution in Paris im Kerker eingesperrt, war die Angst und der Schrecken, welchem sie täglich ausgesetzt waren, Schuld daran. In späteren Jahren nahm dieses Uebel zu. Als ich sie 1843 zum letzten Male sah, übte es Einfluß auf ihre Züge aus, sie führte sich von jeher gerne, wenn sie gehend mit Jemanden sprach. Wie sie damals zu mir in den Garten kam, hängte sie sich sogleich in meinen Arm, theilte aber, wenn das Zucken kam, beständig fühlbare Stöße aus; ein junger Franzose (Perrin) von Familie war sterblich in sie verliebt; seine Neigung theilend, gaben jedoch ihre Eltern diese Verbindung nicht zu. Sie heirathete den großherzoglich badischen Minister von Berstett, ward eine der ersten Damen am dortigen Hofe. Stolz kannte sie nicht; so oft sie hierher kam, besuchte sie mich, ich mußte sie Du und Auguste nennen, wie in früherer Zeit. Sie erinnerte sich mit großer Freude unserer Jugendzeit, und fragte nach den Schicksalen derer, die sie gekannt.

Die zweite Freundin hieß „Amalie von Closen", sie war ebenfalls sehr schön, besonders sprach ihr ganzes Wesen viel Gutmüthigkeit aus. Sie besaß zwei Schwestern, diese waren kleiner, auch einige Jahre jünger, alle drei musikalisch. Amaliens herrliche, wohltönende Stimme und vortreffliche Schule würde für jede Bühne eine Zierde gewesen sein.

Das Terzett aus dem „unterbrochenen Opferfest" von Winter: „Kind willst du ruhig schlafen" u. s. w. sangen die drei Mädchen meisterhaft. Sie blieben mit ihrer Mutter einige Jahre hier. Amalie ist gestorben, wer ihr Mann gewesen und wo sie lebte, habe ich nie erfahren. Therese, die jüngste der Schwestern, heirathete einen Angestellten in Meisenheim. Henriette, die mittlere Schwester heirathete einen Frankfurter Senator, welcher einigemal das Bürger= meister=Amt versah. Sie that als kenne sie mich nicht.

Ein Vergnügen für Alt und Jung waren die drei Herbst= tage. Wer einen Garten besaß oder bewohnte, lud seine Bekannte dahin ein. Die Bewirthung dabei war stets einfach, Thee mit Ratankuchen und Butterbrod, Trauben, Birnen, Aepfel und Nüsse, so viel man essen wollte. Nach dem Feuerwerke gab es Sardellen, Käsbrod, Leberwurst, kalten Kalbsbraten und stereotyp einen Zwetschken=Kuchen. Die eingeladenen Herren brachten das Feuerwerk mit, dabei ward tüchtig mit Pistolen und kleinen Kanonen geknallt; daß ich da thätig wie ein Junge war, läßt sich leicht denken. Gab es einen Tag, an dem keine Einladung kam, so ging der Vater mit uns nach Bornheim, um gebratene Lerchen mit Aepfelmost zu genießen, oder um die Stadt spazieren, um an den Gärten, wo man schönes Feuerwerk abbrannte, Halt zu machen."

Im Winter gab es im Theater Maskenbälle, wer sich nicht maskiren wollte, setzte sich in eine Loge und sah dann dem Treiben zu. Anfänglich konnte man mit allem Anstande

die Bälle besuchen, später arteten sie aus; von da an mied
sie die gute Gesellschaft.

Der älteste Sohn meines Groß=Onkels Heinrich sollte
Kaufmann werden, allein Jacob fühlte keine Neigung hiezu.
Er liebte die Freiheit über alles, der Gedanke, die größte
Zeit des Tages gebückt am Pulte zu schreiben, war ihm
grauenhaft. Er wünschte Soldat zu werden, die Eltern
willigten am Ende ein. Der Onkel schrieb seinem Bruder,
dem Baron, nach Wien, und bat ihn, seinen Sohn gut auf=
zunehmen, ihm in der ersten Zeit alle Annehmlichkeiten
Wiens zu verschaffen, um nach einigen Wochen denselben als
gemeinen Soldaten anwerben zu lassen. Im Jahre 1788
trat er in die Cavallerie. Der Vater hoffte den jungen
Mann abzuschrecken, Baron Gontard erfüllte die Wünsche
seines Bruders vollkommen. Jacobs erste Garnison war
auf der Insel Lobau. Oft erzählte er mir, wie gut ihm
das erste Kommisbrod geschmeckt, und wie gern er unter
freiem Himmel auf der Erde geschlafen habe. Er stieg bald
vom Unteroffizier zum Offizier, während der Kriege zeichnete
er sich durch Tapferkeit aus. Von seinen Kameraden und
den Soldaten war er geachtet. Bei allen Schlachten ist
das Glück ihm günstig gewesen, nur einmal erhielt er einen
leichten Säbelhieb am Daumen. Oefters bekam er Urlaub
um seine Eltern zu besuchen. Seine Anwesenheit erfreute
die ganze Familie. Nie habe ich Jemanden gekannt, welcher
die allgemeine Liebe bei Alt und Jung, bei Hoch und
Nieder so besaß, wie er. Heiter und froh gelaunt, war er

guter Gesellschafter, man konnte fest auf ihn bauen, er war treuer Freund.

Während eines längeren Urlaubs gab er meiner Mutter die erste Reitstunde. In späteren Jahren auch mir und meinem Sohne. Daher pflegte er es freudig zu erwähnen, der Lehrer dreier Generationen gewesen zu sein. Wie oft sah ich ihn mit seinen schönen Zähnen aus einem Wein- oder Wasserglase, selbst wenn es ganz dick war, ein Stück heraus beißen, dasselbe wie Brod zerkauen und verschlucken. Mein Sohn hat dies öfter mit angesehen.

Gerne gab er Jemanden einen Beinamen; ich kannte diese seine Ausdrucksweise genau; er sprach, ohne die wirklichen Namen zu nennen. Meine schöne Cousine, Helene Gontard, nannte er die Trojanerin, mich den Hydraulikus, da ich als ganz junges Mädchen es versucht hatte, eine Quelle zu verstopfen. Die meisten der Familie Gontard hielt man für stolz, welches nicht der Fall gewesen. Ein anderer Ton wie in Wien herrschte hier. Deswegen trugen zuweilen die Adressen seiner Briefe an mich die Worte: A Madame Belli née Bourbon.

Nach der Schlacht bei Ulm quittirte er als Obrist- lieutenant mit voller Pension. Viele Offiziere sagten mir, er würde sicher General und Feldmarschall geworden sein, wäre er geblieben. Bei seinen militärischen Kenntnissen hatte man ihn übersehen, er fühlte seine Ehre gekränkt. Seine Eltern waren gestorben; er zog hierher in den weißen Hirsch auf dem großen Hirschgraben, den er geerbt. 1809 heirathete er

Fräulein Julie von der Kettenburg, eine Mecklenburgerin, und kaufte in Geisenheim im Rheingau ein schönes Gut, wo er bis zu seinem Tode 1846 blieb. Nach Mainz, wo viele seiner Bekannten in Garnison sich befanden, fuhr er oft, und jeden Monat kam er hierher. Seinen Kutscher, welcher mehrere Jahre bei ihm gedient, hatte er im Testamente bedacht, dieser ertrug den Verlust seines Herrn nicht, er folgte ihm bald.

Herr Alexander Gontard besaß drei Kinder. Meinen Onkel Gontard-Wichelhausen, Frau Sophie de Neufville (jene Dame hatte Aehnlichkeit mit Frau Peter Gontard, unserer Ur-Ahne), und Herrn Louis Gontard, welcher sich mit Fräulein Charlotte Karcher aus Saarbrücken vermählte. Wie soll ich alle die Eigenschaften dieser trefflichen Frau schildern? ich würde nicht damit zu Ende kommen!

Beseelt von einem männlichen Geiste, ohne die Weiblichkeit im entferntesten zu verletzen, besaß sie die seltene Gabe des Schweigens; wenn sie aber sprach, lauschte Jeder gern ihren klugen Worten. Sie liebte die Kunst und verstand sie. Vortreffliche Gattin, Mutter und Freundin, beglückte sie Alles um sich.

Einst war in der Familie bei zwei Eheleuten ein Mißverständniß entstanden, sie sollte entscheiden, und ich mußte mit ihr darüber berathen. Ihrer Klugheit und Einsicht gelang die vollständige Versöhnung.

Sie liebte es, ihre Schwiegereltern zu erfreuen, und wünschte den Geburtstag des Onkels Alexander zu feiern.

Da er im Sommer geboren, kam sie auf den Gedanken, den Garten zu benutzen. Mit ihrem Manne sprach sie darüber und Obristlieutenant Gontard, welcher um jene Zeit bei ihnen wohnte, theilte sie es mit. Sie beschlossen, wenn es ginge, den Olymp vorzustellen. Der Theatermaler ward beschieden, um seine Meinung darüber zu hören und um seine Hülfe dabei anzusprechen. Hinter dem Hause befand sich ein großer Rasenplatz von halbrunder Form, die Vorderseite, dem Hause gegenüber, war frei und der übrige Rasen mit Gebüschen verschiedener Höhe bepflanzt. Dieser Platz fand sich wie geschaffen, um den Plan auszuführen.

Aus Holz baute man ein halbrundes Gerüst, mit verschiedenen Abstufungen, denn nur die Hauptgötter und Göttinnen sollten oben stehen, für die Hebe und den Ganymed befand sich noch ein höherer Platz, um hinter dem Jupiter stehen zu können. Da wo das natürliche Gebüsch nicht genug deckte, wurde gemaltes angebracht. Die Beleuchtung durch Lampen, massenhaft in der Ausführung, gab Tageshelle. Den Jupiter stellte Obrist Gontard vor, Hebe Fräulein Stricker, den Ganymed Marianne Lessing, die Juno Cäcilie Gontard, die Diana Helene Gontard, Flora Henriette Gontard, Ceres Cäcilie de Neufville, Minerva war ich, Vesta Sophie Brevillier, Pomona Mimi Schönemann, die Venus und Amor fehlten beide. Apoll Herr Wilhelm Thurneysen, Vertumnus mein Bruder Wilhelm, Mars Herr Peter Belli, Vulkan Alexander Manskopf, Neptun Herr Kleinrath von

Straßburg, Saturn Herr de Farge aus Petersburg, Merkur Herr Lang; letzterer hatte die Hauptrolle.

Nachdem Herr und Frau Alexander Gontard mit der übrigen Gesellschaft dem Olymp gegenüber ihre Plätze eingenommen, trat Merkur vor, hielt eine Anrede voll Lobes an den Gefeierten und bemerkte ihm schließlich, daß, wenn der Gefeierte den Merkurstab schwinge, würde der Olymp zum Leben erwachen und ihn preisen. Nach geschwungenem Stabe sangen wir alle, von versteckter Musik begleitet, eine Hymne. Das Wetter begünstigte die Feier, es hatte lange nicht geregnet. Gontard allein konnte seine Späße nicht lassen; er wollte uns gerne zum Lachen bringen, es gelang ihm jedoch nicht. Er rief unter anderen: „Hebe, ein Glas Bier! Ganymed eine Tabakspfeife, Juno, dein Pfau riecht nicht gut, Minerva, eine Prise!" und dergleichen.

Das Fest gelang vollständig. Herr Louis Gontard hatte zu der Zeit einen hochstehenden französischen Offizier zur Einquartierung; der ließ heimlich drei kleine Kanonen am Ende des Gartens aufpflanzen und, nachdem Götter und Göttinnen den Olymp verlassen, losbrennen. Bei den Thürmern war es gemeldet, allein die Bewohner der nahen Dörfer wurden allarmirt, auch durch den hellen Schein der Beleuchtung irre gemacht, kamen sie mit den Landspritzen zur Stadt.

Die kleineren Kinder der Familie stellten Amoretten vor, und waren in den Gebüschen vertheilt. Damals lebten sechs ledige junge Herren Gontard, und von diesen befanden sich vier eben abwesend. Fräulein Gontard, groß und klein, gab es dreizehn. Alle, bis auf eine Amorette und mich, sind nicht mehr am Leben.

Meine Tante Margarethe vermiethete an Herrn Lauer aus Aarau während der Messen eine Wohnung; sie kam dadurch mit der Familie in nähere Verbindung und entschloß sich zu einer Reise dorthin. Die Schweiz sprach sie sehr an, sie zog später nach Zürich und vertraute viele Jahre ihrer Haushälterin Thomann, einer geprüften, treuen Dienerin, die Sorge für ihre hiesige Wohnung an.

Es gab in dieser Zeit eine Menge Bälle und Concerte. Eine Gesellschaft bildete sich mit der Aufgabe, im Winter jeden Monat zwei Concerte zu geben. Man konnte durch Wahl sich abonniren, und fand dort die beste Gesellschaft. Gute Musik, meist von Dilettanten ausgeführt, hörte man da. Das Concert hieß: „Das Liebhaber=Concert", und das jetzige Museum ist daraus entstanden, Fremde durften eingeführt werden, allein erst mit der Erlaubniß eines Direc- tors; Entré an der Kasse bezahlte niemand.

Fräulein Jenny d'Huc ward durch den Olymp auf das Neue angeregt, bei dem Geburtstage des Onkel Gontard- Borkenstein eine Ueberraschung zu bereiten. Wir stellten eine Hochzeit vor: Der Amtmann eines Dorfes verheirathete sich mit einem reichen Mädchen, und jener mit der Braut zog nebst den Bauern auf das Schloß, um den gnädigen Herrn einzuladen und ihm Geschenke zu bringen. Obrist= lieutenant Gontard stellte den Bräutigam und ich die Braut vor, wir waren beide in altmodischer Kleidung; er hatte eine

gepuderte Perrücke mit Haarbeutel auf, ich einen Reifrock
an, die eigenen Haare gepudert, aus dem Antlitze gekämmt,
mit Schönpfläſterchen im Geſichte, war außerdem mit ge=
backenen Blumen friſirt. Voran zog eine Bande Muſikanten,
bei dem Ueberreichen der Geſchenke ſprach man kleine Ge=
dichte. Jedermann war geſpannt, wer Gontard und ich
ſeien. Es erkannte uns niemand, ſelbſt meine Mutter wußte
nicht, wer die Braut vorſtelle, ſie entdeckte es erſt durch
mein Fehlen in der Geſellſchaft.

Frau Hendel gab im Rothen Hauſe einige ihrer mi=
miſchen Darſtellungen mit großem Beifall, ſie reiſte in Be=
gleitung des ſchwediſchen Dichters Baggeſen. Herr Cobus
Brevillier, an den ſie empfohlen, gab eine große Geſellſchaft,
wozu wir auch geladen wurden; dort hatte ſie die Gefällig=
keit, durch ihre Kunſt zu erfreuen; im Zimmer machte ſich
dieſer ſtete Gruppen=Wechſel noch überraſchender. Sie war
ſchön, ihre Fertigkeit großartig, zwei Shawls von verſchie=
benen Farben waren ihre einzige Hülfe. Eben ſah man
eine Madonna, mit herrlich frommem Ausbrucke, gleich da=
rauf zeigte ſich eine Sphynx, dann eine weinende Magda=
lena, u. ſ. w.

Baggeſen las mehrere ſeiner Gedichte vor, verſtohlen
gähnten viele, andere lächelten; ſeine Declamation war nach
Aller Urtheile ſchwülſtig und falſch.

Nun komme ich zu der wichtigſten Epoche meines Lebens.
Herr Belli hatte ſich um mich beworben, ich willigte ein,
nicht ahnend bei meinem Vater Anſtoß zu finden. Die Mutter

war erfreut, sie kannte den jungen Mann, und glaubte sein ehrenhafter Charakter begründe das Glück ihrer Tochter. Der Vater aber, war wegen der katholischen Religion entschieden dagegen. Allen Vorstelluugen und Bitten gab er kein Gehör, ich war fest entschlossen, nie zu heirathen, wenn mein Wunsch nicht erfüllt würde. Von ganzem Herzen bedauerte ich meinen Vater, er kämpfte sichtlich mit einem harten Entschlusse! Endlich siegte sein gutes Herz, er gab im Jahre 1809 seine Einwilligung unter der Bedingung, solche als tiefes Geheimniß zu betrachten, da die Hochzeit am 1. Februar 1810 gehalten werden sollte, am Tage der silbernen Hoch= zeit meiner Eltern. Herr Belli durfte, des Gesindes wegen nicht in unser Haus kommen, (ich sah ihn nur auf Bällen und in Gesellschaften, und wenn er vorbei ritt oder ging).

1809 am 9. Januar war die goldene Hochzeit des Onkels Alexander. An dieser nahm die halbe Stadt Theil, da die alten Leute allgemein geliebt waren. Am Hochzeitstage gab ihr ältester Sohn, Onkel Gontard=Wichelhausen um 11 Uhr ein Frühstück. Die ganze Familie, groß und klein, war hiezu eingeladen, die beiden Prediger der Gemeinde, der Brautleute Arzt, Geheimrath Koch, waren die einzigen fremden Gäste. In dem Empfangsaal standen zwei mit Blumen geschmückte Sessel für das Jubelpaar, die jüngsten Enkel derselben er= warteten sie am Wagen und geleiteten sie die Treppe hin= auf; dort empfangen von ihren drei Kindern und Schwie= gertöchtern, wurden sie auf ihre Plätze geführt. Darauf hielt Gontard=Wichelhausen eine Rede; nachher Pfarrer Souchay ein Gebet und eine Einsegnung; dann konnte man ihnen Glückwünsche bringen. Hierauf ward im Nebenzimmer ein Männer-Quartett von Sängern des Theaters gesungen.

Mehrere der weiblichen Enkel gingen darauf mit Platten herum, worauf silberne Medaillen lagen, von Loos in Berlin geschlagen, sie boten diese der ganzen Gesellschaft an. Das Jubelpaar, der Prediger und der Arzt bekamen goldne. Als= dann erst folgte das großartige Frühstück, welches mehr einem Diner glich, alle Delicatessen waren aufgetischt. Um 1 Uhr trennte man sich. Herr Louis Gontard gab seinen Eltern um 3 Uhr ein Mittagessen, woran außer den Kindern die ältesten Enkel Theil nahmen.

Den folgenden Tag fand bei Frau de Neufville=Gon= tard eine Abendgesellschaft der ganzen Familie statt. Die jungen Leute, in Bauerkleidung costümirt, brachten werth= volle Geschenke dem Jubelpaare. Am dritten Tage ruhten sie aus; die alten Leute sahen frisch und gut aus, besonders die Tante Marianne, sie war noch im hohen Alter eine hübsche Frau. Alles was sie am Hochzeitstage trug, Kleid, Chemisette, Haube, Schnupftuch und Mantille, hatten Enkel für sie gestickt.

Endlich am vierten Tage gaben die drei Kinder der Brautleute einen Ball im rothen Hause, über sechshundert Personen hatten Einladungen erhalten.

Zehn Jahre nach der Hochzeit blieben sie noch am Leben; der Onkel starb am 29. April 1819, 85 Jahre alt, und die Tante am 29. August 1819, 80 Jahre alt.

Mein Bruder Fritz kehrte am Ende des Sommers von einer Reise nach Berlin und Hamburg zurück. Mein jüngerer Bruder Wilhelm ging dann nach England, der Vater wünschte es der Sprache wegen; er kam in Pension nach Wackesield zu dem Prediger. Es war aber nicht jener, den Goldsmith so herrlich zeichnete, dieser hatte keine Kinder, war ernst und still. Nur die jungen Pensionäre machten dort das Leben angenehm.

Am 31. Dezember 1809, war ich zum erstenmale als Braut mit meinem Bräutigam in Gesellschaft bei Bürgermeister Metzler. Am folgenden Tage ging ich mit meinen Eltern, die Familie Belli zu begrüßen. Mein Schwiegervater empfing mich herzlich, seine Frau und ihre drei Töchter weniger; ohne daß ich darunter besonders litt, ließen sie mich den Religionsunterschied fühlen. Eine alte adelige Dame, beinahe täglich im Hause Belli, sagte meinem Bräutigam bei der Gratulation: „Ich habe keine Kinder, mein Neffe Kaspar ist unser einziger Erbe, aber lieber wünschte ich er heirathe eine katholische Viehmagd, denn eine Protestantin. Nach dem Tode dieser Tante erbte er ihr Gut in Nierstein, und verliebte sich in eine protestantische Viehmagd, die ward seine Frau.

Es gab nun Einladungen die Menge. Jeden Sonntag das ganze Jahr war Diner bei meinen Schwiegereltern; der alte Herr wußte es die Mahlzeiten durch seinen heitern Geist zu würzen.

Mein Vater war mit meinen Schwiegereltern überein

gekommen, wenn wir Kinder bekämen, die Knaben katholisch und die Mädchen protestantisch erziehen zu lassen. Um 10 Uhr Morgens 1. Februar 1810 wurden wir vom Pfarrer Kauth im Dom durch eine lateinisch gehaltene Rede getraut. Frühstück war um 11 Uhr bei meinen Schwiegereltern.

Bei meinen Eltern wurde um 2 Uhr gespeist; nur die nächsten Verwandten waren geladen; während des Essens brachte meine alte Kinderfrau Charlotte meinem Bräutigam meine Erstlingsschuhe zum Geschenke. Ein erloschener Gebrauch. Der Tisch war im zweiten Stock gedeckt; wir hörten unten im Saale ein unaufhörliches Klopfen und Hämmern, uns unerklärlich, die Bedienten verriethen nichts. Als man hinuntergehen wollte, trat Herr Lang, welcher bei dem Olymp ein Jahr zuvor, den Merkur vorstellte, als Schulmeister gekleidet in den Saal und bat um ein Glas Wein, des silbernen und eisernen Brautpaares Gesundheit zu trinken. Darauf hielt er eine passende Rede und forderte die Gesellschaft auf, herunter auf den Markt von Krähwinkel zu kommen, wo wir Buden fanden, und mancherlei Scherz getrieben ward.

Meine Mutter verdunkelte an jenem Tage alle jungen Mädchen durch ihre Schönheit. Sie trug ein Ponceau-Sammtkleid mit Points besetzt, einen Kranz von weißen Rosen in ihren schwarzen Haaren, ein gleiches Bouquet an der Brust, der Vater hatte aus Paris jene Blumen kommen lassen; für mich den gleichen Schmuck, in rosa. Ich trug ein Kleid von weißem unaufgeschnittenem Sammt mit Points besetzt.

In den erften Tagen unferer Verheirathung, nachdem die Dankfagungsvifiten für die reichen Gefchenke erledigt waren, beging ich den erften dummen Streich. Mein fchönes Haar fiel unter der Scheere des Frifeurs; ich ließ mir einen Titus fchneiden. Schon als Mädchen hatte ich jenen Wunfch, meine Mutter gab ihn nicht zu. Nach der Operation fah ich nicht in den Spiegel, allein ich fuchte meine Mutter auf. Es waren einige Damen bei ihr, fie fchrieen alle Zeter bei meinem Anblick. Nun fah ich in den Spiegel, nnd fand das Schreien gerechtfertigt. Ich war ganz ent- ftellt, trug lange nur Hauben. Sechs Wochen blieben wir bei den Eltern wohnen, dann zogen wir für gleiche Frift zu meinen Schwiegereltern, ohne Haushalt zu haben.

Der Abfchied aus der Eltern Haufe fiel mir fchwer. Eine Trennung nach Sibirien hätte kaum mehr Thränen gekoftet, beide Eltern ftellten mir freundlich vor, daß uns nur ein paar Straßen trennten, daß ich immer ihr geliebtes Kind bleibe, fo lange fie lebten!

Es half nicht. Es ift doch eine eigene Sache, bei ge- genfeitiger gleicher Liebe bleibt es bennoch eine Trennung! War es bei mir Ahnung meiner Zukunft? —

Das Leben bei meinen Schwiegereltern war angenehm, befonders durch meinen trefflichen Schwiegervater. Er war 70 Jahre alt; man merkte dies an feinem etwas fchwer- fälligen Gange, nur der Geift war jung und frifch. Sein liebes freundliches Geficht mußte jedem gefallen, ftets in habit habillé, oft ganz in Sammt gekleidet, weiße Strümpfe,

8

die Beinkleider kurz mit kleinen Schnallen, Schnallen an
den Schuhen von Pierre de Stras, wie Diamanten fun=
kelnd, reiches Jabot und Manschetten, sah er vornehm aus.
Auf der Straße trug er einen großen Stock mit goldenem
Knopfe, auf dem Kopfe einen feinen dreieckigen Hut. Er
war Ober=Rheinischer Kreis=Kaffier und hatte den Titel Re=
gierungsrath. Ihn interessirte nur der Menschen Cha=
rakter, nie deren Religion. Seiner Meinung nach wären
alle Menschen gleich vor Gott. Die vielen Religionen seien
ein großes Uebel, nur Mittel zu Haß und Unfrieden, zum
Leidwesen seiner Frau ging er nicht immer zur Kirche. Das
Knieen fiel ihm schwer: „zu Hause könne er eben so gut beten."

Mein Mann hatte fünf Schwestern und zwei Brüder,
von den Schwestern war die älteste in Leipzig, die vierte
hier verheirathet; beide Schwestern hießen Pensa, sie hatten
Onkel und Neffe geheirathet. Die drei andern und die
zwei Brüder waren zu jener Zeit noch ledig. Alle acht
Geschwister machten den Eltern nie Kummer, und von der
großen Zahl war keines durch den Tod geraubt worden.

Die Lebensweise in dem Hause Belli war verschieden
von der in meiner Eltern Hause. Mein Schwiegervater
hatte (außer einer Stiefschwester) keine Geschwister, nur
Neffen und Nichten, jene kamen nicht oft zu Besuch, meine
Schwiegermutter, eine geborne Buchler, hatte nur einen
verheiratheten Bruder; jener starb, auf der Reise in Köln.
Mit Frau Wittwe Buchler gingen sie nicht um; ich habe
sie im Leben nur einmal bei der Brautvisite gesehen. Deren

ältester Sohn war in Holland etablirt, der jüngste ist Commis bei meinem Manne gewesen. Die einzige Tochter Agnes, ein bildschönes Mädchen, befand sich bei der Mutter, sie sang brav, und wirkte oft in den Liebhaber-Conzerteu.

Mein Schwiegervater frühstückte mit seiner Frau; die drei Töchter allein. Nach dem Frühstücke ging mein Schwiegervater zu seinen Töchtern, ihnen guten Morgen zu wünschen, sie küßten ihm die Hand. Hierauf kam er zu mir, die Hand durfte ich ihm nicht küssen, er küßte mich auf die Stirne. Darauf ging er in den Parterrestock, in dem sein Wohnzimmer, und dahinter sein Schreibzimmer lag. Bis gegen neun Uhr blieb er allein und las Zeitungen.

Regelmäßig auf die Minute trat Herr Mussi um 10 Uhr ein, sie tranken jeder eine Tasse Chocolade und plauderten. Dann verließ ihn Herr Mussi wieder, hierauf arbeitete mein Schwiegervater in seiner Schreibstube bis gegen ein Uhr. In diesem untern Wohnzimmer ward zu Mittag und Abend gespeist. Die Familie versammelte sich vorher, erst um halb zwei Uhr kam die Suppe. Die Thüre öffnete sich leise, Herr Mussi trat mit den Worten „Buon giorno" ein, setzte sich in eine Fensterecke ohne zu sprechen. Kam die Beilage zu dem Gemüse auf den Tisch, und sie bestand in einer Speise, welche man mit den Fingern nehmen kann, Pastetchen, Leberschnitten, kleinen Fischen, gebackenen Cotelets, Schinken oder Zunge, so stand er auf und mit dem Worte „Permettez" nahm er ein Stück und ging kauend zu Hause um dort ebenfalls zu essen. Er wohnte gleicher

Erbe im Casino. Waren jedoch die Beilagen gefüllter
Pfannkuchen oder ein kleines Ragout, so verließ er das
Zimmer, ohne zu sprechen, er selbst soll eine gute Küche
geführt haben, nie lud er Jemanden ein.

Mussi war ein reicher Italiener und lebte von seinen
Renten, seine größte Ausgabe war das Theater; die Par-
terre-Gitterloge linker Hand, hatte er für Lebenszeit gemiethet, er zahlte allein die vier Plätze derselben, bei auf-
gehobenem Abonnement behielt er sie jederzeit. Er ließ das
Innere derselben einrichten; auf den zwei vordern Plätzen
standen bequeme Sessel, daneben drei Stühle, im Hintergrunde der Loge befand sich ein Spiegel, (zum Leidwesen
des Theaterpersonals, wenn sie sich darin sahen); unter dem
Spiegel stand ein verschließbarer Schrank, worin zum Schutze
gegen das Lampenlicht einige Fächer lagen. Ferner fand
sich ein Präsentirteller, Eisgläser und Eislöffel. War Mussi
bei Laune, so bewirthete er die Damen mit Eis; jeden
Abend lud er bei guter Vorstellung Damen oder Herren
ein, besonders zu Opern, oder zu Gastrollen guter Künstler.
Mussi saß stets vorne, den Rücken dem Publikum zugekehrt;
dieser Platz hatte einen Vorhang, Mussi sah zuweilen durch,
um zu wissen, ob das Haus gut besetzt sei. Er hatte den
Schlüssel zu seiner Loge; nur meiner ältesten Schwägerin
vertraute er ihn an, wenn er nicht früh kommen wollte. Nie
vergab er seinen eigenen Platz; selbst meine alten Schwiegereltern, wenn sie von ihm eingeladen waren, saßen auf den
andern Sesseln.

Der alte Italiener, troß seinen Schrullen, war ein braver, guter und wohlthätiger Mann. Seine Kleidung einfach, aber sauber, war immer braun. Abends, vor dem Theater, kam er wieder in das Parterrezimmer meines Schwiegervaters; war der alte Herr noch nicht unten, ließ er von dem Bedienten aufschließen, setzte sich in seine Ecke an das Fenster und wartete. Oft, wenn ihn das Theater langweilte, trat er ein. Nach Schlusse des Theaters, und wenn es noch so spät war, erschien er alle Tage, blieb eine kurze Zeit und ging lautlos heim. Er kannte viele hiesige Familien, ging jedoch nur zu Belli. Deutsch lernte er nicht: sein Sprechen war ein Jargon von Deutsch, Französisch und Italienisch.

Am 4. October 1812 lud er uns Frauenzimmer nach Bornheim. Schönes Wetter begünstigte diesen Gang, wir konnten den Grund jener Einladung nicht erfahren. Dort angekommen, bestellte er reichlich Kaffee und Gebäck, nachher Aepfelmost mit gebratenen Kastanien. Ehe wir weggingen, sagte er, jener Tag sei der Namenstag des Kaisers Franz II., durch die Franzosenherrschaft denke man dessen nicht mehr, aber er wolle ihn gemüthlich feiern.

Vor meiner Verheirathung hatte Muffi eine junge Sängerin, „Meyer", zu sich genommen. Das Mädchen war arm, sie hatte für ihre Leistungen schlechten Gehalt. Sie war sittlich, still und lebte höchst eingezogen. Er ließ ihr zwei Zimmer vollständig in seiner Wohnung möbliren, beschenkte sie reichlich an Wäsche, Kleidern u. s. w. und wenn er von ihr sprach, nannte er sie „Ma Nonne." Eines

Morgens war „Ma Nonne" mit einem französischen Offiziere durchgegangen, hatte aber alle Geschenke von Mussi
dagelassen. Er verkaufte die Möbel, und sandte ihr, nebst
den Kleidern und Wäsche, das dafür gelöste Geld nach. Sie
soll später im Elende gestorben sein.

Mein Mann kaufte ein Frühstück-Service von gelb mit
Gold gemaltem Porzellan und eine Pendule. Das Porzellan
ist, bis auf eine Tasse, schon lange den Weg des Zer-
brechens gegangen; die Pendule habe ich meinem ältesten
Enkel, nach dem Tode meines Mannes geschenkt.

Mussi ließ im Vorgefühle seines Todes, seinen einzigen
Neffen aus Italien kommen, dieser war sein Erbe. Von
ihm mit aller Liebe und Sorgfalt gepflegt, starb er nach
kurzer Krankheit bald nach meinem Schwiegervater.

Guiollett besuchte meine Schwägerinnen jeden Morgen,
eben so Herr von Itzstein. Beide kamen auch des Abends.
Hierfinger fand sich oft ein. Herr und Frau von Weiler,
Herr und Frau von Moers-Jorbis, Louis Guaita, Professor
Weidmann, (der berühmte Anatom), nebst seiner Frau waren
täglich Abendgäste. Außerdem Fräulein Lisette von Koch,
die beiden Schwestern Servies, Herr von Rief, Herr von
Harf, die Fürstin Stollberg, geborne Prinzessin von d'Ahrem-
berg, Frau Staatsrath Molitor mit ihren Töchtern, welche
zuweilen kamen.

Die meisten dieser Personen spielten Karte, die übrigen
plauderten: man hörte politische und Stadt-Neuigkeiten.
Eines Streites zwischen Weidmann und Louis Guaita

gedenke ich: Zur Zeit, wo Napoleon I. gegen Rußland rüstete, meinte Guaita, das würde des Kaisers Niederlage für immer begründen. Weidmann, französisch gesinnt, rief beim Kartenspielen Guaita zu: „Da muß man ein rechter Esel sein, um so etwas zu glauben." „Ja," sprach Guaita, indem er vom Stuhle aufstand, „solch ein Esel bin ich," der Esel hatte Recht!

Fürstin Stollberg und Frau Professor Weidmann ausgenommen, hielt das schlechteste Wetter im Winter die Damen nicht ab zu kommen. Damals kannte man keine Galoschen, nasse Füße gaben nicht gleich Schnupfen oder sonstige Uebel. Die Regenschirme waren größer, es gab sogar doppelte. Man nannte sie zweispännig, da Mann mit Frau durch sie geschützt waren. Jetzt sind sie klein, um bequem darunter naß zu werden.

Der Vater von Fräulein Lisette von Koch war Amtmann in der Nähe Mannheims, sein Ruf war nicht der beste. Es ward behauptet, er habe Iffland in seinen Jägern zum Vorbilde gedient. Eine „Korbula von Zeck," war Lisette von Koch nicht. Nach ihres Vaters Tode zog sie hieher, ihre Mutter war von hier. Sie ist angenehm im Umgange gewesen. Ihr Vater hatte wenig hinterlassen, sie lebte in kleinen Verhältnissen, was sie mit großer Ruhe trug. Gescheidt, bescheiden, oft heiter, war sie allgemein beliebt. Später konnte sie hier nicht bleiben, sie zog in das damals bedeutend wohlfeilere Rheingau, wo sie starb.

Während den Messen war Herr Buchhändler Fontaine

und sein Schwiegersohn Dominic Artaria, beide von Mann=
heim, jeden Abend bei Belli, auch Frau Penja, welche in
der Nähe wohnte.

Niemand von diesen Personen flößte mir solche Ehrfurcht
ein, wie Fürstin Stollberg. Aller irdischen Güter, deren sie
viele besessen, war sie in ihrem Alter mit einem Schlage
durch die französische Revolution beraubt. Es kam so schnell,
daß sie, außer unbedeutendem Schmucke, Kleidern und Wäsche,
mit ihrer jüngsten Tochter, einer ganz alten Kammerfrau
und einem eben so alten Bedienten sich nach Frankfurt
flüchtete. Die erste Zeit lebte sie hier in den ärmlichsten
Verhältnissen. Ihre Speisen bekam sie aus einer Garküche;
oft mußte sie mit ihrer Umgebung hungern! An viele Be=
dürfnisse von Kindheit an gewöhnt, konnte sie nicht einmal
frische Luft schöpfen. Es fehlte ihr an anständiger Kleidung.
Ihre Füße, nur gewöhnt Parquet= und Marmorböden zu
betreten, oder in ihren Parks auf geebneten Wegen zu wan=
deln, konnten kein hartes Pflaster vertragen. Zum Fahren
besaß sie keine Mittel. Ihrem alten Bedienten begegnete
man zuweilen auf der Straße, in verblichener grüner, mit
verschabten Goldborden besetzter Livree, eben solcher Weste,
schwarzen kurzen Beinkleidern und stets in weißen Strümpfen
mit Schnallenschuhen. Reiche Adelige und Kaufleute waren be=
reit, sie zu unterstützen, sie nahm nicht das Geringste an, da
sie nicht wisse, es zu ersetzen. Einige deutsche Höfe schickten
kleine Summen. Der Kaiser Alexander I. von Rußland setzte
ihr endlich eine Rente aus, von der sie leben konnte.

Sie hatte diese Fügungen des Lebens mit Ruhe und Ergebenheit ertragen. Nun konnte sie sich wieder anständig kleiden und sich eine Remise halten. Jeden Tag um 6 Uhr Abends fing sie an Visiten zu fahren, brachte darauf ihre Zeit in Gesellschaft oder auf Bällen zu, da sie viel geladen wurde; trotz ihres Alters ist sie bis zu Ende der Feste geblieben. Sie besuchte fleißig das Theater. Opern besonders, da sie kein Deutsch verstand. Einladungen zu Mittag- oder Abendessen nahm sie niemals an, sie genoß nirgends das Kleinste, um nicht in den Ruf des Schmarotzens zu kommen. Ihre Kleidung und ganze Erscheinung war auffallend. Von Fremden ward sie oft für eine Maske im Theater gehalten.*) Sie trug einen Reifrock, ein steifes Bruststück mit halbkurzen Aermeln daran. Dieses umschloß ihre dünne Taille; ein aufgestecktes Tuch bedeckte den mageren Hals. Ihre Haare wurden von ihrer alten Kammerfrau kunstvoll anfgebaut und gepudert; hie und da eine Locke, war alles aus dem Gesichte hoch aufgekämmt. Darauf saß, durch goldene Nadeln festgehalten, ein kleines Hütchen. Sie war weiß und roth geschminkt. Ihr langes Gesicht glich einer leblosen Puppe, nur ihre Augen glänzten, der Mund bebte beim Sprechen, in den Händen hielt sie einen altmodischen Fächer, den sie auf- und zuklappte. Ihre Er-

---

*) Eine Gräfin von Letzen hielten viele Leute ebenfalls für eine Maske, sie trug ein stark gestärktes Halstuch, bis an den Mund in Bogen hinauf gezogen, und einen kleinen Hut, man sah nur die Nase und die Augen. Ein Mal zwang sie dazu.

scheinung war mehrentheils Carricatur. Ihre Conversation fein und angenehm. Sie war die Mutter der Gemahlin des letzten Stuarts, geschichtlich bekannt durch ihr Verhältniß mit Alfieri. Als diese starb, sagte die alte Fürstin: „Je suis une mère bien malheureuse, je ne puis élever aucune de mes filles. Ces Morveuses meurent toujours avant la fin de leur éducation." Vom Tode hörte die Stollberg ungern reden; sobald davon gesprochen ward, sagte sie: „Chut, ne nommez pas la mort, elle m'a oubliée."

Prinzessin Gustavine, die zweite Tochter der Fürstin, wurde in allen Zirkeln wegen ihres Geistes und ihrer Liebenswürdigkeit gerne gesehen. Sie aß oft bei Herrn von Anstett, dem russischen Gesandten. Täglich war dort ihr Couvert bereit; kam sie ein paar Tage nicht, so zürnte er ihr; sie ging viel zu Fuße aus und trug stets einen kleinen schwarzen Bologneser Hund auf dem Arme. Sie lebte länger als ihre Mutter.

Zu meinen Eltern ging ich täglich. Den Vater traf ich nicht immer. Gewöhnlich sah ich die Mutter und meine liebe kleine Schwester, welche sich mehr und mehr entwickelte und alle Herzen für sich gewann. Der Vater kaufte in jenem Jahre den Garten von Frau Schöff Stock, in dem wir sonst zur Miethe gewohnt hatten. Er ließ das Haus durch Salins ändern. Dieser, ein Pariser, war sehr geschätzt. Den Bürgerverein auf der Großen Eschenheimer Straße hatte er für Herrn Heinrich Mülhens gebaut, ferner in der Neuen Mainzer Straße das Haus des Herrn von Heyder-St.

George, und das Gartenhaus auf der Bockenheimer Landstraße für meinen Onkel Gontard-Wichelhausen. Damals
bekamen die Besitzer jener Gärten das Stück Land bis zur
Bockenheimer Chaussee billig von der Stadt.

Frau van Pan-Huys, geborene von Barckhausen, folgte
vor Jahren ihrem Gatten, einem Holländer, auf eine der
holländischen Inseln. Er war von der Regierung zum
Gouverneur ernannt worden. Sie benutzte den Aufenthalt
in den tropischen Ländern, reiche Sammlungen anzulegen.
Herr van Pan-Huys starb dort an Vergiftung. Sie kehrte,
eine große Pension beziehend, in ihre Vaterstadt zurück. Hier
lebte sie bei ihrem Bruder, er war unvermählt und auch
sie hatte keine Kinder. Ein reiches Herbarium, die schönsten
und seltensten Vogelbälge, nebst einer Mappe prachtvoller
Zeichnungen von den Ländern, die sie gesehen, brachte sie
mit. Sie war selbst Meisterin im Malen und Zeichnen.
Was ist nach ihrem Tode aus allem geworden? Diese Dame
hatte die Güte, für meinen Onkel und meinen Vater Zeichnungen zu Anlagen für das neue Stück Land anzufertigen,
welche benutzt wurden.

Dr. Ehrmann freute sich über meine Heirath, er be-
suchte mich fleißig, bis ein Zwischenfall mich auf einige
Jahre von ihm trennte. Dann blieb er mir, bis an sein
Ende, der treueste Freund. Daß Ehrmann ein vortrefflicher
Arzt war, hat er in meiner Eltern Hause oft bewiesen; als
Mensch schätzte ich ihn hoch. Hinter einer rauhen Außen-
seite barg sich ein fühlendes Herz, vermuthlich brauchte er

diese Rauhheit als Schutzmauer gegen seine innere Weich-
heit, wenigstens sah ich ihn zuweilen derart ergriffen vom
Kummer Anderer, daß der starke Mann des Trostes bedurfte.

Als Kinder fürchteten wir ihn. Wenn er ausging, trug
er einen schweren Stock, den verstand er gut zu schwingen;
er liebte uns alle: Sophien und mir gab er den Vorzug.
Als ich älter wurde, verstand ich seine Späße und wußte
sie zu erwidern. Einst klagte ihm mein Vater, ich äße so
schnell, „lassen Sie das gut sein, wer schnell ißt, arbeitet
auch schnell"; er hatte Recht, alles, was ich genäht, gestickt,
gehäkelt u. s. w. habe, ging rasch; ich hatte Ausdauer im
Arbeiten.

Alle Späße und Geschichten Ehrmann's niederzuschreiben, würde kaum gelingen. Ich versuche von den besten
derselben einige zu berichten. Meist komischer Natur, sind
sie zuweilen etwas derb.

Eine eitle Frau war ihm ein Gräuel: er sagte, jene
Eigenschaft mache meistens bodenlos unglücklich. Eine seiner
reichen Patientinnen ließ ihr Bild von einem berühmten
Miniaturmaler verfertigen, sie war weder schön, noch häßlich, der Teint bleich, aber mit sprechenden Augen. Diese
sprach bei der ersten Sitzung dem Maler den Wunsch aus,
er möge der Natur etwas nachhelfen, besonders frischere
Farbe geben. Das Bild soll ähnlich gewesen sein, allein
verschönert; Ehrmann erfuhr es. Er besuchte die Dame.
Die eitle Frau zeigte ihm ihr Bild; er fragte: „Sind Sie
das?" Auf ihre Bejahung stand er auf, ging mit dem

Bilde an das Fenster und sprach: „Pfui, das hat ein Stümper gemalt, es sieht Ihnen durchaus nicht ähnlich." — Hierauf zerbrach er das Porträt und warf die Stücke zum Fenster hinaus. Ehrmann wurde nie wieder als Arzt in jenes Haus gerufen.

Einst kam ihm der Verdacht, auch ich sei eitel. Er aß bei uns zu Mittag; ich ließ eine seiner Lieblingsspeisen „Hecht mit Kartoffeln und Butter" bereiten. Nach Tische wollte ich mit meiner Mutter einige Visiten machen; ich zog deswegen ein graues Seiden-Kleid von vielem Glanze an und saß bei Tische, wie immer, neben ihm. Er betrachtete das Kleid, plötzlich ergriff er einen guten Theil desselben und wischte sich damit seinen fettigen Mund ab: „Ich will nicht, daß Du eitel wirst; ich könnte dich dann nicht mehr lieb haben, ziehe eine andere Schabracke an, Du bleibst doch, wer Du bist." —

Die Anatomie in dem Garten des Senckenberger Stiftes wurde gebaut. Ehrmann war mit ihrer Einrichtung zufrieden, er forderte die Mutter auf, sie und mich hinzuführen. Nachdem er versprochen, uns nichts Grauenhaftes zu zeigen, gingen wir mit ihm. Am Eingange derselben hieß er uns warten, um den Diener zum Aufschließen zu rufen. In der Mitte des Hauptsaales stand ein langer, breiter Tisch, umgeben von Bänken mit Lehnen, wie in einer Kirche, Alles war roth angestrichen. Bei unserm Eintritte lag eine Leiche, mit einem Betttuche bedeckt, auf der Tafel. Die Leiche erhob sich, warf das Tuch ab und sprang auf, es war Ehr-

mann. Im oberen Raume zeigte er uns in Spiritus auf=
bewahrte Dinge aller Art.

Ein junger Mann, Inhaber eines Parfümerie=Geschäftes,
bekannt als Schmutzfink, wollte einen Maskenball besuchen.
Es lag ihm daran, nicht erkannt zu werden, er fragte Ehr=
mann wegen der zu wählenden Maske um Rath. Die
Antwort lautete: „Wasch Dich!"

In Sachsenhausen war Ehrmann viel beschäftigt. Er
machte dort drei Curen, die komisch waren. Diese sind be=
kannt geworden. Er ward zu einem Manne gerufen, der
ihn oft versichert, er mache sich aus dem Sterben nichts.
Letzterer war Feinschmecker, er fand denselben dem Tode
nahe und sagte es ihm indirect, fragend nach seiner Lieb=
lingsspeise und seinem Lieblingswein. „Ach", sprach der
Kranke, „Hasenbraten und rother Wein." „Nun", erwiderte
Ehrmann, „so lassen Sie sich ihr Todtenmahl bereiten."

Einst fand er einen Kranken gefährlich, aber nicht ret=
tungslos darniederliegend. Ehrmann wünschte zu wissen,
ob eine Gold=Waage und ein Ducaten in seinem Besitze
sei. Beides fand sich vor. Er verschrieb Pulver und befahl,
auf die eine Seite der Waage den Ducaten, auf die an=
dere Pulver zu legen und so jedes Mal abzuwiegen. Es
sollte am Abende das zweite Pulver verabreicht werden.
Wie erschrack Ehrmann, den Kranken am Morgen todt vor=
zufinden. Er erkundigte sich, ob das Wiegen nach seiner
Angabe geschehen sei? „Natürlich" antwortete die Frau,

„ganz genau, ich habe sogar einen Brabanter Thaler Agio zu dem Ducaten beigefügt."

Pfarrer Kirchner, berühmt durch seine Rednergabe und literarischen Arbeiten, war mit Ehrmann befreundet. Der Kanzelredner machte ihm Vorwürfe, er habe ihn nie predigen hören. Ehrmann versprach, in der Katharinenkirche zur Betstunde sich einzufinden. Beim Kommen setzte er sich der Kanzel gegenüber. Nach kurzer Zeit langweilte er sich. Er wollte davon schleichen, fand aber die Kirchthüren verschlossen. — Kurze Zeit darauf wurde Ehrmann in der Nacht nach Sachsenhausen gerufen. Die Frau des Kranken empfing ihn weinend an der Hausthüre. Man habe ihren Mann besinnungslos heimgebracht, in diesem Zustande befände er sich noch. Ehrmann entdeckte sogleich, daß der Mann im höchsten Grade betrunken war. Er rieth, den Pfarrer Kirchner rufen zu lassen; er, als Arzt, könne hier nicht helfen. Der Pfarrer kam und wollte eben eine salbungsvolle tröstende Rede halten, als ihn der starke Branntweingeruch davon abhielt. Er merkte Ehrmanns Rache, grollte jedoch nicht lange.

Eine seiner Patientinnen bildete sich oft ein, krank zu sein und quälte Ehrmann, ihr etwas zu verordnen. Er verschrieb mit Bedacht ein Recept, es waren versilberte Pillen aus Brod; sie genaß.

Ich hatte wegen heftigen Zahnweh ein Tuch umgebunden und fragte ihn um ein Mittel, den Schmerz zu stillen. „Stelle Dich", war sein Rath „an die Hausthüre. Alle werden Dir verschiedene Rathschläge geben, davon wähle einen und gebrauche ihn, es wird schwerlich helfen, Geduld ist hier das einzige Mittel." Zwei kleine Hefte, das eine heißt „Onirus", das andere „Der dicke Pastetenbäcker" hat Ehrmann drucken lassen, sie sind nicht in Handel gekommen, er verschenkte sie an Freunde. Diese sprudeln von Witz und Laune. Das Haus vor dem Eschenheimer Thore, welches zwei Balkon übereinander hat, und nach hinten einen runden Ausbau, hatte Herr Süß und Stackenschneider (Schwäger) in Gemeinschaft gebaut. Der erste war Tuchhändler, der zweite Spezereihändler. „Wie gefällt Ihnen jener Bau?" fragte mein Vater Ehrmann. „Recht gut", war die Antwort, „vorne ist die Elle, hinten das Oelfaß."

Die Zeit rückte immer näher, wo ich den Garten meiner Schwiegereltern beziehen sollte, um meine Haushaltung zu beginnen, da fühlte ich mich plötzlich unwohl, ich sandte nach Ehrmann. Allein er ließ sagen, er könne nicht kommen, er bedaure es, seine Frau sei todtkrank. Litte ich an Kolik, sollte ich mich zu Bette legen; morgen ganz in der Frühe käme er bestimmt.

Meine Schwiegermutter wünschte, da ich mich in interessanten Umständen befand, nach dem Geheimerath Wenzel zu schicken, dessen Hülfe ich später bedürfe. Wenzel verordnete zwei Mixturen. Es mußte Jemand bei mir wachen, um mir die Arznei abwechselnd zu reichen.

Bei erstem Tagesgrauen kam Ehrmann. Arzneien und Recepte befanden sich auf meinem Nachttisch. Er griff nach

beiden, indem er sagte! „Wenzel! ich hätte Dir nichts gegeben, arme Frau, jetzt ist es für lange Zeit mit Deiner
Gesundheit aus. Ich komme nicht mehr zu Dir." Darauf
ballte er die beiden Recepte zu einer Kugel und warf sie
mir ins Gesicht. Prophetisch wahr sprach Ehrmann über meine
Gesundheit. Lange Jahre blieb ich leidend. Ehrmann hielt
einige Jahre Wort; sein Wiederkommen begrüßte ich mit Jubel.

Der Garten von Belli lag vor dem Schaumainthore, Doctor
Jeanrenaud besitzt ihn nun. Die Aussicht nach der Stadt war
wunderschön. Viele Straßen wie nun standen damals nicht.
Das Fischerpförtchen, Metzgerthor, heilig Geistpförtchen, Fahr-
thor mit Thurm, Holzpförtchen, Leonhardsthor mit Thurm,
endlich der Weinmarkt mit Bäumen bepflanzt, dann der hohe
Schneidwall mit seinen schattigen Anlagen und dickem hohen
Thurme, viele Thürme in der Stadt, die nicht mehr sind;
diese Ansicht gab ein Gefühl von Ehrfurcht und Reichthum,
wie es für eine Krönungs- und freie Reichs-Stadt sich ziemte.
Der Garten des Herrn Sulzbach, an der Ecke der Bockenheimer
Landstraße, gehörte meinem Großonkel Alexander Gontard.
Ich konnte das Haus aus dem Wohnzimmer deutlich sehen,
mit Tüchern hätten wir uns Zeichen geben können. Ferner
war ein großer Theil des Taunus sichtbar, der Gutleuthof,
die Gallenwarte, die Thürme von Höchst und die wunderschönen Linden auf der Wiese am Grindbrunnen. Nach hinten
sah man Oberrad, den Mühlberg, den Sachsenhäuser Berg
mit dem Darmstädter Wartthurm und dem sogenannten Hexen-
baum, welcher alle Bäume des Waldes überragte. Auch die

9

Ziegelhütte, den Riedhof, den Sandhof und endlich Niederrad, erblickte man.

Das meist schwer befrachtete Mainzer Marktschiff fuhr Schlag zehn Uhr vom Fahrthor ab. Der Nikolaithürmer blies dazu nach allen vier Weltgegenden die Posaune, in eigen= thümlicher Melodie, welche mir noch in den Ohren klingt. Um vier Uhr Nachmittags sollte das Marktschiff zurückkommen, allein da es bergauf fuhr, und deshalb von sechs, zuweilen bei großem Wasser, zwölf Pferden gezogen wurde kam es stets später. Der Thürmer blies zum Zweitenmale, was meine Brüder und mich in der Kindheit veranlaßte, die Mutter um unser Vieruhrbrod zu bitten.

Der Schneidwall war eine hohe Bastion, die Mauern nach dem Stadtgraben und dem Main gingen schroff herunter. Sie wurden von den Wellen bespült. Auf jener Bastion befand sich der ziemlich hohe, dicke Mainzer Thurm. Er war ohne Ornamente, hier und da eine Schießscharte und kleine Fenster zum Licht für die Treppe. Oben befand sich als Mauerkrone eine steinerne Gallerie. Der Bau endete mit der höher gelegenen Wohnung des Thürmers, welche einige, für diese Höhe verhältnißmäßig große Fenster hatte; darauf kam ein Schieferdach, spitz zulaufend. Endlich ein hoher Schornstein, wie oft sah ich ihn rauchen! Der Thürmer soll von allen Thürmern die bequemste Wohnung gehabt haben. Bestimmung jenes Thürmers war in früheren Zeiten nach dem Maine und der Höchster Chaussee auszulugen, ob Feinde sich zeigten.

Der übrige Theil der Bastion war Gartenanlage, theils Lauben und Schattengänge, auch ein großer, mit Bäumen bepflanzter Platz mit Tischen und Bänken nebst Kegelbahn fand sich da. Ein breites, einstöckiges Haus lag nach hinten, der Stadt zu, ein breiter, gepflasterter Weg führte hinauf. Im Hause befand sich eine gute Wirthschaft, die besonders viel am Abend besucht ward. Das Ganze umgeben von Gebüschen und dicken, hohen Pallisaden.

Der Maler Beer errichtete für sein Stundengeben eine Maler=Akademie, um die jungen Leute anzufeuern, hatte er einen Tag im Jahre bestimmt, wo in Gegenwart der Angehörigen, auch Fremden, wenn sie sich nannten und Billete lösten, die Prüfung stattfand. Der Name des gekrönten Schülers wurde durch den auf dem Orchester stehenden Maler Beer ausgerufen. Der Sieger bekam eine an einem Bande befestigte Medaille; sowohl Knaben wie Mädchen konnten dieselben verdienen. Nach der Feier hielt Beer eine Rede und dankte für Unterstützung und Theilnahme. Hierauf bestiegen Musiker das Orchester, die jungen Leute tanzten.

Tante Schönemann lud mich als jungen Backfisch einmal dazu ein. Meinen Eltern mußte ich versprechen, nicht zu tanzen, sie fanden die dortige Gesellschaft zu gemischt. Meine Bekannten peinigten mich so lange, bis ich zweimal tanzte. Am andern Tage belog ich meine Eltern! Folge von Hähnisch's guter Erziehung! Die Lüge kam heraus, und — ich habe nie wieder die Unwahrheit gesagt.

Mein Schwiegervater ging häufig bei gutem Wetter mit

seiner ältesten Tochter Lisette in den Garten; er durchging
dann, auf meinen Arm gestützt, mit uns die ganze, ziemlich
lange Besitzung, der Gärtner mußte mitgehen. Dieser wohnte
in einem einstöckigen Hause, welches hinten in dem Garten
stand. Hohe Mansarden enthielten drei Zimmer, vollständig
möblirt. Sie waren früher von meinen Schwiegereltern
zeitweise benutzt, auch diese hatte ich inne, und konnte sie einer
Freundin auf einige Wochen anbieten.

Am Ende des Gartens war ein Platz mit Mirabellen=
bäumen bepflanzt, dieselben trugen so reichlich, daß die ganze
Familie damit versorgt wurde.

Hinter den Gärten lief eine Chaussee, welche auf den
Sandhof führte; jeder Garten hatte seine Thüre dahin. An der
von Belli standen zwei ungemein hohe Pappeln, deren Wurzeln
beinahe das vordere Haus erreichten. Mein Schwiegervater
wollte sie nicht herausnehmen lassen, da es eine Pflanzung
seiner Mutter war.

Als Beispiel wie schwer die Hochzeitskleider der dama=
ligen Bräute gewesen, führe ich an, daß in dem Wohnzimmer
meines Schwiegervaters ein Sessel nebst zwölf Stühlen sich
befanden, alle von schwerem hellgrünem Atlas, mit bunten
Blumen durchwirkt. Sie waren sämmtlich aus dem Hochzeits=
kleide seiner Mutter geschnitten.

Mein Schwager Pensa und seine Tochter Louise, kamen
von Leipzig an, Pensa machte eine kleine Reise von hier.
In dieser Zeit wohnte Louise bei uns im Garten. Pensa,
ein reicher, geschickter Kaufmann, machte jedoch zuweilen Spe=

culationen, welche ihn schweres Geld kosteten. Einst ließ er ein wunderschönes, großes Crucifix aus Bergcristall, durch einen Mann zu Fuße nach Petersburg tragen, damit es durch Fahren nicht litte. Jahrelang konnte er es nicht verkaufen, endlich wurde es zu einem Spottpreise losgeschlagen.

Damals lernte ich Stephan von Guaita kennen, einen ganz vortrefflichen Mann. Er ist mir bis zu seinem Lebensende ein treuer Freund geblieben, Briefe von ihm an mich sind mir Heiligthum. Er hat viel Gutes für Arme gestiftet.

Mit meinen Eltern und Sophie fuhr ich oft spazieren. Sonntags Nachmittags regelmäßig, der Vater liebte es, da das die einzige freie Zeit war, welche er sich gönnte, um eine Landparthie zu machen. Diese Gewohnheit behielt er bis zu seinem Tode bei. Im Winter ging er jeden Sonntag Nachmittag zu Fuße mit mir, als ich noch ein junges Mädchen war, spazieren. Zumeist nach Bergen und Vilbel, oft machten wir Waldparthien und kamen spät gegen sieben Uhr wieder zu Hause. Die Mutter ängstigte sich oft. Den Fahrten und Spaziergängen, verdanke ich die genaue Kenntniß der Umgegend. Zweimal war ich mit meinen Eltern auf dem Feldberg, einmal auf dem Altkönig, in Eppstein, Hofheimer Capelle, Oberursel, Soden, Königstein, Kronberg, Homburg, im Lorsbacher Thal waren wir häufig. Damals freilich sahen diese Orte anders aus, wie nun, wo die Cultur weiter vorgeschritten ist.

Gegen den Herbst zogen wir zur Stadt. Es zeigten sich immer mehr Wolken am politischen Horizonte.

Zu Montag den 22. October war durch den Magistrat

die hiesige Weinlese angekündigt; diese Feier sollte auf traurige Weise unterbrochen werden. Am 18. October 1810 kamen französische Truppen mit einer Commission Douaniers, um englische Waaren bei den Kaufleuten zu suchen. General Friant, General Frederic, Oberst Boissart, der Douanendirektor zu Mainz, Collason und Fritz für die Krämer, standen an der Spitze. Die Franzosen ließen spottweise ein Edikt drucken, in dem die Bürger aufgefordert wurden, sich nicht in ihren Herbst= freuden stören zu lassen! — Wer dachte noch an den Herbst! Obrist Boissart hatte 1804 den Papst Pius VII. von Rom entführt; zum Lohne sandte ihn Napoleon hierher. Er ver= stand es trefflich, sich mit den englischen Waarenhändlern abzufinden. In seinem Zimmer befand sich eine Kommode mit einer großen Schublade, die Kaufleute legten schweigend Rollen Goldes in dieselbe. Dagegen stellte er die gewünschten Zeugnisse aus. Ebenso machte es Collason mit Colonial= Waaren.

Man versteckte so viele Waaren als möglich. Meine Peripherie war damals bedeutend, ich trug unter meinem Mantel in Begleitung meines Mannes, mehrere Handels= bücher in die Loge des Herrn Mussi. Dieser erwartete uns und verschloß die Bücher in den Schrank. Andere werth= volle Documente hatten hinter der großen Uhr des Theaters ihren Platz gefunden.

Den Douaniers gab man nur Schund, aus dem auf der Pfingstweide ein Auto da Fé errichtet wurde. Jeden Morgen 10 Uhr fuhren sie unter Trommelschlag hinaus, mancher Bürger stand mit geballter Faust da. Der Sturz Napoleons zeigte, daß jede schlechte That ihre Strafe findet.

General Friant wohnte im Darmstädter Hof, er wollte die Frankfurterinnen durch einen Ball im Januar 1811 erfreuen. Die Frauen und Töchter der Geplünderten sollten vor ihm tanzen. Viele Familien sagten ab. Ich mußte hin. Wir hatten uns das Wort gegeben, nicht zu tanzen, und hielten es; Jede hatte eine andere Entschuldigung. General Friant war ein schöner, feiner Mann, von welchem man höchst freundlich empfangen wurde. Von den Frankfurtern nahm keiner Thee oder Gebäck an; die schönsten Tänze spielte die Militärmusik vergebens, die Wägen hatte man warten lassen und entfernte sich still-schweigend. Friant tobte und raste, er konnte sich jedoch nicht rächen.

Am 12. November 1810 bekam ich einen gesunden Knaben. Der Schreck und die Sorge um meinen Mann, welchen die Handelsgeschäfte ernst stimmten, verzögerten meine Genesung. Wir zogen deshalb 1811 in den Garten. Einen zweiten Sommer wie jenen habe ich nicht wieder erlebt. Vor Pfingsten hatte man bereits reife Kirschen in Menge, am Tage war die Hitze groß. Jeden Abend gab es Ge-witter mit Regen, was die Luft abkühlte. Im Herbste sahen wir den herrlichen Kometen mit großem Glanze und ungeheurem Schweife; ein prachtvoller Anblick! Die Wein-ernte war überreich, das Obst ebenso und vortrefflich. Das gab die berühmte Weinlese. Ueberall sah man heitere Ge-sichter. Mein Schwager Pensa kaufte dem Fürsten Metternich

fein Gut in Geifenheim ab mit der Weinleſe. Auch Obriſt
Gontard kaufte dort etwas früher den prachtvollen Palaſt
des Grafen Oſtein mit Garten und Weinbergen.

Längere Zeit beſchäftigte Gontard jener Kauf. Der Palaſt
umſchloß einen großen Hof mit wunderſchön gearbeitetem
Gitter von Eiſen, in der Mitte war ein großes Thor und
zwei kleine Nebenpforten. Das Hauptportal des Palaſtes
hatte eine hohe Kuppel. Eine breite und hohe Freitreppe
führte unter dem Säulenbalkone durch ein ſchönes, mit
Bildhauerarbeit reich verziertes Thor in das Innere. Der
Palaſt, nur einſtöckig, mit hohen breiten Fenſtern, unter der
Kuppel lag das Treppenhaus. Zwei ſteinerne Stiegen führten in den erſten Stock, wo ſie zuſammenſtießen. Die Vor-
plätze im ganzen Palaſte beſtanden aus ſchwarzen und weißen
Marmorplatten. Die Nebenflügel, ſehr lang, gingen bis auf
die Straße, ſie waren in der Fronte fünf Fenſter breit.
Jeder Flügel hatte ſeinen freiſtehenden Balkon, die hinteren
Fenſter gingen in den Garten. Wie oft ſtanden wir auf
dieſem Balkon, wir konnten uns nicht ſatt ſehen an der
herrlichen Ausſicht. In duftiger Ferne war der Dom von
Mainz erkennbar. Die Landſtraße nach Rüdesheim führte
nahe den beiden Flügeln vorüber. Parterre befanden ſich,
der Landſtraße zugewendet, vergitterte Kellerfenſter. Ueber
dem erſten Stocke waren hohe Manſarden. Von der Landſtraße durchſchnitten, lag mit Mauern eingefaßt der Kapell-
garten, welcher bis an den Schifferweg des Rheines ſtieß,
einer der beſten Weingärten Geiſenheims, und gehörte zu

der Besitzung. Deßwegen konnte die schöne Aussicht nie verbaut werden. Durch Dämme geschützt, kam kein Wasser in den Weinberg.

In Geisenheim lebten mehrere fremde Familien, ebenso in Rüdesheim, Lange-Winkel, Erbach und Elfeld. Anfangs konnte man nicht begreifen, wozu Gontard diesen Palast gekauft. Er machte ein sehr gutes Geschäft. Den Schön=heitssinn berücksichtigte er nicht. Er ließ die Mitte des herr=lichen Baues, die Kuppel, abtragen; nur zwei Fenster, an die beiden Flügel stoßend, blieben stehen. Durch die Mitte des Hofes baute er eine niedrige Mauer zur Trennung beider Flügel. Den linken, wenn man davor steht, behielt er, den andern kaufte ein reicher Schlesier. Der Verkauf der Steine, des Bleies, der Fenster u. s. w. deckte den größten Theil seiner Ausgabe; er wohnte beinahe umsonst.

Mein Schwiegervater erzählte mir, welch eine Thorheit er einst begangen. In seiner Schreibstube, seinem Pulte gegenüber, hing das Bild einer Venus; seine Bekannten neckten ihn damit. Da seine Töchter heranwuchsen, dachte er darauf, das Bild zu entfernen. Die Tapete in seiner Wohn= und Schreibstube war verdorben, er ließ den Tape=tenhändler Rothnagel kommen, um die Zimmer auszumessen, sie mit Wachstuch zu tapezieren und die Kosten zu berechnen. Rothnagel forderte 1500 Gulden, das fand Herr Regierungs=rath Belli zu theuer; nach langer Berathung bot Rothnagel für die Venus 1000 Gulden, und übernahm Herstellung der Zimmer umsonst. Rothnagel reinigte das Bild und

hängte es in seinem Laden auf. Der Gallerie=Inspector
von Straßburg sah es und gab ihm 4000 Gulden dafür.
Nun kam der Gallerie=Inspector aus Paris nach Straßburg,
der bezahlte das Bild mit 10000 Gulden. Es war eine
ächte Venus von Titian. In Paris besaß man nur eine
Copie. Im Jahre 1846 bewunderte ich das Bild im
Louvre.

Einst aß mein Mann und ich an einem Wochentage bei
meinen Schwiegereltern zu Mittag. Der alte Rothschild
ließ während des Essens sich melden, er machte Geschäfte
mit meinem Schwiegervater. Rothschild war ein ziemlich
großer Mann, er trug eine runde, ungepuderte Perrücke und
einen kleinen Kinnbart, den Typus der Juden besaß er voll=
ständig. In seinen Augen spiegelten sich Verstand und Gut=
müthigkeit, er besaß beide Eigenschaften. Uns freundlich
grüßend, trat er ein, der Bediente stellte ihm einen Stuhl
hin; er setzte sich nicht. „Setz' Er sich doch", sprach mein
Schwiegervater. „Nein, Herr Regierungsrath", war Roth=
schild's Antwort, „ich weiß, was mir zukommt." — „Wenn
Er sich nicht setzt," sagte mein Schwiegervater, „so stehe ich
auch auf." Darauf nahm Rothschild knapp Platz; wir be=
fürchteten sein Herunterfallen. Das war der Stammhalter,
welcher durch Fleiß eine Geldmacht gründete. Er starb am
19. September 1812, 69 Jahre alt. Erst waren es Medici,
dann die Fugger, darauf die Rothschilde.

Die Durchzüge der Franzosen nach Norden begannen.
Die Soldaten trugen vier N. an ihrer Uniform, eines auf

dem Czako, eines auf der Patrontasche und auf jeder Achsel-
klappe. Man nannte das: „Nur Nicht Nach Norden". —
Die meisten Infanteristen kamen zu Schiffe von Mainz, an
der jetzigen Mainlust stiegen sie aus, sie maschirten um die
Stadt nach Hanau; Cavallerie, Artillerie u s. w. kam von
der Mainzer Chaussee, diese berührten auch die Stadt nicht.
Es war ein trauriges, ahnungsvolles Gefühl, Abens spät
die dunkeln Gestalten anlangend und ausschiffend zu sehen! —
Wir zogen zur Stadt. Am 27 November 1811 bekam ich
einen zweiten Knaben. 1812 war ein trauriges Jahr für uns.
Meines Mannes angestrengte Arbeit zwang uns den Sommer
in der Stadt zu bleiben. Tante Magaretha kehrte in die
Schweiz zurück, wer hätte denken können, daß sie ihre Vaterstadt nie wieder sähe! — Tante Philippine Wichelhausu war
in Leipzig gestorben. Großonkel von de Walle blieb gesund,
wir Alle hatten den alten orginellen Menschen sehr lieb, er
besuchte mich fleißig, tausend Späße machte ich mit ihm.
Seine Todesfurcht war zu beklagen, er behauptete, sie läge in
jedem Menschen. Er habe es an seinem eignen Vater gesehen, dieser sei Jahre lang leidend an der Gicht gewesen,
das letzte Jahr habe er zu Bette liegen müssen, er seufzte
oft nach Erlösung! Da die gewünschte Stunde schlug, legte
sich der Sohn über ihn und fragte: „Stirbt der Papa gern?"—
„Ach nein Peter", klang die Antwort, „gerne hätte ich noch
ein paar Jahre gehabt!" —
Mein Schwiegervater mußte sich mit dem Fürsten Primas
besprechen, letzterer bewohnte sein Schloß in Aschaffenburg

und schrieb meinem Schwiegervater, er möge seine Abreise
so einrichten um der Prozession am Frohnleichnams-Tage
beizuwohnen. Meine Schwägerin Lisette, ich und der Bediente begleiteten ihn. Dort angekommen fanden wir Zimmer
im Gasthofe, auf des Fürsten Befehl, bereit. Kammerherr
von Boschi, ein kleiner, korpulenter italienischer Herr, heiter
und angenehmer Gesellschafter, besuchte uns nach der Ankunft.
Der Fürst habe ihm die Freude gemacht, ihn zu unserem
Maitre de plaisir zu ernennen und befohlen, uns die Umgegend Aschaffenburgs zu zeigen, ein Hofwagen stehe zu unserer
Verfügung. Er nannte meinem Schwiegervater Tag und
Stunde, an denen ihn der Fürst zu empfangen wünschte.
Den Tag nachher sollten wir bei dem Fürsten speisen.

Kammerherr von Junkhenn brachte uns eine Einladung zu seiner liebenswürdigen Frau, die paar Tage gingen
in Saus und Braus vorüber. Die Orte wie das schöne
Thal, wo man zu Fuße gehen mußte, besuchten wir mit
Boschi. Während der Conferenzen meines Schwiegervaters
bei dem Fürsten fuhr Boschi mit uns nach dem schönen Busch,
in die Fasanerie und nach dem Nilkhof. Mein Schwiegervater
war heiter, er erzählte komische Scenen aus seiner Jugend.
Selten hatte ich ihn so gesehen. Nachts schlief er sogleich
ein, wir ließen die trennende Thür seines Zimmers auf,
im Falle er noch etwas wünsche; seine Athemzüge waren
gleichmäßig, wie bei allen Gesunden.

Bei dem Fürsten aßen, außer uns und Boschi, noch der
Domherr von Gruben mit seiner Schwester. Der Primas

empfing uns mit der alten Freundlichkeit, diesmal führte er mich zu Tische. Er erkundigte sich nach seinen lieben Frankfurtern und lobte die schöne intelligente Stadt. Nach dem Essen trank der Fürst den Kaffee mit uns, er bewegte sich hier freier, als zu Frankfurt. Meine Schwägerin und mich führte er durch alle die Säle und Räume. Reich und schön war seine Gemäldesammlung. Dann bestieg der alte Herr mit uns einen der vier Schloßthürme. Er wählte den, von wo aus man den Frankfurter Dom bei hellem Wetter erblickt, in Frankfurt entdeckt man jenen Thurm zwischen einem Bergdurchschnitt auf dem Röderberg; man muß aber die Stelle genau kennen.

Wir empfahlen uns dankend bei dem Fürsten, ohne es zu ahnen, sahen wir ihn zum letzten Male. Den Tag vor unserer Abreise fand die Prozession statt, der Weihbischof Kolborn trug das Allerheiligste unter einem Baldachin, die Geistlichen in ihren reichen Ornaten, der Hofstaat, größtentheils in Uniformen, eine Menge Abliger und viele Bürger begleiteten, brennende Kerzen in den Händen tragend, den Zug. Die Häuser an denen die Prozession vorbeiging, waren durch Blumen und Teppiche geschmückt, der Fürst war nicht dabei; er hatte in der Kirche das Hochamt gehalten.

Glücklich heimgekommen, befand mein lieber Schwiegervater sich wohl, bis an einem unglücklichen Tage, mir Morgens um 11 Uhr gesagt wurde, er habe Nasenbluten bekommen, ich fand ihn im Sessel sitzend, auf seiner Stirne lag eine Compresse von Wachholderbeeren und Essig. Geheimrath

Koch hatte befohlen das Blut nicht zu stillen, als der Lei-
bende mich sah, reichte er mir mit den Worten die Hände:
„Es ist aus mit mir, ich komme nicht wieder auf, wir müssen
uns trennen." Unser Zureden half nicht, er blieb bei seiner
Meinung. Mit Mühe brachte man ihn die Treppe hinauf
und zu Bette. Jeden Tag ward es schlimmer, es bildete
sich die schreckliche Brustwassersucht. Bis auf Frau Pensa
in Leipzig, welche kurz zuvor Wittwe geworden war, und
seinen ältesten Sohn Fritz, der in England sich befand, umgaben ihn seine Kinder, am Tage schlief meine Schwiegermutter einige Stunden, da sie jede Nacht bei ihm wachte.
Endlich rückte sein Todestag an (18. Sept. 1812). Im Deli-
rium rief er oft seinen Sohn Fritz; schrecklich für die Familie
dies zu hören! Ein treuer Gatte, guter Vater, begabt mit
großem Verstande und Herzensgüte hatte aufgehört zu leben!

Das Jahr 1813 bestimmte uns, der Kinder wegen, den
Garten zu beziehen. Durch den Tod meines Schwiegervaters hatte er den größten Reiz für die Familie verloren.
Ein anderer Gärtner war gekommen, welcher sich als Trun-
kenbold erwies, nach Drohungen meines Mannes versprach
er Besserung. Im August aßen einige Freunde bei uns
zu Nacht, ich war nach Tische mit den Kindern zu meiner
Mutter gefahren, und kam 5 Uhr Abends zurück; die Köchin
klagte mir, der Gärtner habe sie mit Schimpfen bis zur
Küche begleitet, weil sie sich, mit unserer Erlaubniß, Küchen-
kräuter geholt habe, sie fürchtete sich vor ihm. Da ich mich
in interessanten Umständen befand, wollte ich mich nicht ein-

mischen. Mein Mann suchte später den Gärtner auf, hielt ihm sein Betragen vor und machte ihn aufmerksam, daß er ohne Erbarmen sogleich den Dienst verlöre, wenn er sich nicht ruhig verhalte.

Wir saßen bei Tische, eben wollte das Dienstmädchen die Schüsseln auftragen, da stürzte die Köchin mit aufgelöstem Haare in das Zimmer und rief: „Zu Hülfe, er will mich ermorden!" — Der Gärtner stand hinter ihr mit gezücktem Messer. Die Herren packten und hielten ihn fest. Der Schreck hatte mein Kind getödtet. Ich litt unendlich viel.

Die Fama brachte für Napoleon keine Siegesnachrichten. Trotz seiner fabelhaften Bülletins war man besser unterrichtet. Der gräßliche Brand von Moskau, der furchtbare Rückzug, alles verbreitete sich mit Blitzesschnelle. Mit Zittern sah man der Zukunft entgegen. Wie alles verlief, berichtet die Geschichte. Jeder Abend brachte sich rettende, ausgehungerte Offiziere oder Soldaten uns zu. Man speiste sie und beschenkte sie mit Kleidung, besonders Schuhen und Strümpfen, da sie meist barfuß gingen.

Die Zimmer für Offiziere und Soldaten lagen im Parterre; die Franzosen kamen oft spät in der Nacht, unsere Dienstleute waren deshalb ermüdet, wir wollten sie einmal eine ganze Nacht schlafen lassen. Mein Mann und ich wachten, um die Gäste zu empfangen, da bis gegen Mitternacht Niemand gekommen war (schon früher legten sich zwei Offiziere zu Bette), wollten wir uns eben zur Ruhe begeben, da läutete es hell am Hausthore. Mein Mann ging,

um zu sehen, wer es sei, er sagte mir, der polnische Graf
Krasinsky nebst einem anderen Polen, bäten um Nachtessen
und Quartier, in einem Soldatenbette zu schlafen sei ihnen
recht, sie wären nicht verwöhnt. Jener Graf war Adjutant
des Kaisers Napoleon, er hatte früher bei meinem Manne
große Einkäufe englischer Waaren gemacht, im Elende konnte
man ihn nicht abweisen. Ich deckte den Tisch, besorgte das
Nöthige, bat beßhalb meinen Mann, mich nicht als Hausfrau
vorzustellen, damit ich für eine dienende Person gehalten
würde; Alles gelang nach Wunsch, ich setzte mich, entfernt
von den Herren, an einen Tisch und strickte.

Graf Krasinsky gab meinem Manne eine Rolle Ducaten, er wünschte sie gegen Napoleons umzuwechseln, mein
Mann mußte in das Comptoir an die Kasse gehen. Allein
geblieben mit jenen Herren, sagte Krasinsky: „Cette fille
n'est pas mal. Je voudrais savoir si elle est traitable.“
„Oh, pourquoi pas,“ erwiderte der Andere, „avec de l'or
ces filles font ce qu'on veut. — „Croyez-vous,“ sprach
Krasinsky, „qu'elle passe une nuit avec nous?“ Nun hatte
ich genug gehört. Ich näherte mich und sagte: „Je n'aurais
jamais cru qu'un Comte Krasinsky fût capable de
violer ainsi l'hospitalité. Je suis la Maîtresse de la
maison. Votre malheur vous protège et me défend
des mesures, si je disais un mot à mon mari, il vous
ferait mettre hors la porte.“

Sie sahen mich erschrocken an; ich nahm meinen Platz
wieder ein. Bald darauf kehrte mein Mann zurück und ich

verließ das Zimmer. Am andern Morgen ward Frühstück
für die Herren bereit gehalten, diese hatten aber ganz in
der Frühe das Haus verlassen. Die Betten, in denen sie
gelegen, mußten weggeschafft werden, sie wimmelten von Un-
geziefer. Erst nach Jahren theilte ich meinem Manne diese
Geschichte mit.

Das Gros der französischen Armee rückte nach der am
18. October verlorenen Schlacht bei Leipzig immer näher,
die Nächte waren grauenhaft. Ueberall auf den Plätzen der
Stadt lagerten Franzosen an Feuern, dazwischen standen
Pulverwagen und Kanonen; Gott sei Dank, kein Unglück
geschah. Bald verließen sie uns, die Verbündeten rückten ein.

Gegen das Ende des Jahres 1813 kam der Kaiser von
Rußland nach Frankfurt a. M., umgeben von seinen Gene-
rälen, Ministern, seiner Garde und einem Regimente Basch-
kiren und Kosaken. Ebenso kamen mit großem Gefolge der
Kaiser von Oesterreich, der König von Preußen und die
übrigen deutschen Fürsten.

Der König von Preußen, Friedrich Wilhelm III., ging
täglich um die Stadt spazieren; obgleich mein Mann sich
alle Mühe gab, den König zuerst zu grüßen, so gelang ihm
dieses nie, der König legte stets früher seine Hand an die
Mütze.

Im Theater hatte der Monarch die Gitterloge links im
ersten Range gewählt. In den Zwischenacten sah er das
Publikum an, jedesmal ward ich von ihm begrüßt.

10

Kaiser Alexander von Rußland wünschte die schöne Welt Frankfurts zu sehen. Er beauftragte den Grafen Uwarow, einen Ball im rothen Hause (nunmehr das hiesige Post=gebäude) zu halten. Herr von Bethmann entwarf die Liste der Gäste.

Nach einem Tanze ging ich, eine junge Schweizerin am Arme, im Saale herum. Da kam der König von Preußen mit folgenden Worten auf mich zu: „Sie sind nun ver=heirathet und, wie ich höre, glücklich; freue mich jedesmal, wenn ich Ihnen begegne, ebenso, wenn ich Sie im Theater sehe. Schon in Berlin gewesen?" Auf verneinende Ant=wort fügte er hinzu: „Doch einmal hinreisen. Ist eine Stadt, welche manches Schöne besitzt, wenden sich dann an meinen Hofmarschall, soll Sorge tragen, daß Alles gezeigt wird." Hierauf wandte er sich an meine Begleiterin: „Sind, wie ich gehört habe, aus Neufchatel, meine Unterthanin; denke, werden mich dort auch noch lieben lernen, meine es gut mit ihnen." — Hierauf folgte eine Verbeugung. Wir waren entlassen.

Die Einwohner der Stadt wurden schwer mit Einquar=tierung belegt. In dem Hause meiner Schwiegermutter wohnte diese selbst mit ihren Töchtern, mein Mann und ich. Der österreichische Feldmarschall Fürst Schwarzenberg mit seinen Adjutanten und einem großen Schwarme Diener=schaft wurden unsere Einquartierung.

Holz und Lebensmittel übernahm die Stadt zu zahlen. Wir hatten die möblirte Wohnung, Betten, Weißzeug, Silber,

Porzellan, Glaswerk und Beleuchtung zu liefern. — Der Fürst bewohnte drei Zimmer, ein Kabinet und einen Saal; sämmtliche Kron-, Arm- und Tischleuchter mußten jeden Abend brennen. Zwei Adjutanten nebst einer Ordonnanz waren im Saale auf den Fußboden gebettet, im Falle eine Staffete an den Fürsten käme.

Schwarzenberg's Eintritt geschah am Abend. Mein Mann empfing ihn, um zu hören, ob er mit der Einrichtung zufrieden sei. „Ich bin's!" war die höchst lakonische Antwort. Sehr spät stand der Fürst auf, nahm ein reichhaltiges Frühstück und ritt dann zur täglichen Parade. Um drei Uhr speiste er, meist zu achtzehn bis vierundzwanzig Personen. Eines Tages ward auch mein Mann zur Tafel befohlen, kaum begrüßte der Fürst sein Kommen, es ward ihm ein Platz angewiesen und die neben ihm sitzenden Herren hatten die Freundlichkeit, keine Silbe an ihn zu richten.

Eine Ehrenwache der Garde-Grenadiere kam mit in's Haus, ungefähr fünfundzwanzig Mann; sie trieben sich theils auf dem Vorsaal herum, theils lagerten sie auf der Treppe, wo sie, ohne Rücksicht auf irgend Jemand zu nehmen, sich wuschen, rasirten und die Haare schnitten. Nur wenn der Fürst ging oder kam, stellten sie sich in Parade in dem Thorhause auf; außerdem standen zwei Schildwachen am Thore auf der Straße. Nach mehreren Tagen mußte eine mitleidige Seele den Fürsten von diesem Unfuge unterrichtet haben, denn die Garde-Grenadiere kamen auf die gegenüberliegende Hauptwache.

Den ganzen Tag brannte Feuer in den Oefen und in der Küche, zwei Schlotfeger kamen Tag und Nacht nicht aus dem Hause. Nach mehreren Tagen ging der Fürst ohne Abschied, wie er gekommen war. —

Bald nachher ward dem Hause der Feldmarschall Blücher als Einquartierung zugetheilt. Das Quartieramt zeigte an, der Fürst müsse den gleichen Raum haben wie Schwarzenberg, nur keine Küche. Blücher kam ebenfalls am Abend, ohne Begleitung, mit einem Koffer und Mantelsack. Auch er wurde von meinem Manne empfangen; dem er beide Hände reichte und sich der Mühe wegen, die er den Hausbewohnern mache, entschuldigte. Wie bei Schwarzenberg war Alles erleuchtet; als Blücher eintrat rief er aus: „J, wozu diese Helle und dieser Saal? — Ich bin mit zwei Zimmern ganz zufrieden, lassen Sie sogleich die Kerzen löschen; zwei Lichter im Wohnzimmer und eine Lampe im Schlafzimmer, das ist mehr als genug! Morgens bitte ich um eine Schaale Kaffee und Weißbrod. Ich stehe früh auf, und nach dem Frühstück mach' ich meine Aufwartung bei unserm König; dann geht's zur Parade. Mittags speise ich beim König; Sie sind mich den ganzen Tag los. Abends komme ich zu Hause und da werd' ich Sie zuweilen um Thee ersuchen, oder Butterbrod mit Sardellen und eine Flasche Wein. — Sie sind verheirathet?" fügte er hinzu. Auf die bejahende Antwort, die ihm wurde, fuhr er fort: „Nun sagen Sie der Dame, oder den Damen des Hauses, morgen früh, ehe ich zur Parade geh', werd' ich ihnen meine Aufwartung machen. Nostiz und Gneisenau kommen beinahe jeden Abend zu mir, um Manches zu bereden. Heute aber bedarf ich der Ruhe; also gute Nacht!" Darauf folgte ein abermaliger Händedruck.

Am andern Tag ging ich zu meiner Schwiegermutter, um dem Fürsten einen doppelten Besuch zu ersparen. Er war gegen uns höchst liebenswürdig, entschuldigte mehrere Male die Störung, welche er veranlasse und bemerkte: er habe ein Böglein pfeifen hören, daß sie von kurzer Dauer sein werde. Ich mußte meine beiden Knaben kommen lassen, er schien ein großer Kinderfreund zu sein, denn er herzte und küßte sie mehrmals.

Am 31. December verließ er Frankfurt, bei dem Abschiede sagte er: "Alles geht an den Rhein, und mich schicken sie nach Gotha, wahrer Unsinn!" — Ehe er aber seinen Schimmel bestieg, raunte er meinem Manne zu: "Ne, lieber Freund, es gehet nach Caub, aber," indem er den Finger auf den Mund legte, "schweigen!" — Wie ein Jüngling schwang der biedere Recke sich zu Pferde. Im raschen Trabe, von Nostiz und einigen Kavalleristen begleitet, ritt er davon. —

Nach so viel Erlebtem konnte man freier athmen. Frau Lange hatte die hiesige Bühne verlassen, ich nahm Herrn Krönner, als Bariton hier engagirt, zum Lehrer. Stunden und Tage waren bestimmt, er kam einmal und nicht wieder, wegen Zeitmangels ließ er sich entschuldigen.

Mein ältester Bruder hatte sich nicht nach meiner Eltern Wunsch verheirathet; seine Frau starb bald nach der Geburt eines Knaben. Mein Bruder nahm eine Stelle bei Herrn Wetter in St. Gallen an, sein Knabe kam später in Pension zu Herrn Ruth nach Hanau. Mein Schwager Fritz kehrte von England zurück.

Dr. Ehrmann konnte die Trennung von mir nicht lange ertragen, ungerufen kehrte er in Thränen zurück. Mit meiner Gesundheit nicht zufrieden, machte er den Vorschlag, mich zu magnetisiren; es geschah, ohne den geringsten Erfolg. Er rieth zu einer Luftveränderung. Pensa's hatten mich jeden Sommer nach Geisenheim eingeladen; da mein Schwager Fritz wieder nach England wollte, bot er sich zu meiner Begleitung an. Ein junger Engländer, mit welchem die Herren Geschäfte machten, ward aufgefordert, sich anzuschließen. Dieser junge Mann spielte trefflich Violoncell, Herr Heinrich Hoffmann, erster Violinist am hiesigen Orchester, kannte ihn. Die beiden Herren spielten zuweilen Duette bei uns; einst verspätete sich Hoffmann, der Engländer bat mich, ihm etwas zu singen. Ohne alle Furcht wählte ich die große erste Arie der Gräfin im Figaro, ich hoffte auf Lob. Der junge Mann sagte mir jedoch offen: ich hätte eine schöne Stimme, es fehle mir jedoch Portamento und Coloratur; ich verstehe nicht zu athmen, ich solle suchen, einen guten Lehrer zu bekommen, dem es ernst sei, mich zu unterrichten. Von da an nahm ich Stunde bei Hoffmann. Endlich gelang es, mir einige Schule beizubringen.

Auf der Reise nach Geisenheim waren mein Schwager

Fritz, der Engländer und ich von dem schönsten Wetter be=
günstigt; wir kamen bei Tage an, wurden gut empfangen,
Gontard suchte uns sogleich auf. Mein Schwager Fritz
nahm in Mainz eine kleine Jacht in Miethe, welche die
Gesellschaft bis Köln bringen sollte; Herr und Frau Pensa
wollten die Herren bis dorthin mit mir begleiten, darauf
im Eilwagen zurückreisen. Gontard schloß sich an. Alle
waren noch nicht in Köln gewesen, wir freuten uns auf
diese kleine Reise. Morgens 4 Uhr ließ mich Frau Pensa
rufen, sie hatte heftige Kolik bekommen und durfte das Bett
nicht verlassen. Ebenso wenig wollte Herr Pensa sie ver=
lassen; Gontard wurde für die Rückreise zu meinem Be=
gleiter ernannt. Anfangs war die Fahrt wunderschön, ich
bereitete das einfache Mittagbrod; allein schon hinter St.
St. Goar stiegen Wolken auf. Bald brach ein starker Land=
regen los, von dem die Schiffer sagten, er würde vor Mitter=
nacht nicht aufhören. Man konnte die Ufer des Rheines
nicht mehr erkennen; es wurde eine verfehlte Reise. Bevor
wir Koblenz erreichten, war ich entschlossen, die Fahrt nach
Köln aufzugeben, wir kamen spät Abends dort an. Gontard
und ich fuhren mit Post zurück; ich war müde und schlief
bald ein. Mein Kopf neigte sich nach Gontard's Schulter;
ich ward nur dadurch geweckt, daß ich im Schlafe immer
mit der Stirne auf die Knöpfe seines Rockes stieß, die Ein=
drücke davon sah man noch lange. — Nach Jahren fragte
mich zuweilen Gontard, ob ich keine Narben mehr davon
hätte, da Madame Belli so sanft an seiner Brust geruht

habe. In St. Goar stiegen wir aus, um etwas Abend-
brob zu nehmen, und nachher mit Post bis nach Bingen zu
fahren. Einige verspätete Reisende, welche die Nacht dort
blieben, aßen mit uns. Gontard erzählte so komische, tolle
Geschichten, daß wir Alle vor Lachen nicht essen konnten; er
bat den Wirth um eine leere Weinflasche, in die er einen
Zettel stecken wolle, mit meinem und seinem Namen darauf,
damit, wenn wir bei Nacht in den Rhein fielen, man unser
Schicksal erführe. Die von Napoleon erbaute Chaussee von
Koblenz nach Bingen längs den Ufern des Rheines war
damals bei Nacht dadurch gefährlich, daß große Stücke ge-
sprengter Felsen nicht weggeräumt waren, an vielen Stellen
konnte nur ein einzelnes Fuhrwerk passiren; hie und da
fehlten schützende Barrieren, manches Unglück war dort geschehen. Wir kamen glücklich gegen 3 Uhr Morgens in
Bingen an, nahmen dort einen Kahn, um nach Geisenheim
zu steuern. Diese Fahrt und der Gang durch Geisenheim
hatte etwas Schauerliches; man hörte die Vögel nicht zwit-
schern, selbst die Hähne befanden sich noch tobtenstill. Alles
schien erstorben, dabei war es empfindlich kalt, ich war froh,
als ein dienender Geist das Haus öffnete.

Mein Mann kam, mich abzuholen, er brachte mir die
besten Nachrichten von den Meinen mit, bei den Kindern
hatte ich eine vortreffliche Kinderfrau. Auch meine Schwägerin Lisette überwachte sie.

Der Frauenverein trat ins Leben, man trug deutsche
Trachten, alles war voll Jubel. Die Frauen verpflichteten sich

zu monatlichen Gaben, allein die Ausgaben übertrafen stets die Einnahmen; da ward beschlossen, im Theater ein Dilettanten-Concert mit doppelten Preisen zu geben. Auf der Bühne stand das Orchester. Den Anfang machte die Ouvertüre aus Don Juan, dann sang ich eine große Arie von Righini, Recitatio, Adagio und Andante. Nachher trug Frau von Bethmann-Boode mit ihrer schönen Altstimme das Duett aus der Griselda; „Oh, wenn nur sein Leben", vor mit der Sängerin Graff. Der zweite Theil des Concertes ward durch die Schöpfung von Haydn würdig beendet, Agnes Buchler sang die Eva, Herr Stephan von Moers den Adam, Dilettanten führten die Chöre aus.

Ein Bazar von Damen-Handarbeiten brachte viel Geld ein; ich hatte dazu ein Notizbuch in Perlen gestrickt, auf der einen Seite das eiserne Kreuz mit Lorbeerkranz umgeben und die Jahreszahl, auf der andern einen Freiwilligen in Uniform. Das Gesicht und die Hände waren gemalt; diese Strickerei war auf Pappendeckel gespannt und durch schmale, runde goldene Leisten gehalten. Im Innern befanden sich zwei Taschen von weißem Atlas und ein dünnes Pergamentbuch, das Ganze schloß ein goldner Bleistift. Ein Bekannter von uns sah es, er bot mir an, diese Arbeit mit nach England zu nehmen, dort kenne man die Perlenstrickerei noch nicht. Er glaube mindestens 5 Pfund Sterling dafür zu erhalten. Ich gab es nicht in den Bazar. Ehrmann, dem ich die Arbeit zeigte, steckte sie mit der Versicherung ein, sie zu behalten, mein Protestiren half nichts, Ehrmann besaß

ein originelles, werthvolles Buch, es war eine Sammlung
neuer und alter Kupferstiche, Zeichnungen, Drucksachen u. s. w.
mit vielem Geschmack eingeklebt. Ich bat ihn auf einige
Zeit darum; er gab es mir; während dessen hatten wir
zweimal bei ihm zu Nacht gegessen. Pfarrer Stein war
jedesmal dazu geladen; um sechs mußte man sich einfinden.
Um sieben Uhr kam das Essen, meist ein Braten mit Salat
und ein vortrefflicher Crême, dessen Recept, von Ehrmann
geschrieben, ich noch besitze. Den Schluß machte Punsch;
die Schaale stellte einen wilden Schweinskopf täuschend vor
aus den Nasenöffnungen quoll der Dampf. Um acht Uhr
mußte man gehen; einmal vergaßen wir, auf die Stunde zu
merken, Ehrmann fing an, langsam sich auszukleiden; wenn
wir bleiben wollten, könnten wir es immerhin, er werde sich
aber ungenirt auskleiden und zu Bette gehen; wir brachen
sogleich auf. Nach vier Wochen begehrte Ehrmann sein Buch
zurück, ich drohte, es zu behalten, bis ich meine Arbeit
wieder hätte. „Ist das Dein Ernst", fragte er, „willst Du
mir Deine Arbeit nicht gönnen, sie war mühsam, aber deswegen ist sie mir von höchstem Werthe." — Was wollte
ich machen, ich ließ sie ihm und gab sein Buch zurück.

Damals war das hiesige Theater berühmt, die besten
Kräfte für Oper und Schauspiel sind hier engagirt gewesen.
Für die Oper war es Frau Graff geborne Böheim, eine
Schülerin Righinis, Fräulein Schmidt, Tochter des Musik-
direktors, Frau Heinemann, Frau Urspruch, geborne Buc-
carini, Fräulein Buchwiesner, Frau Haßloch, Frau Dobler,

Fräulein Hauß, Herr Höffler, Herr Hill, Herr Illenberger, Herr Berthold, Herr Haas, Herr Urspruch, Herr Dobler, Herr Leißring, Herr Krönner, Herr Keilholz, Herr Lur. Der Der war trefflich als Komiker, und ein origineller Mann. Man sagte, er sei früher im Kloster gewesen und durchgegangen. Er trank stark, doch merkte man es nie auf der Bühne, auch kamen Tage, an denen er Buße that, den ganzen Tag zu Hause blieb, mit Niemand sprach, nur Abends seine Rolle spielte. Befreundet mit dem Pfarrer in Weißkirchen brachte er seine Ferien bei ihm zu. Er hatte sich eine Erkältung auf einer Fahrt nach Mainz mit Haas und Leißring zugezogen und starb; er hinterließ Schulden. Man fand in seinem Schreibtische eine Menge Rollen, jedoch mit Hellern, darin. Seine Grabschrift machte er sich selbst, sie lautete:

„Hic jacet lux in tenebris.“

Im Jahre 1821 ersetzte ihn Herr Hassel auf würdige Weise. Die Chöre ausgezeichnet geschult, das Orchester unübertrefflich. Schmidt der beste und fleißigste Musikdirektor hielt jeden Tag kleine oder große Probe. Die Opern von Mozart wechselten mit der Athalia, Camilla, Sängerinnen auf dem Lande, Griselda, die Schweizerfamilie, Agnes Sorel Iphigenia, Lilla, Vestalin, Opferfest, die beiden Gefangenen, dem Schnee, Khalif von Bagdad, Fanchon, die Königin von Golconda, Tancred, die schöne Müllerin, der Maskenball, die wandernden Komödianten, Aschenbrödel u. s. w.

Für das Schauspiel war die Vohs, die Bötticher mit

Tochter, die Bulla mit Tochter, Frau Böhler, die Jsermann Frau von Busch, die Herren Werdy, Otto *), Stadtler, Wallbach, Demmer, Dupree, Reinhardt, Amberg, Keer, Heigel, Herr und Frau Schmidt u. s. w. engagirt.

Frau Vohs trat im „Machtspruch" von Ziegler zuerst auf, sie spielte die Rolle der verwittweten Herzogin. Gleich im ersten Aufzuge trat sie auf, in tiefer Trauer gekleidet, es war an einem Sonntage, das Haus ausverkauft; lautlose Stille empfing sie, allein plötzlich brach ein Sturm von Applaus los, den sie ihrer großen Schönheit verdankte. Gesprochen hatte sie noch nicht. — Der berühmte zwar ausgesungene Brizi von München sang hier den Titus, seine Schule und herrlicher Vortrag entschädigte für den Mangel an Stimme. Er sprach schlecht deutsch, die Stelle wo Titus dem Sextus singend sagt, er solle näher treten, klang zu komisch: „Sestus nacke Dich"! Aus Achtung ward nicht gelacht.

Die Catalani gab im Theater zwei Concerte, erster Rang und Parterrelogen kosteten der Platz einen Ducaten in Gold, zweiter Rang vier Gulden, Parterre einen großen Thaler, und die Gallerie einen Gulden zwölf Kreuzer. Ungeachtet dieser hohen Preise war beidemale das Haus ausverkauft. Auf der Gallerie befanden sich Herren und Damen, die man sonst nur in andern Räumen sah. Angelika Cata-

---

*) Otto war geborener Liefländer, Baron von Firks, aus Liebe zur Kunst ging er zum Theater.

lani war eine herrliche Erscheinung, groß und schlank besaß sie königlichen Anstand, die schönsten Juwelen glänzten in ihren schwarzen Haaren, schmückten die Brust und umspannten ihre Taille. Ihre Stimme, ihr Vortrag, alles war großartig, ihre Coloraturen strömten wie Perlen aus ihrer Brust, ihre colossale Stimme konnte sie zu ganz leisen Tönen zwingen. Während sie sang, sah man keine Anstrengung, ihr schönes Gesicht änderte sich nicht, es schien als wenn sie spräche. Nur an der Kehle bemerkte man, ich möchte sagen wie bei einem Vogel, eine kleine Bewegung. Wendete sie ihre volle Kraft an, indem sie „God save the King" sang, so übertönte sie das ganze Publikum, welches im Chor einfiel. Nicht das Orchester, nicht die Mitsingenden, nur der Catalani Stimme hörte man.

Bald darauf trat die Milder-Hauptmann in Gastrollen auf; sie hatte Wien verlassen und in Berlin ein Engagement angenommen, dreimal sang sie in der „Schweizerfamilie". Weigl soll diese Oper für sie componirt haben. Ihr vorausgehender Ruhm war nicht übertrieben, selbst ihre Figur paßte für jene Rolle. Sie war groß und stark; man konnte sich recht gut ein Schweizermädchen so denken. Uns empfohlen, kam sie an den Tagen, wo sie nicht sang, zu mir, ihre Unterhaltung war angenehm, mit ihrer Stellung als Sängerin zufrieden, neigte sie wegen ihrer Familienverhältnisse zur Melancholie. Geborne Griechin kam sie mit ihrem Vater nach Wien, um dort ihre Stimme bilden zu lassen, sie verheirathete sich früh, ward aber bald, durch ihres Gatten Schuld

wieder geschieden. An den Tagen, an denen sie sang, sprach
sie keine Silbe, Papier und Bleistift lagen vor ihr um sich
verständlich zu machen; auch aß sie wenig, nur während der
Vorstellung speiste sie dürre Zwetschken. Sie war uns eine
liebe, doch bald vorübergehende Erscheinung gewesen. Später
sah ich sie länger.

Fürst Primas lebte, nach seiner Entfernung, einige Zeit
in Konstanz bei seinem Freunde Wessenberg, später in Regens-
burg, wo er am 16. Februar 1817, in beinahe dürftigen
Verhältnissen starb. Hier im Dom wurde ein Trauergottes-
dienst für ihn gehalten. Mit Schiller und dessen Frau stand
er, während er als Coadjutor in Erfurt lebte, in Briefwechsel. Ich besaß ein Miniatur-Portrait in Paris gemalt
von ihm. Da die Tochter Schillers, Frau von Gleichen-Rußwurm
eine Sammlung von Schillers Freunden besitzt, worin das
Bild des Fürsten fehlte, habe ich es ihr vor einigen Jahren
gesendet.

Nicht allein Hochgenuß war es, die guten Leistungen
unserer theatralischen Kräfte zu hören, wir sahen auch Künstler
anderer Bühnen. Die Bethmann von Berlin gefiel hier
ganz besonders als „Nina“ im „Wahnsinn aus Liebe,“ und
„Isabella“ in den „Quälgeistern.“ Die Renner spielte muntere Rollen, in denen sie excellirte. Die Schönberger mit
ihrer herrlichen Altstimme sang die „Marianne“ in den „drei
Sultaninnen,“ eine Rolle, an welche sich keine andere Sängerin
wagte, auch in Männerparthien erhielt sie rauschenden Beifall, ihr Gatte war Oelportraitmaler, er besaß die Kunst,

die sprechendste Aehnlichkeit, entfernt von jeder Schmeichelei darzustellen; troß hoher Preise hatte er viel zu thun.

Der treffliche Bassist Maurer, (von dem ich schon früher sprach), hat die Arie:

> „Von diesen Händen so zart und weich
> Wie reine Lilienblätter
> Kömmt all' mein Glück ihr Götter" u. s. w.

als Huldigung für die Cannabich componirt und oft gesungen.

Gerstäcker von Leipzig, hoher Tenor, von großer Reinheit und Kraft der Stimme, war dabei ein schöner junger Mann, und erregte hier Aufsehen. Leider starb er frühe.

1814 im Januar war meine gute Tante Margarethe eben gerüstet in Begleitung der Frau von Wessenberg geborne Mühlens, mit dem Comfort, den eine Gesandtin haben kann nach Italien zu reisen, der vierspännige Wagen hielt vor ihrer Thüre. Beim Einsteigen bricht der Wagentritt, die Tante stürzt mit ihrem schweren Körper zur Erde. Eine Wunde am Fuße macht ihren Plan zu Nichte. Leider entdeckte sich später eine Verletzung am Unterleibe. Doctor Ebel und Doctor Lavater, Sohn des berühmten Lavater, ihre Aerzte, boten vergebens alle Kunst auf, die Tante ward durch Fräulein Rhan und ihr Dienstmädchen sehr gut gepflegt. Sie hatte viele Freunde dort, Herr Gissy, Herr David Heß, Herr und Frau Trimpler standen ihr am Nächsten; allein ihr Uebel war der Art, daß sie nur selten Jemanden sehen konnte. Die Berichte von dort lauteten übler. Sie hatte die größte Sehnsucht nach meiner Mutter, mein Vater

gab deren Hingehen nicht zu, da sie selbst leidend war. Da
begehrte die Tante nach mir, ich reiste mit meinem Onkel
Schönemann und seiner Tochter Mimi hin. Wir wohnten
im „Schwert". Spät Abends ließen wir noch die beiden
Aerzte bitten, am andern Tage uns zu besuchen. Tante
Margaretha liebte mein Vater von seinen Schwestern am
meisten; ich sollte versuchen, sie nach Frankfurt zu bringen,
in einem Bette liegend, könne sie getragen werden, keine
Ausgabe sei ihm zu groß; er hoffte, Ehrmann vermöge sie
zu retten. Am andern Morgen kamen die Aerzte in der
Frühe; sie hatte eine üble Nacht gehabt, alle Hoffnung zur
Genesung gaben sie auf. Unsere Ankunft müsse ihr vorsichtig beigebracht werden, jede Aufregung würde ihr schädlich
sein. Zwischen vier und fünf Uhr dürfe man sie besuchen,
dann finde man sie schmerzensfrei. Wie fand ich die Aermste
verändert, tief abgemagert, erkannte man sie nur an der
Stimme und an ihren gütigen Worten; vierzehn Tage
blieben wir dort. Es war ein Abschied für das Leben. Am
14. November starb sie, beweint von allen, die sie gekannt.
Sie hatte ein Testament mit vielen Legaten gemacht, ihr
Vermögen reichte nicht aus, mein Vater erfüllte ihre hinter-
lassenen Bestimmungen dennoch.

Am 19. Oktober kam ich Morgens nach Frankfurt a. M.
wieder zurück. Mein Mann erzählte mir, Fürst Blücher
sei hier und wohne im „weißen Schwan". Er habe sogleich
nach mir gefragt, heute Abend sei Casinoball, Fürst Blücher
würde auf demselben erscheinen und wünsche mich zu sehen.

Obgleich todtmüde ging ich hin. Blücher kam mir entgegen
reichte mir beide Hände und sprach: „J! das ist aber schön,
liebe Frau, daß Sie wieder hier sind!" Und lächelnd fügte
er hinzu: „Sie sind mir noch ein Mittagessen schuldig —
diesmal ist der König nicht hier, und wenn es Ihnen recht
ist, speise ich morgen bei Ihnen, und da haben Sie wohl
die Güte meine hiesigen Freunde einzuladen. Nostitz bringe
ich mit, da spielen wir erst mit den Kindern und dann Karte."—

Blücher kam in seiner Galla=Uniform, und zwar unge=
mein heiter; wir waren zu sechzehn Personen, brachten des
Königs, nachher Blücher's Gesundheit aus, worauf Letzterer
Frankfurt hoch leben ließ, vor Allem die Anwesenden. Nach
dem Kaffee ließ er die Kinder auf seinen Knien reiten und
meinte: „ob die Kleinen nicht Soldaten werden wollten wie
er?" — Der Jüngere zeigte Lust, worauf er mir auftrug:
„Mutterchen senden Sie ihn mir, alsdann werde ich Sorge
für ihn tragen." — Die Kinder griffen nach seinen glän=
zenden Orden. „Ja," sprach er in seiner derb=kräftigen Weise,
„mit Ordens bin ich überreich bepflastert, allein" — er
machte das Zeichen des Geldzählens — „damit rücken sie
nicht 'raus!"

Der Nachmittag war kurz. Blücher erzählte Manches
von dem französischen Kaiser, gegen welchen er höchst er=
bittert war, zuletzt drängte er zum Spieltische. Da ihn das
Glück begünstigte, ward er immer munterer. Um 11 Uhr
verabschiedete er sich, dankte sehr freundlich, und sprach den
Wunsch aus, uns noch einmal im Leben wiederzusehen. —

In Moskau war während des Brandes eine Menge unserer Waaren dort und Alles ging zu Grunde. Die Handlung mußte ihre Zahlungen einstellen. Eine furchtbare Zeit durchlebten wir Alle. Meiner Eltern Liebe und Theilnahme war rührend. Mein Vater wollte nicht, daß mein Mann dies Geschäft mit seinem Bruder von neuem beginne; er nahm ihn zu sich auf sein Comptoir. Die Sache ward so ehrenvoll wie möglich beendet.

Doctor Jassoy, Advocat, lernte ich in dieser Zeit kennen; einen Mann von vielem Geiste und Wissen. Schriftlich war schwer mit ihm zu verkehren, er schrieb in Hieroglyphen, es kam zuweilen vor, daß er selbst seine früher geschriebenen Aufsätze nicht mehr entziffern konnte.

Meine Gesundheit hatte aufs Neue gelitten, ich war von heftigem Kopfschmerzen heimgesucht. Gott verlieh mir die Kraft es verbergen zu können, solange es nicht gar zu schlimm war. Man rieth mir Herrn Doctor Siebold und seine Frau von Darmstadt um Hülfe zu bitten. Ich ging auf vierzehn Tage dorthin, sie halfen mir nicht. Dann zog ich einige Zeit nach Soden, auf Anrathen des Dr. Schilling. Dieses Bad war damals noch in der Kindheit. Der Weg dorthin ging über Rödelheim, Sosenheim und Sulzbach, er war abscheulich. Ein einziger Gasthof, „Zum Frankfurter Hof“, befand sich dort; alle anderen waren nicht gut eingerichtete Logierhäuser; man mußte alles Erdenkliche mitbringen. Einige befreundete Damen fand ich dort, auch hiesige Herren, worunter Herrn Leißring, welchen ich das

Jahr zuvor hatte kennen lernen. Mein Mann kam jeden Sonntag mit meinen Knaben zum Besuche. Auch von diesem Aufenthalte kam ich ungeheilt zurück.

Im folgenden Jahre warb ich, ohne Nutzen, nach Schwalbach geschickt. Ehrmann's Prophezeihung traf ein; ich war eine leidende Frau geworden, hatte nur selten einen guten Tag. An solchem ließ ich mich verleiten einen Maskenball bei den preußischen Gesandten Baron Otterstedt zu besuchen. Dort sah ich zum erstenmale Herrn Carl Jügel, meinen spätern Cousin. In einem Nebenzimmer frische Luft schöpfend, kam ein Herr uns nach, in weißen Atlas gekleidet, einen alten Herrn vorstellend. Seine Maske hatte er abgenommen, ich kannte ihn nicht, allein meine Consine Mimi Schönemann rief voll Erstaunen aus: „Sie sind es also, Herr Jügel, welcher mich so intriguirte?" — „Wie Sie sehen," antwortete er, „ich habe mir diese Späße erlaubt." Dabei warf er sich laut auflachend auf das Sopha. Einige Jahre nachher verband sie sich mit diesem gescheidten in jeder Weise bedeutenden Manne.

Eine komische Geschichte erlebte ich auf einem anderen Maskenball; ich war nicht erkannt, ein Maler, verliebt in ein junges Mädchen von meiner Gestalt, hielt mich für diese; er machte in aller Form seinen Heirathsantrag, auch von seinen Verhältnissen, die ihm erlaubten eine Frau zu ernähren sprach er. Ich war aufgeräumt und erlaubte ihm zu hoffen. Maskirt verließ ich den Ball; er erfuhr dennoch seinen Irrthum, dadurch daß ihn seine gehoffte Braut formell abwies. Ich hatte mir einen Feind geschaffen!

Nepomuk Hummel kam hieher, er war an einen unserer Verwandten empfohlen, dort hörte ich ihn zuerst. Sein Ruf ist weltbekannt, weniger seine Freundlichkeit und Gefälligkeit; er spielte oft bei uns. Zwei überfüllte Konzerte gab er hier, das letztemal ging er sehr erhitzt zu Fuße in seine Wohnung, er zog sich dadurch ein heftiges Gichtleiden zu. Er vermochte kaum seine Finger zu rühren. Es war eine harte Probe für solch' einen thätigen Geist. Mein Mann besuchte ihn jeden Tag, ich sandte ihm öfter eine kleine Aufmerksamkeit, es entspann sich Freundschaft zwischen uns, welche mit dem Tode aufhörte. Seine Frau und sein Knabe waren mit ihm von Wien gekommen, er hatte in Stuttgart eine Kapellmeisterstelle angenommen; es gefiel ihm dort nicht. Er nahm die gleiche Stellung in Weimar an, dort bekam er seinen zweiten Knaben. Hummel starb früh in Weimar, die Trauer um ihn war allgemein. Mehreremale gab er hier Konzerte, ohne es vorher öffentlich bekannt machen zu lassen. Seine Name genügte, um den Saal zu überfüllen, er konnte wegen einer Oper, welche eben gegeben wurde, einmal das Orchester nicht bekommen. In beiden Abtheilungen spielte er allein und nur Phantasien und Fugen. Darin war er vollkommen Meister. Schade, daß man diese herrlichen Melodien nicht sofort zu Papier bringen konnte, bei seinen Phantasien in Gesellschaft richtete er sich nach dem Publikum; waren es Dilettanten, so spielte er nur Potpourris aus den besten bekannten Opern äußerst geschmackvoll in einander verarbeitet.

Meine Schwägerin Lisette, Herr Abers aus Elberfeld

und ich waren nach Mainz gefahren, um den Abmarsch der
Franzosen und das Einrücken der Deutschen anzusehen. In
der früheren Reitschule, mit dem goldnen, springenden Rosse
hatten wir ein Zimmer, von wo aus wir diesen Actus an=
sahen. So gut deutsch gesinnt wie wir alle waren, empfan=
den wir dennoch Mitleid mit den armen jungen Conscrits.
Hiersinger war ebenfalls ·nach dorten geflohen, wir hörten
er sei krank und besuchten ihn. Tief betrübt und leidend
schien unser Kommen ihn zu freuen, wir mußten mit ihm
zu Mittag essen. Kurze Zeit nachher erlöste ihn der Tod
von seinen Leiden. An der Post in Mainz, auf der kleinen
Bleiche, standen zwei französische Adler mit N. auf jedem
Pfeiler des Thores, diese vergaß man zu entfernen. Nach
zwanzig Jahren waren sie noch dort, nunmehr werden sie
im alten Schlosse in dem Saale mit andern Merkwürdig=
keiten bewahrt.

In Geisenheim bei Pensa angekommen, beschlossen wir an=
dern Tages, den Tempel auf dem Niederwald zu besteigen, da
Herr Aders nie oben war. Im Heraufgehen verbanden wir
ihm die Augen, damit er überrascht werden sollte. Aders,
in England etablirt, war Engländer geworden. Die Binde
abgenommen und vor der entzückenden Aussicht stehend,
ärgerte er uns Alle durch seine Worte: „Is that all?“

Mein Schwager Fritz heirathete Fräulein von Itzstein,
nach dem Tode ihres Vaters; meine beiden Schwägerinnen
hatten sich, Josephine mit Herrn Hohwiesner und Marie
Josephine, die jüngste, mit Herrn Scholl verheirathet. Herr

Hohwiesner starb schon nach zwei Jahren, und auch mein Schwager Fritz nach achtjähriger Ehe.

1819 brachte mir einen großen Schmerz. Meine beiden Knaben erkrankten am Keuchhusten. Trotz der höchsten Sorge und Pflege raubte mir der Tod mein ältestes liebes Kind; wohl die härteste Prüfung für ein Mutterherz!

Dominik Artaria von Mannheim rieth, ich möge nach Karlsbad gehen. Mein jüngster Bruder und mein Knabe begleiteten mich. Dort angekommen, nahmen wir eine Wohnung in der Slavin bei einem Bäcker, dicht an der Johannisbrücke, welche über die Tepl führt. Die Koffer waren noch nicht ausgepackt, da entstand Feuer in dem Hause, es ward aber so schnell gelöscht, daß wir bleiben konnten. Den ersten Morgen am Sprudel, begrüßte mich der Kammerherr des Prinzen Christian von Dänemark; er fragte, ob der Prinz mich sprechen könne? Der Prinz unterhielt sich einige Zeit mit mir, endlich wünschte er mich seiner Gemahlin vorzustellen. Sie war eine Prinzessin von Glücksburg-Sonderburg. Der Prinz bedauerte, daß sie nicht von ihrem Sitze aufstehen könne; alles Gehen und Stehen fiele ihr schwer. Die Hoheit empfing mich artig, sie fragte nach mancherlei, sie hoffe mich öfter am Sprudel zu sehen. Darauf entließ sie mich. — Natürlich war mir die Sache unerklärlich, ich dachte, die Hoheiten hätten sich in der Person geirrt. Kaum zu Hause, löste sich das Räthsel: die Kammerfrau der Prinzessin erschien mit einem Karton; sie bat im Namen ihrer Herrschaft um das Muster meiner schwarzen Crepphaube!

Also dieser Haube verdankte ich so viel Gnade und Freund=
lichkeit. Von da ab kannten sie mich nicht mehr.

Nach einigen Tagen sollte ich den Mühlbrunnen, welcher
auf der andern Seite der Tepl liegt, trinken. Kaum dort
auf= und abgegangen, sahen wir Blücher, umgeben von einem
Schwarm von Herren und Damen. Als er uns sah, ließ
er sie Alle stehen und eilte voller Freude mit den Worten
auf mich zu: „Ei! meine liebe gute Wirthin, Sie sind doch
nicht wegen Ihrer Gesundheit hier? — Und warum in
tiefer Trauer, haben Sie durch den Tod Verlust erlitten?" —
Leider mußte ich beides bejahen, da meinen ältesten Knaben
mir der Tod geraubt. „Es war ein hübscher Junge!"
sagte er; „aber trösten Sie sich, wie viele Mütter hat
gleicher Verlust betroffen! Sie selbst wird Karlsbad her=
stellen, es ist ein treffliches Bad!" — Nun erkundigte er
sich nach seinen Frankfurter Freunden, ob da keine Lücke
entstanden sei. Zu meiner Freude konnte ich ihn beruhigen.
„Mir," fing er wieder an, „geht's nicht gut, ich bin recht
alt geworden, und dagegen hilft kein Bad — lange leb' ich
nicht mehr, Sie werden sehen, der Alte hat Recht."

Am folgenden Tage war er abgereist; er hatte unge=
heuere Summen im Spiele dort verloren. Mit seiner Ahnung
betrog er sich leider nicht; er starb schon am 19. September
1819 auf seinem Gute zu Krieblowitz in Schlesien.

Durch Karlsbad fand ich mich erleichtert. Bei der Rück=
reise fuhren wir den Park des Grafen Czernin zu besuchen,
dessen Baumwuchs, Anlagen und Wildpark damals in großem

Rufe stand. Von da ging es nach Saaz, wir übernachteten
dort, oder vielmehr wir wachten dort. Auf Federbetten
konnte ich nicht liegen, ich bediente mich eines Strohsackes;
das Wirthshaus lag auf dem großen Ringe, dicht am Rathhause, von dessen Thurme man jede Viertelstunde Posaune
blies. Am folgenden Tage erreichten wir Teplitz, hier war
nicht lange vorher Seume in den traurigsten Verhältnissen
und durch großes Leiden gepeinigt, gestorben. Hätte nicht die
edle Frau von der Recke sich seiner angenommen, wäre er
vielleicht auf der Straße gestorben. Ich besuchte sein Grab.
Ich hatte seine Schriften gelesen. Trotz mancher Eigenheiten
Seume's achtete ich ihn hoch. Frau von der Recke und Tiedge
begegnete ich am Brunnen, Tiedge sah aus wie ein reicher
Geistlicher mit seiner Perrücke. Er trug den Hut schief gesetzt. — Von da ging es über Kulm, dem großen eisernen
Kreuz vorüber nach Peterswalde. Wir wollten die Nacht
durchfahren, um Dresden zu erreichen. Von Peterswalde
fährt man lange bergab; kaum hatten wir die Ebene erreicht, so erhob sich ein furchtbarer Orkan, die Heftigkeit des
Sturmes ließ uns das Schlimmste befürchten. Es wurden
starke Bäume entwurzelt; der Staubwirbel, mit Sand und
kleinen Steinen gemischt, nöthigte zum Schließen des Wagens.
Zu unserem Glücke standen keine Bäume an der Chaussee.
Der Wagen war nicht hoch aufgepackt, sonst hätte der Wind
uns umgeworfen, wie es dem hinter uns kommenden Eilwagen geschah. Gegen Mitternacht erreichten wir Dresden.
Die Einwohner waren nicht zu Bette gewesen; in allen

Häusern brannten Lichter; der Wirth freute sich unseres Glückes; er vermochte es kaum zu begreifen.

In Dresden blieben wir einige Tage, um die dortigen Sammlungen zu sehen. Zu Tharand fanden wir den Kastraten Saffaroli. Von der Gesellschaft aufgefordert, sang er mit hoher Stimme ein kleines Lied. An Sonntagen gegen 11 Uhr Morgens nach dem Hochamte gab es Kirchenmusik, wir wollten sie hören und nachher sogleich bis Oschatz fahren, dort die Nacht bleiben, dann über Leipzig nach Frankfurt zurückgehen. Beim Wegfahren gingen die Pferde Schritt; mein Bruder rief dem Postillon voller Ungeduld zu: „Schwager, ins Teufels Namen fahr' zu, wir kommen ja nicht von der Stelle." „Nee, Herre," erwiderte er, „hier fahren wir in Gottes Namen, da geht es hübsch langsam." Bis nach Oschatz fuhren wir gleich schlecht, erst gegen 1 Uhr in der Nacht langten wir an. In Leipzig fand ich meine Schwägerin tief betrübt. Louise war, als Braut des Herrn von Witzleben, am Nervenfieber gestorben. Die Pensa wohnte auf dem Thomaskirchhofe, nahe am Pförtchen, die Stadtthore standen damals noch; es belustigte mich, die Stadtsoldaten Strümpfe stricken oder Filetnetze machen zu sehen. In Leipzig hatte der Sturm jener Nacht ebenso getobt, die schönsten und stärksten Bäume lagen auf der Erde. Der herrliche Garten Keils, welchen alle Fremde ansahen, war nicht zu besuchen, so voll umgestürzter Bäume lag er. Die Kirche und Kanzel, auf der Luther gepredigt, sah ich. Am Besten gefiel mir der Gesang der Motetten in der Thomaskirche durch die Thomasschüler. Der alte Hiller hatte sie ins Leben gerufen, er starb am 16. Juni 1804. Derselbe, welcher als Gesanglehrer auch die Mara gebildet.

Weniger leidend und gestärkt kam ich zurück, allein neues Unglück sollte uns treffen. Dr. Schilling rieth, eine andere Wohnung zu nehmen, mit freierer Luft, wir fanden diese am Main neben dem Leonhardsthor im zweiten Stocke. Mit der Einrichtung des Umziehens beschäftigt, wurde in der Nacht meine Schwiegermutter unwohl, nach wenigen Tagen hatten wir sie verloren. Sie war ihren Kindern eine gute Mutter, dabei fleißig, oft bis Mitternacht saß sie noch beim Nähen; ihre guten Augen behielt sie bis an ihr Ende.

Ihr Tod änderte sämmtliche Einrichtungen des Hauses. Meine Schwägerinnen und mein Schwager bezogen den zweiten Stock. Den ersten miethete General von Langenau, der österreichische Militärgesandte.

Eine Gewohnheit der schönen Welt vergaß ich niederzuschreiben. Bei allen Schlittenfahrten richtete es der Zugführer so ein, zuletzt von der Zeil hinter die schlimme Mauer (Stiftsstraße) zu lenken, dort ward still gehalten, die Vorreiter zügelten die Pferde, alle Herren verließen die Schlitten, um jede Dame zu küssen. An Zuschauern fehlte es nicht. 1806 war ich bei einer Schlittenfahrt, ich mußte mir jene Unsitte gefallen lassen.

Mein Vater und Onkel Gontard-Borkenstein machten von 1813 an Geschäfte mit Frankreich. Der Onkel zog nach Paris, er nahm meinen ältesten Bruder zu sich. Der

Sohn meines Onkels, Heinrich, starb nach kurzer Krankheit an einem Herzleiden, was mir nahe ging.

Die Aussicht von unserer neuen Wohnung war schön, am Tage war der Lärm der Krahnen, der Holzfuhren und Holz=trägerinnen bisweilen läftig, hingegen Nachts, da keine Thor=sperren an den Wafferthoren waren, trat tiefe Stille ein. Eine komische Scene spielte vor unsern Fenstern: Zwei Wellenträgerinnen geriethen in heftigen Streit; sie zausten sich bei den Haaren; das zusehende Publikum dachte nicht daran, die erhitzten Gemüther zu trennen; man hetzte noch. Plötzlich nimmt jede von den Schönen auf beiden Seiten den Rock in die Höhe, sie beginnen mit großem Ernste Menuet zu tanzen. Darauf fragten sie die Zuschauer, welche von ihnen die befte Tänzerin gewesen sei? Ihr Streit hatte deshalb begonnen. Alles lachte und rief Beifall. Ruhig ordneten beide Frauen ihre Haare und setzten ihre Arbeit fort.

Ein Gewitter im Juni gewährte mir ebenfalls ein seltenes Schauspiel; ich sah den Blitz mehreremale so in den Main schlagen, daß das Wasser hochaufspritzte, plötzlich aber fuhr er in eine Pappel, welche am Ende des ehemaligen Gartens meines Schwiegervaters stand; sie brannte hell, doch nur bis zur Hälfte, ein heftiger Regen hatte sie gelöscht. Der Garten war an Herrn von Biehl verkauft. Ihn traf der Schaden, lange Zeit blieben die Bäume so stehen.

Später ging ich in Begleitung einer Freundin, ihrem und meinem Knaben, beide von gleichem Alter, nach Schlangen=bad. Wir wohnten nicht im Kurhaus, sondern im Nassauer

Hof. Hofrath Mayer mit Frau, der berühmte Freund Goethe's, war ebenfalls dort abgestiegen. Wir aßen jeden Tag zusammen zu Mittag. „Die Wahlverwandtschaften" von Goethe waren eben erschienen; wir Frankfurter Frauen sagten offen, daß uns das Buch nicht gefiele, wir hielten es sogar für gefährlich. — So hoch ich Goethe stelle, konnte ich auch nie an seinen „Werther's Leiden" Geschmack finden. Der alte Herr brach täglich mit uns eine Lanze für seinen Freund; allein nie vergaß er sich, er blieb stets freundlich, ohne jede Heftigkeit. Was mag er von uns gedacht haben? —

Am andern Tage erfuhren wir, der Herzog von Wellington sei mit kleinem Gefolge angekommen, um einige Wochen still und ruhig hier zu leben. Unsere zwei Knaben machten von Papier Kappen, sie schnitzten sich hölzerne Säbel, als der Herzog die Terrasse betrat, salutirten sie mit ihren Säbeln. Er lächelte, reichte ihnen die Hand, und sagte: „That's well done; I thank you." — Die Portraits jener Zeit waren ihm sprechend ähnlich. Seinen Wunsch der Ruhe störte eine Staffete, welche ihn abrief.

Die Abende bei meinen Schwägerinnen hatten sich stark elichtet. Herr und Frau von Weiler, Frau Professor Weidmann, Hiersinger, Itzstein, Guiollet, Dominik Artaria, sie alle waren gestorben, es kam wohl frischer Zuzug, allein häufig konnte keine Parthie zu Stande kommen.

Wäre ich gesund gewesen, hätte ich mein angenehmes Leben besser genießen können. Zu meinen Eltern ging ich täglich. An Besuchen fehlte es nicht. Herr Joseph Bernay,

Cousin meines Mannes, und Herr Leißring kamen täglich nach dem Theater, zum Thee. General von Langenau besuchte uns oft, leider mußte ich später bemerken, daß sich dann eine verheirathete Dame, bekannt mit mir, ebenfalls einfand. Ich verbat es. Sie und der General hörten alsbald auf, mich zu kennen.

Habermann, welcher mich vor Jahren unterrichtet, hatte sich verheirathet und im weißen Hirsch auf dem großen Hirschgraben, von Gontard gemiethet, eine Pension für Knaben begonnen. Zu halber Pension gaben wir auch unsern Knaben hin.

Doctor Ehrmann kam nach meiner Reise von Schlangenbad zu mir. Er war erstaunt, wie ein Arzt glauben möge, jenes Bad vermöge mich zu heilen, es sei ein gutes Seifenwasser, zum Reinigen der Haut vortrefflich; keine andere Wirkung kenne er. Ehrmann hatte seine beiden Söhne verloren, und einen Adoptivsohn angenommen, dieser lebte in Speyer als Arzt, war verheirathet, hatte mehrere Kinder und den Namen Ehrmann angenommen. Dorthin zog unser Doctor, er war alt und steif geworden. Im Jahre 1821 führte er diesen Wunsch aus. Vorher machte er noch eine merkwürdige Kur an Herrn Leißring, der an heftiger Brustentzündung erkrankt war. Mein Mann und alle seine Bekannte besuchten ihn, sie fanden ihn täglich kränker. Wir baten Ehrmann, hinter dem Rücken seines Arztes nach ihm zu sehen, schwer entschloß er sich dazu; er hatte aber Leißring von je geliebt, er ging hin. Nachher kam Ehrmann zu mir, er meinte ihn retten zu können, doch nur durch ein eignes Mittel; er wolle schnell zur Hebamme gehen, alles Nöthige zu besorgen. Ich wurde irre an Ehrmann, bald vertraute er mir: Muttermilch könne den Kranken allein heilen, er wolle für eine Amme sorgen. Leißring erholte sich schnell, es blieb jedoch Alles verschwiegen.

Meinen armen Großonkel von de Walle hatte der Schlag gerührt, die linke Seite war gelähmt. Doctor Glabbach, sein Arzt, auch ein alter Mann, welcher längst nicht mehr practizirte, machte bei ihm eine Ausnahme. Er stellte ihn so weit her, daß er geführt, ausgehen konnte; wie oft kam er mich besuchen. Ein zweiter Schlaganfall machte bald seinem Leben ein Ende.

Mein Vater führte einen längst gehegten Wunsch, England wiederzusehen, endlich aus. Er ließ einen großen, bequemen, viersitzigen Wagen bauen; die Mutter, Schwester Sophie und Fräulein Berthoud reisten mit, vier Postpferde wurden vor den Wagen gelegt, ein Courier saß auf dem Bocke. Die vier Reisenden fuhren nach Calais, wo sie den Wagen ließen; von Dover ging es nach London. Dort blieben sie einige Zeit, nachher bereisten sie merkwürdige Städte und Inseln Englands, nach Schottland und Irland kamen sie nicht. Während dieser Zeit war mein ältester Bruder von Paris gekommen, er vertrat des Vaters Stelle auf dem Comptoir. Wir zogen Alle in den elterlichen Garten. Mein Bruder, an das Pariser Leben gewöhnt, fand es hier etwas einsam; er gab Gesellschaften, Diners und Soupers. Diese beständige Unruhe konnte ich nicht wohl ertragen. Nach der im Herbste erfolgten Wiederkehr meiner Eltern, mußte ich abermals nach Karlsbad gehen. Ich that das in Begleitung meines Mannes, ich badete dort, ohne zu trinken. Wir reisten dann nach Prag; die Kunststraße dorthin, war kurz zuvor fertig geworden, sie ward als ein Meisterstück von Chaussee= anlage gepriesen. Prag liegt sehr schön, herrliche neue und alte Paläste bedecken den Hradschin, besonders ein alter Palast des Grafen Czernin ist wundervoll durch seine kunst= volle Bildhauerarbeit. Der Dom, der erzbischöfliche Palast, das Maria=Theresienstift, Alles ist großartig und reich, es gefiel uns ausnehmend. Die Brücke über die Moldau, mit vielen Heiligenstatuen bedeckt, macht tiefen Eindruck. Weniger gefiel uns der ganz enorme Palast des Grafen Waldstein (Herzogs von Wallenstein). Die Schützen = und Färberinsel besuchten wir zuweilen. Der Roßplatz, ein großes Viereck, und die Wimmerischen Anlagen, alles war reizend.

Im Theater sahen wir den „Rochus Pumpernickel", wer gab die Titelsrolle? — Der nachher so berühmte Schau= spieler Seydelmann. — Den Bischerad mit seinen vielen Sagen und den weißen Berg konnten wir wegen Zeitmangel nicht besteigen. Es wurde eben in Prag Landtag gehalten, wir sahen den prachtvollen Zug der Stände in ihren ver= schiedenen originellen Trachten, wohnten auch der Versamm= lung bei, allein nicht lange, da wir der böhmischen Sprache nicht mächtig waren. Im Dome wird der Sarg des heiligen Nepomuk durch vier lebensgroße, silberne Engel schwebend gehalten. Diese Kirche besitzt bedeutenden Reichthum an

Schmuck; die Wände einer kleinen Kapelle sind ganz mit edeln Steinen bedeckt. Wir reisten über Dresden und Leipzig, ohne uns aufzuhalten bis Weimar, wo wir zwei Tage blie= ben, um Hummel zu besuchen. Bei seiner Uebersiedelung von Stuttgart war er durch Frankfurt gekommen, wir hatten es ihm fest versprochen, wenn wir je nach Weimar kämen, ihn nicht zu umgehen. Er fühlte sich recht glücklich in seinen Verhältnissen, als Kapellmeister viel beschäftigt, war er auch bei Hofe in Achtung, er gab der Großherzogin Unterricht, und spielte in vielen Kreisen. Seine Frau fuhr mit uns auf die Favorite und in die Umgegend. Schiller's und Goethe's Wohnung nahmen wir in Augenschein. Man bot mir an, als Frankfurterin mich bei Goethe melden zu lassen; welche Rolle hätte ich bei dem hochstehenden Geiste gespielt? ich dankte, Hummel hatte gerade eine neue Oper einzustu= diren, wir sahen ihn nur Abends im Familienkreise.

Nach der Reise fühlte ich mich nicht im Mindesten besser, eher schlimmer; ich mußte manchen Tag zu Bette liegen, konnte oft nicht spazieren gehen und blieb elend. Ehrmann war ohne Abschied abgereist, es hätte ihn zu sehr ergriffen. Da rieth mir ein guter Geist, den berühmten Geheimerath von Walther in Bonn zu consultiren. Ich reiste hin. Walther wünschte, ich möge einige Tage dort bleiben, damit er mich besser beobachten könne. Er kam jeden Tag, mich zu be= suchen, immer zu verschiedener Stunde; Walther und die Wirthsleute im „Stern" boten Alles auf, mir mein Allein= sein zu erleichtern. Ich lernte mehrere Professoren mit ihren Frauen kennen; sie waren alle gastfrei und gütig gegen mich. Mein erster Spaziergang war durch die herrliche Allee nach Poppelsdorf in Begleitung einer Professorstochter. Sie machte mich aufmerksam auf das Entgegenkommen der Kurfürstin von Hessen-Kassel, welche sich nach Bonn begeben hatte, um den Prinzen, ihren Sohn, der dort studirte, zu besuchen, sie wollte denselben möglicherweise von der Liebschaft mit Frau Lehmann zurückführen. Die Kurfürstin sprach mich an: sie fragte, was mir fehle und gab mir den Trost, Walther werde mich herstellen. Die Hoheit sah tief betrübt, ja gedrückt aus. Die Liebschaft begann auf einem Balle, Frau Lehmann hatte einige Male getanzt, der Prinz fand sie hübsch und forderte sie auf. Er erhielt eine abschlägige Antwort. Er wollte den Grund wissen, nach längerem Zögern erklärte sie ihm, an seinem Anzuge sei nicht alles in Ordnung. Der Prinz, betroffen, bemerkte endlich ein Loch in einem seiner Strümpfe. Diese Naivität entzückte ihn der Art, daß sein und ihr Schicksal da entschieden ward.

Der botanische Garten in Poppelsdorf und das Museum waren eine Pracht. In die Gruft der Kreuzkirche stieg ich hinab; hier werden todte Kapuziner in ihrer Ordenstracht in Reih' und Glied längs den Wänden aufgestellt. Das Gewölbe besaß gleiche Eigenschaft mit der Gruft unter dem Rathhause zu Bremen: es trocknete die Leichen. Ein merkwürdiger, allein unschöner Anblick ist es, sie zu sehen. Man erkennt deutlich ihre Züge und Haare, die langen Bärte, die Kleidung, Alles ist erhalten, die Gesichter sind von brauner

Farbe. Der Kirchendiener zeigte einen Mönch mit fuchs=
rothem Haare, welchen er noch gekannt hatte. Die schön
gemalte Aula im Schlosse, Godesberg, Kloster Nonnenwerth
auf der Insel, das Siebengebirge, alle Orte sah ich, und war
recht entzückt von dem vielen Schönen. Nach mehreren Tagen
sprach Walther mein Urtheil aus, es lautete: ich sei hirn=
leidend, sogar schon so arg, daß ein Hirnschlag zu fürchten
wäre; nur durch ein Haarseil im Nacken sei Heilung zu
erwarten, er wollte alles genau aufschreiben. Ich müßte
sogleich nach meiner Ankunft die Cur beginnen und das
Haarseil wo möglich ein Jahr tragen.

Bei meiner Rückreise fand ich zwei Damen auf dem
Verdeck des Dampfschiffes sitzen, sie waren eben eingestiegen,
es schienen Mutter und Tochter zu sein. Wir sprachen zu=
sammen zum Lobe Walther's, über die schönen Rheingegenden,
und manches Andere. Gebildete, liebenswürdige Frauen.
Die Mutter klagte über Augenleiden, oft hielt sie den
Sonnenschirm vor. Freundlich sagten sie mir, sie bedauerten,
nicht noch länger in meiner Gesellschaft fahren zu können,
allein Koblenz sei das Ziel ihrer Reise, sie gingen nach
Trier. Keine von uns fragte nach Namen; da sie aus=
stiegen winkten sie mir noch mit ihren Tüchern. — Der
Capitain des Schiffes fragte mich, „ob ich die Damen
schon länger kenne." — Als ich verneinte, sagte er: „Es
war Frau von Schiller, die Wittwe unsers trefflichen Dichters,
nebst Tochter, sie gehen nach Trier, ihren Sohn und Bruder
zu besuchen, dieser hat dort eine Anstellung." —

Die arme Frau war später an dem einen Auge er=
blindet, Walther operirte sie vollkommen glücklich. Alles ging
gut, Walther besuchte sie dreimal des Tages, einer seiner
Assistenzärzte wachte öfter bei ihr. Zur festgesetzten Zeit
ward ihr die Binde abgenommen, voller Freude drückte sie
Walther die Hand, sie vermochte zu sehen. In der Nacht
darauf bekam sie heftige Kopfschmerzen; ärztliche Hülfe war
sogleich da, dennoch starb sie, mit großer Resignation; sie
bedauerte, ihre anderen Kinder nicht um sich zu haben; es
ging Alles zu rasch.

Gleich nach meiner Ankunft ward meine Operation voll=
zogen, nach einigen Wochen fühlte ich Erleichterung. Walther
hatte mir gerathen, mich an Professor Leidig in Mainz zu
wenden, er wolle wegen meiner mit ihm correspondiren.
Jener rieth nach einigen Monaten die Heilung der Wunde
an. Im Frühjahr ging ich mit meinem Sohne und einer
Stieftochter meiner Schwägerin Hohwiesner nach Geisenheim.
Nahe bei dem Gute von Pensa lag ein Wirthshaus, „Zur
schönen Aussicht". Dort wohnten wir; zwei junge Herren
von hier trafen wir dort. Gontard, beinahe täglich bei uns,
fand meine Nichte so schön wie die Sonntag, er nannte sie
immer „Fräulein Montag." Auch Stephan von Guaita
hatte sich ein Gut von Fräulein von Kuntzmann gekauft;
es lag in dem Orte, jedoch nach dem Rheine zu. Die schöne
Aussicht, wie die anderer Güter, fehlte ihm. Das Haus
lag mit seinen angebauten Flügeln zwischen hohen Brand=
mauern, Guaita hatte an den einen Flügel einen großen

Balcon bauen lassen, von dem die Aussicht beschränkt, aber
schön war. Ein wirkliches Weingut ist es gewesen, mit
prächtigen, trocknen Kellern, großem Kelterhaus und trefflichen
Weinbergen. Die Kuntzmännschen Weine hatten Vorzug vor
andern. Wir machten eine Fahrt in das Wisperthal, für
uns wurde ein Rübenkarren mit Stroh gerichtet, Gontard
ritt; der Weg dorthin ist schlecht und steil, einen Wagen
konnte man nicht ohne Gefahr benutzen, es war der sogenannte
Kuhweg. Auf der Höhe fängt der Wald an, nun ist bis zu
dem Jägerhaus ein ebner Landweg. Beim Förster bestellten
wir Mittagessen, und gingen dann bergab in das Wisperthal.
Die Wisper, ein kleiner, aber wasserreicher Bach fließt in
schnellen Sprüngen bis zum Rhein, in welchen sie bei Lorch
fällt. Sie hat, wie alle Damen-Flüsse, wegen ihres öftern
Austretens einen üblen Ruf! Große Felsen sind in diesem
Thale, auch einige Ruinen finden sich nebst wenigen und
elenden, armen Dörfern. Eine Fundgrube für Maler ist dieses
Thal, indessen schon ausgebeutet. Gontard setzte mich auf
sein frommes Damenpferd, er ließ mich in seiner Begleitung
reiten, mein Mann sandte zur Rückreise einen Wagen, wir
hatten Wohnung bei Baurath Burnitz gemiethet; in der
früheren füllte sich, so oft der Main über die Ufer trat,
der Keller mit Wasser; wir mußten zuweilen nicht unsere
Kellersachen unterzubringen, deswegen eilte ich zu Hause.

Mein Sohn blieb noch einige Zeit bei Pensa. Gontard
entwarf den Plan, der Wagen solle Fräulein Montag und
meinen Sohn nach Mainz bringen. Ich würde in seiner

Begleitung dorthin reiten, sein Kutscher solle uns folgen und mein Sohn auf meinem Pferde und des Kutschers Sattel zurückreiten. Der Kutscher könne sich auf dem Damensattel plagen.

Wir führten es aus, ich kam glücklich in Mainz an, nur am Stadtthore, da Gontard in Uniform war, (er nannte dies im Hecht stecken, seine Uniform war grau), trat die Wache in's Gewehr, mein Pferd scheute. Jedoch überstanden Mutter und Sohn glücklich die Tour.

Von da an nahm ich, nach dem Wunsche des Arztes, Reitstunde bei Stallmeister Klees. Jene Bewegung machte mir in gesunden Tagen Freude, aber ich sah ein, wie es eine gewagte Sache war nach Mainz zu reiten, ohne alle Fertigkeit.

Doctor Ehrmann schrieb mir fleißig, er bat dringend, ihn in Speyer zu besuchen. Ich bestimmte den Tag meiner Ankunft, schrieb aber scherzweise ich wolle incognito reisen, verbäte jede Empfangsfeierlichkeit mit Glockenläuten und Schießen. — Mein Vater wünschte Ehrmann durch mich einzuladen, er sollte Sohn und Enkelin mitbringen, alle Bequemlichkeiten wolle er ihm schaffen. Mein Sohn fuhr mit; sobald wir hinter Mannheim die bayerische Grenze überschritten, begannen die Glocken zu läuten, Kanonen wurden gelöst! Das konnte unmöglich unser alter Doctor bestellt haben. Ich erfuhr, es sei der Geburtstag der Königin Therese, welch komischer Zufall! Im Wirthshaus fand ich Zimmer, von Ehrmann bestellt, ich ging gleich zu ihm, wie ich eintrat, saß er mit seinem Käppchen auf dem Kopfe auf dem Sopha, sein Käppchen warf er mir an den Kopf und rief: „Da ist ja endlich die garstige Person." — Dann fing er aber dermaßen vor Freude an zu weinen, daß wir ihn zu trösten hatten. Ich mußte mit zu Nacht essen, hierauf führte er mich zurück in das Wirthshaus; unterwegs schellte er an einem Hause, und fragte das öffnende Mädchen: „Ist Doctor Schlemmer zu Hause?" — Jener hatte Ehrmanns Stimme gehört, er kam, zu erfahren, was er wünsche. „Da, lieber Freund, bringe ich Dir eine Klientin, welche von Deiner Geschicklichkeit als Advocat gehört, Dir ihren Prozeß anvertrauen möchte; sie will sich von ihrem Manne scheiden lassen, die Sache ist verwickelt." Doctor Schlemmer ver= beugte sich gegen mich und wollte etwas sagen, da fiel ihm Ehrmann ins Wort: „Dummer Kerl, sie denkt nicht daran, ich wollte Dich anführen."

Am folgenden Tage holte er mich ab, um seine Villa, wie er sie nannte, am Rheine mir zu zeigen, es war ein kleines Zimmer auf Pfählen in den Fluß gebaut, einige Stühle und Angelruthen befanden sich darin, aus einem großen Fenster angelte er jeden Morgen im Rheine. Zu bestimmter Stunde kam eine seiner Enkelinnen, die Fische nach Hause zu tragen. Er sprach betrübt über den Tod der alten Frau von Bethmann, Mutter von Moritz von Bethmann, in deren Hause er Arzt gewesen war. Herr Moritz von Bethmann hatte ihm ein Andenken von ihr gesendet. Er pries sein Glück, unter liebenswürdigen Menschen zu leben, wie seine Adoptivkinder. Ich theilte seine Ansicht. Die Reise zu meinen Eltern versprach er. Er führte mich, da es Sonntag war, in einen öffentlichen Garten, dort fand er viele Bekannte, einer nach dem andern rief ihn ab. Nachher erzählte er mir, sie hätten meinen Namen wissen wollen, er habe versichert, ich sei seine Großmutter.

Ehrmann, an ruhiges, regelmäßiges Leben gewöhnt, störte meine Anwesenheit. Die Merkwürdigkeiten Speyers konnte er mir nicht zeigen; sein Sohn und seine Enkelin begleiteten mich in den schönen Dom, dessen obere äußere Gallerie noch nicht ganz vollendet war. Den letzten Tag meines Dortseins mußte Ehrmann zu Bette liegen, da sah ich eine gesunde Gewohnheit von ihm, jedoch schon als Kind müßte man sich daran gewöhnen, sonst wird es gefährlich: er schlief bei offenem Fenster; es stand ein Straminrahmen in dem Fenster, im Winter war es oft bitter kalt. Stephan von Guaita übernachtete ebenso.

Ehrmann kam zu meinen Eltern, jedoch nur kurze Zeit; aufmerksam sorgte man für ihn, seine Aufregung war aber stark. Ich ging mit ihm in die Stadt, er besuchte seine Bekannte; Treppen wollte er nicht steigen. Dann ging ich mit ihm an den Main, es glich einem Triumphzug, von der arbeitenden Klasse ward er umringt und begleitet. Die Thränen standen ihm vor Freude in den Augen. Geschadet hatte ihm die kleine Reise nicht, wie Briefe versicherten. Seiner Gewohnheit nach beschenkte er mich an meinem Geburtstage mit einer Kleinigkeit; von Speyer bekam ich ein

kleines Oelbild mit dem Blocksberg darauf, auf welchem
ein großes Feuer brannte, umtanzt von Hexen und Teufeln.
Mehrere abenteuerliche Gestalten flogen nach dem Berge,
darunter eine Hexe auf einem Bock reitend, mich vorstellend,
der durch die Buchstaben M. B. G. gezeichnet war. Dann
bekam ich auch ein Gebäck, „Mannheimer Dreck" genannt,
ein gutes Confect, von dortigen Zuckerbäckern verfertigt,
allein von eigenthümlichem Aussehen; es lag in einem von
Pappdeckeln gemachten Geschirre. Anfang August 1827 rührte
ihn der Schlag auf der rechten Seite; mit der linken Hand
geschrieben, erhielt ich seinen letzten Brief. Am 13. August
1827 wiederholte sich der Anfall; ein edles, reiches Leben
war geschieden. Seine Anhänglichkeit verschönt meiner alten
Tage Erinnerung.

Doctor Jassoy, Leißring und Otto aßen jeden Mittwoch
bei uns zu Mittag. Dieses war mir stets ein Fest. Die
Herren kreuzfeuerten sich mit Witzworten und Geschichten.
Herr Otto war ein gebildeter Mann, an seinen feinen Ma-
nieren erkannte man das. Er war ein vorzüglicher Darsteller sowohl in komischen wie in edlen Rollen, aber auch
ganz verkommene Menschen spielte er vortrefflich, zum Beispiel den Freibeuter-Lieutenant Wallen in „Stille Wasser
sind tief" und die „Kammerjungfer Antoinette", von der
Lindner im gleichen Stücke gegeben, war ein wahrer Hochgenuß; und edle Rollen, wie „Nathan" im „Nathan der
Weise", habe ich nie wieder so gut dargestellt gesehen.

Doctor Jassoy erzählte eine originelle Geschichte: „Ein

katholischer Pfarrer besaß einen schönen, weißen Pudel, dem er mancherlei Kunststücke beigebracht, er ging mit ihm spazieren und sagte einst zu einem Manne, welcher Baptist hieß: „Ich habe den Hund überaus lieb; könnte er nur sprechen." — „Ei," erwiderte jener, „ich kenne einen Förster, der den Hunden das Reden zu lehren versteht, allein Herr Pfarrer, es kommt theuer: den Monat dreißig Gulden, und wenn das Thier spricht, noch einmal fünfzig Gulden." „Das gebe ich," erwiderte der Geistliche; „ich bin reich und kann diese Ausgabe schon machen." „Gut, Herr Pfarrer, ich will mit dem Förster reden." — Nach ein paar Tagen kommt Musje Baptist wieder, um den Hund zu holen, er erzählt, daß er dort schon vom Hunde einzelne Worte habe sprechen hören. Der Pfarrer zahlte das erste Monatgeld. Bei dem zweiten Gelde erhielt er die Versicherung, es ginge; endlich holte er Kostgeld für den dritten Monat und begehrte den versprochenen Lohn, da ihm der Förster geschrieben, der Hund spräche wie ein Mensch. Baptist kömmt zurück, aber — ohne Hund. „Wo ist mein Hund?" fragte der Pfarrer. „Ja," sagt Baptist, „Herr Pfarrer, das ist eine eigenthümliche Sache, ich komme hin und der Hund spricht. Wir gehen zusammen fort und ich frage: Hund, wie geht es Dir?" „Ganz gut," war die Antwort, „wie geht es dem Herrn Pfarrer? — Er soll sich aber nicht einbilden, daß ich mich wieder von ihm hauen lasse, ich werde jetzt den Pfarrer quälen, ich bin nicht so dumm und schweige, wenn er seine Köchin küßt und den Klingelbeutel mit

dem Glöckner theilt." Ich erzähle das. „Himmel," sagt
der Pfarrer, „das wäre schrecklich." „Ja, Herr Pfarrer,
das habe ich auch gedacht, ich band dem Hund einen Stein
an den Hals und habe ihn ersäuft." „Da hast Du Recht
gethan, Baptist, ich will Dir noch ein Trinkgeld geben."

Doctor Jassoy war ein gutmüthiger Mann. Wenn ihm
aber ein Witz einfiel, so sprach er ihn aus, selbst wenn es
Jemanden beleidigen konnte, nachher bereute er und. entschuldigte sich. Er war Rechtsfreund des Hauses Rothschild,
einer der besten Advokaten, wußte er stets den Vortheil
seiner Klienten zu wahren; selten verlor er einen Prozeß.
Einst stellte ihm Amschel Rothschild seine Nichte vor, welche
von England gekommen war, um hier einen seiner Neffen
kennen zu lernen, mit dem sie sich vermählen sollte. Rothschild bediente sich folgender Worte: „Hier, lieber Doctor, ist
meine Nichte, ein sehr gescheidtes Mädchen, denken Sie nur,
sie spricht vier Sprachen." „Ei," erwiederte Jassoy, „da ist
es ja Schade, mein Fräulein, daß Sie bei dem Babylonischen
Thurmbau nicht lebten." Die junge Dame antwortete: „mir
ist lieb daß ich nicht gelebt, da hätte ich ja Ihren Witz nicht
gehört." Rothschild nahm das sehr gut auf, er rief seiner
Frau zu: „Frau, hast Du gehört, was unser Doctor von
dem Thurme sagte, wie schön!"

Jassoy wohnte das ganze Jahr vor dem Affenthore. Da
wo nun der Offenbacher Bahnhof ist, lag sein Haus mit
Garten; er war Blumenfreund und Kenner, in seinem Treib-
hause erzielte er manche neue Species. Die erste Camelie

in Frankfurt besaß er; gerade in Paris anwesend, als die Kaiserin Josephine den ersten Camelienstock aus fernen Landen zugeschickt bekam, wußte er sich für Geld und gute Worte ein Reis zu verschaffen, welches glücklich anschlug.

Er sendete mir am Geburtstage eine Aufmerksamkeit, mit Gedichten begleitet, welche alle schön und sinnreich sind. Ich gab ihm dagegen jedesmal ein gehäkeltes Käppchen; ein solches auf dem Kopfe, starb er im Sessel. Der gescheidte Mann erkrankte an Gehirnerweichung, er wußte nichts sicher von sich. Mehreremale besuchte ich ihn, er erkannte mich, fragte aber nach Personen, welche schon längst nicht mehr lebten. Es war betrübend, den Armen so zu sehen.

Eine Diebsgeschichte erlebte Jasson. Entfernt von seiner Familie und seinen Dienstleuten, schlief er bei unverschlossener Thüre und ohne Nachtlicht, bis spät in der Nacht pflegte er gewöhnlich zu arbeiten, er schlief darauf desto fester. Ein= mal durch ein Geräusch geweckt, wie er meinte, läßt er seine Uhr repetiren. Tiefer Winter, war es drei Uhr Morgens. Sich im Bette aufrichtend, horcht er, und will sich eben wieder legen, da entsteht ganz in seiner Nähe ein Gebrüll, wie von einem wilden Thiere. Unbekleidet mit bloßen Füßen springt er aus dem Bette, er sieht Jemanden aus seiner Thüre stürzen, greift nach einer geladenen Flinte, er will schießen, sie versagt. Nun eilt er die Treppe hinunter, dem Kerl nach, und seinen Leuten rufend, sieht er ihn der Küche, welche Parterre lag, zum Fenster hinausspringen. Als seine Leute kamen, suchte man mit Laternen, nach Spuren im

Garten. Da es geschneit hatte, führte die Spur, welche bloße Füße verrieth, bis an die Gartenmauer; auf der Chaussee vor dem Garten war nichts zu entdecken. Im Garten lagen einige Brabanter Thaler, der Dieb hatte aus dem Pulte das Geld genommen, keine große Summe. Beim Schließen knackte jederzeit der Schlüssel, dadurch ward Jassoy geweckt. Von seiner Flinte fand er den Feuerstein abgeschraubt. Daß es ein im Hause bekannter Dieb war, stand fest; wer, konnte niemand enträthseln. Nach polizeilicher Anzeige hatte ein Schiffer ausgesagt, er habe in jener Nacht und um diese Stunde einen Mann auf bringendes Bitten an der Windmühle übergesetzt, der habe vorgewendet, er sei wegen seiner kranken Frau bei einem Arzte gewesen, und habe es sehr eilig; gekannt hätte er ihn nicht. Wochen vergingen ohne Aufklärung. Jassoy, durch wichtige Geschäfte sehr in Anspruch genommen, konnte wieder einmal nicht schlafen, er dachte auch der Diebsgeschichte, plötzlich fiel ihm bei, daß er damals die Stimme seines Gärtners gehört. Denselben hatte er vor einigen Monaten wegen Liederlichkeit verabschiedet, er schellte sogleich, mitten in der Nacht, um diese Vermuthung den Seinigen mitzutheilen. Die Polizei spürte dem Entlassenen nach, man fand ihn an einem, am Rhein gelegenen Dorfe. Festgenommen, gestand er sein Verbrechen; da er ein armer Teufel war, die That bereute und Besserung gelobte, nahm ihn Jassoy, nach kurzer Strafzeit wieder in Dienste, und hatte keinen Grund das zu bereuen, der Mann war wie umgewandelt. —

Die Sonntag kam zu Gastrollen; wie sie sang und spielte, ist bekannt. Sie war Freundin vom Reiten, nahm sich indessen auf der Bühne besser aus, wie zu Pferde; sie hatte keine gute Haltung. Mit Herrn Moritz von Bethmann ritt sie meist aus. Angegriffen kann es sie nicht haben, sie sang einigemal am gleichen Tage. Henriette Sonntag betrat als achtjähriges Mädchen zuerst 1816 die hiesige Bühne, als Juvial in der „Teufelsmühle am Wiener Berge." Siebenmal sang sie diese Rolle und entzückte durch Gesang und Spiel schon damals die Zuhörer.

Caroline Lindner, von dem Theater zu Würzburg, ward hier engagirt; eine treffliche Darstellerin, ihre „Margarethe" in „den Hagestolzen" spielte keine wie sie. Die Renner war ihre Lehrerin gewesen; komische Rollen von ihr waren klassisch. In den „Mänteln", den „Jungfern Köchinnen" und als Lieschen im „Bürgercapitain" ist sie mir unvergeßlich, es waren Muster=Rollen.

Herr Hassel verließ das Mainzer Theater 1821, um in seiner Vaterstadt das Publikum als Darsteller zu elektrisiren; einen zweiten Bürgercapitain wird es nie geben, er war geboren dazu. Der taube Kapellmeister im „Corsar", der halblahme dumme Bauer in den „wandernden Komödianten", das sind Meisterwerke von ihm gewesen. Außer der Bühne war er gleich schätzenswerth als guter Sohn und Bruder, er lebte nur für die Seinigen. Dabei war er ein unterrich= teter Mann und ein vortrefflicher Gesellschafter. Das seltene Glück ward ihm zu Theil, mit voller Kraft, nach fünfzig

Jahren, die Rolle des Bürgercapitäns wieder geben zu können.

Bei einer Reise nach Karlsbad sah ich in Bamberg eine heitere Vorstellung der „Sappho". Das Theater befand sich in einer hölzernen Hütte, die Sappho war wie eine Dame nach damaliger Mode gekleidet, sie hatte sich mit einem feuerrothen Tuche drapirt, Phaon trug Frack, lange Beinkleider, Stiefel und hielt beständig seinen runden Hut unter dem Arme. Melitta trug ein weißes Kleid, schwarze Filet=Handschuhe, schwarzseidene Schürze mit zwei Taschen; auf der Bühne steckte sie die Hände beständig hinein, wie eine Kammerjungfer. Die Darstellung war den Costümen gleich, wir sahen nur einen Aufzug an, was die Billetverkäuferin gar nicht begriff, das Schönste werde noch kommen, versicherte sie.

Auf dem Paradeplatz war in einer Hütte ein Elephant zu sehen, ich hörte, es sei ein schönes, frommes Thier, nahm in einem Körbchen Eßwaaren mit und ging hin. Der Wärter versicherte, ich könne mit Ruhe ihn füttern. Nachdem alles von ihm verzehrt war, reichte er mir nochmals den Rüssel hin, ich zeigte ihm das leere Körbchen. Der Elephant ging hierauf in seinem Behälter einige Male auf und ab, dann brach er mit dem Rüssel aus dem Querbalken, der ihn von den Zuschauern absperrte, ein Stückchen Holz ab und reichte es mir; ich halte es für Dankbarkeit und habe es bis heute aufgehoben.

Ein Jahr nach der Verheirathung meiner Schwester

mit Herrn Conrad Wilhelm von der Leyen von Crefeld, reiste meine Mutter dorthin, um ihre Tochter bei der Entbindung zu pflegen. Der Vater vermochte sich in die, wenn auch nur kurze Trennung kaum zu finden. Damit er nicht allein sei, zogen wir zu ihm in den Garten. Frau Milder-Hauptmann kam zum zweiten Male hierher, ich fand sie im Aeußeren verändert, sie war sehr stark geworden, es paßte die Rolle der „Emmeline" nicht mehr für sie; auch die Stimme hatte mehr Tiefe bekommen, ihr Gesang war indessen immer noch schön. Sie wohnte dieses Mal bei der Wittwe Tonder, Gattin des Tonder, welcher früher die Zeitung „Das Reich der Todten" herausgab. Nur die „Susanne" in Figaro's Hochzeit sang sie; kein zweites Mal wollte sie auftreten, sie mochte wohl fühlen, daß der Beifall nur ein succès d'estime gewesen. Sie besuchte mich einige Mal wie früher.

Ich bekam eines Morgens ein Billet meines Vaters, worin er mir die Ankunft der Großfürstin Anna, geschiedene Gemahlin des russischen Großfürsten Constantin, meldete, er speise bei ihr zu Mittag. Abends würde sie zu uns in den Garten kommen, ich möge ein anständiges Goûter besorgen. Nach Tische kam die Milder-Hauptmann, mich zu besuchen, ich wollte sie nicht abweisen, sondern überließ Alles dem Zufalle. Natürlich sagte ich ihr, welchen Besuch ich erwarte, sie schien erfreut darüber, sie hätte stets viel Gutes von dieser Fürstin gehört, es sei ihr angenehm, dieselbe zu sprechen. Ich empfing die Großfürstin an der Hausthüre, sie wünschte zuerst in den Garten zu gehen, sie besah die Treibhäuser, die Obst- und die schönsten Zierbäume. Aeußerst freundlich in ihrer Unterhaltung, lenkten wir dem Hause zu. Ich theilte der Fürstin mit, wen sie im Saale treffen werde, sie war erfreut, noch nie habe sie die Milber gehört, es sei ihr willkommen, sie kennen zu lernen. Es erschienen einige Herren vom Bundestage, das Gespräch ward belebt. Meinem Vater sagte ich im Vorzimmer, daß er die Sängerin träfe, es schien ihm Anfangs nicht recht; da er aber die Aeußerung der Fürstin von mir hörte, war er beruhigt und begrüßte die Anwesende sehr artig. Nach einiger Zeit bot die Milber an, Lieder unter Begleitung des Piano zu singen; darin war sie Meisterin. Als die Fürstin sich empfahl, ersuchte sie die Milber und mich, wenn wir in die Schweiz kämen, sie auf ihrem Gute zu besuchen. Die Großfürstin fühlte sich schon im Anfange ihrer Ehe nicht glücklich. Nun war es anders geworden. Eine Coburgerin, die ältere Schwester des Prinzen Albert, hatte sie wenig Vermögen. Der Kaiser von Rußland, Alexander I., welcher sie hochachtete, setzte ihr eine lebenslängliche kaiserliche Apanage aus, sie kaufte sich bei Bern das schöne Landgut Elfenau, ließ es nach ihrem Sinn bauen, den Garten anlegen, und lebte dort höchst angenehm. Eine Familie von Schifferli lernte sie da kennen, sie nahm sie ganz zu sich. Herr von Schifferli war ihr Factotum, er ordnete ihre Ausgaben, er sorgte für Alles. Die kaiserliche Apanage ward durch den Grafen Nesselrode im Banquiergeschäfte meines Vaters ausgezahlt, daher ihre Bekanntschaft. Die Großfürstin Anna war keine Schönheit, hatte aber durch Anmuth ein gewinnendes Wesen, und besaß keine Spur von Stolz, war auch gastfrei.

Nach Rückkunft meiner Mutter zogen wir wieder in die Stadt. Ich mußte mich stark erkältet haben, und bekam das Nervenfieber, schwebte lange in Lebensgefahr. Außer meinem Arzte, waren es der Doctor Varrentrapp und der Professor Leidig aus Mainz, welche sich an meinem Bette beriethen. Als die Gefahr gewichen, meinten die Aerzte, ich sollte zur Stärkung meiner Nerven ein Seebad gebrauchen, Ostende ward gewählt. Eine Freundin meiner Mutter hatte als Begleitung eine Wittwe empfohlen. Sie sollte alle nöthigen Eigenschaften besitzen. Sie sehend, gefiel Sie mir nicht besonders, sie schien vornehm und nicht, was ich brauchte, eine an geringere Arbeiten gewöhnte Person. Ich machte diese Bemerkung der Dame, welche sie empfohlen, sie versicherte ich irre mich. Mit meinem jüngsten Bruder und der Frau fuhr ich nach Mainz, mein ältester Bruder war dorthin gezogen, hatte ein kleines Weingut vor dem Gartenfeld gekauft, und sich dort der Oekonomie gewidmet; wir schickten zu ihm, und baten zu kommen. Der Vater gab mir einen Brief an Herrn Bürgermeister Nack in Mainz mit, welcher mich dem Capitain des Dampfschiffes „Marianne" angelegentlichst empfehlen sollte. Mein dortiger Bruder wollte dies noch am Abend besorgen. Wir drei Geschwister aßen zusammen zu Nacht, und ließen meine Begleiterin in einem andern

Zimmer bedienen; dieses schien sie etwas verletzt zu haben, ich that als merke ich es nicht. Meine beiden Brüder meinten ich habe keine richtige Wahl getroffen. Am andern Morgen fand ich meinen Mainzer Bruder und Herrn Bürgermeister Rack auf dem Schiffe, dem Capitain empfehlend Sorge bis nach Bonn für mich zu tragen. Schon bei Bingen fühlte ich mich unbehaglich in der Nähe der Frau. Anstatt sich ruhig zu verhalten, sprach sie die Damen auf dem Verdecke an, welche nicht recht wußten, was sie aus ihr machen sollten, so daß ich dadurch in ein falsches Licht kam. Auch an mir mäckelte sie, bestellte nach Gutdünken Essen und Wein, kurz sie benahm sich wie eine Herrschaft; für kleine Dienste, wenn ich darum bat, fand ich taube Ohren. In Bonn kam ich bei früher Zeit an, Walther fand meine Nerven aufgeregt, er rieth nach Scheveningen zu reisen, dort sei Alles besser eingerichtet wie in Ostende, ich fände jeden erdenklichen Comfort da. Nach einer Stunde fuhr ich bei heiterem Sternenhimmel mit Post bis Köln, von wo aus ich mittelst Dampfschiffes bis nach Rotterdam mich begeben wollte. Kaum eine halbe Stunde hinter Bonn verfinsterte sich der Himmel, es stürmte so stark wie auf der Reise nach Dresden, ein feiner, empfindlich kalter Regen schlug uns gerade ins Gesicht, der Wagen schützte wenig dagegen; Bäume stürzten, der Donner rollte unausgesetzt in heftigen Schlägen, Blitze zuckten, sie schienen die Welt in ein Feuermeer zu verwandeln. Es war kein Ende zu sehen. Bei der Abfahrt von Bonn war ich erhitzt, der Wetterwechsel schadete mir; anstatt mir Muth zuzusprechen,

jammerte und klagte meine Begleiterin über Gebühr; sie
überschüttete mich mit Vorwürfen, nicht die Nacht in Bonn
geblieben zu sein, sie verlangte alles Ernstes die Umkehr dort=
hin. Davon rieth der Postillon ab, weil das Gewitter nach
dorten zöge. Mir ward schlimmer, endlich verlor ich die
Besinnung. Im Kaiserlichen Hofe bei Disch zu Köln an=
gekommen, war es eben Mitternacht. Nach wiederholtem
Schellen öffnete der Hausknecht und rief den Kellner. Dieser
schien, da ich krank war, nicht Lust zu haben, uns aufzunehmen.
Zu meinem Glücke erwachte Herr Disch, er ließ mich durch
seine Leute in den zweiten Stock tragen, und sorgte auf=
merksam für mich. Auf sein Fragen, wer ich sei, fiel meiner
Begleiterin zum Glücke ein, ihm meine Brieftasche zu geben,
darin fand er Papiergeld, und Creditbriefe auch an einen
in Köln hochgeachteten Banquier vor. Ich blieb die Nacht
besinnungslos, frühe hatte Herr Disch den Banquier gerufen
jener kam in Begleitung eines Arztes. Eben schlug ich die
Augen auf, ich wußte nicht, wo ich mich befand, und beant=
wortete aus Schwäche keine Frage. Die Herren erkannten
das unwürdige Betragen meiner Begleiterin, sie gaben mir
eine brave Wärterin. Eine Stafette ward an Walther ge=
sendet, allein er konnte wegen einer gefährlichen Operation
nicht kommen. Eine Stafette rief meinen Mann von Frank=
furt, endlich eine dritte meine Schwester und meinen Schwager
von Crefeld. Diese am nächsten wohnend, langten zuerst an,
sie fanden mich außer Bette, das erste war, meine Be=
gleiterin nach Hause zu spediren. Die Freude, von lieben

Menschen umgeben zu sein, endlich die Ankunft meines Mannes, welcher in Todesangst ankam, dieses Alles stellte mich so schnell her, daß nach einigen Spazierfahrten, um mich an die frische Luft zu gewöhnen, ich in Begleitung meines Mannes die Reise nach Scheveningen machen konnte. Gesund, ja beinahe blühenden Aussehens erreichten wir Rotterdam. Im Vorbeifahren sahen wir ein ungewöhnlich hoch gebautes Seeschiff auf der Schiffswerfte. Man sagte uns, es wäre auf Befehl des Königs von Holland, und aus dessen Privat= kasse gebaut. Es sei für Fahrten nach Ostindien bestimmt, auch eingerichtet, auf der Fahrt dorthin, nirgends anzulegen. Nahe vor Rotterdam macht die Maas eine scharfe Krümm= ung; Häuser sind an den Ufern gelegen; mit schönen Alleen vor denselben, rechter Hand wird die berühmte Admiralität sichtbar, ein herrlicher Palast, in den größten Dimensionen. Wir stiegen in einem Gasthofe, welcher in der lang= gestreckten eben beschriebenen Straße an der Maas lag, die Gracht genannt, ab. Wer zum ersten Male Holland sieht, bewundert die dort herrschende Reinlichkeit. Jede Kleinigkeit, welche man begehrt, ist sauber. Alle Leinwand fein und blendend weiß, das Essen ausgezeichnet; die Bedienung gut, jedoch die Preise enorm. Holland erschien mir, wie ein chinesisches Deutschland, die Sitten, Gebräuche, die Ruhe und der Ernst, welcher sich in allen Handlungen des Holländers offenbart, sind zuweilen komisch. Den ersten Tag fuhren wir zu Wasser nach dem großen Seeschiffe. Haushoch hinauf zu klettern schien mir zu gewagt, wir begnügten uns an der

Beschreibung des Innern. Es hatte Alles doppelt, zwei große Feueressen ragten in die Lüfte. Die Admiralität konnten wir, da man darin etwas baute, leider nicht sehen. Die Statue des „Erasmus von Rotterdam" ist zu klein aus= gefallen, sie stehet auf dem Blumenmarkt, nahe einer Brücke, welche über einen breiten Canal führt. Die Maas hat hier schon Ebbe und Fluth, ist mithin tief genug ganz große Schiffe zu tragen.

Am zweiten Tage fuhren wir mit Post nach dem Haag. Man fliegt in Holland, so eben sind die Wege; auf beiden Seiten, besonders auf der Rechten, stehen geschmackvolle Land= häuser der reichen Holländer. Sie sind umgeben von den herrlichsten Wiesen, prächtigem Baumwuchse, saftiges Grün, wo man hinblickt. Nichts ist, soweit das Auge reicht, mit Mauern umfaßt, entweder nur mit Hecken oder mit Wassergräben. Zwischen den Parks liegen schöne Wiesen, darauf weidet wundervolles Hornvieh, welches theils liegend, theils stehend, mit holländischer Ruhe die Reisenden betrachtet. Oefter sind Viehmägde in ihrer kleidsamen Tracht, mit ihren großen, von Messing, wie Gold glänzend geputzten Eimern und Kannen, bei dem Melkgeschäft. Solche Wiesen sind mit Bretterwänden umgeben. Noch entfernt vom Haag, läuft links an der Chaussee ein breiter Kanal, welcher höher wie die Chaussee liegt, man fürchtet sein Ueberströmen nicht. Im Frühjahr nach dem Schmelzen des Eises geschieht es dennoch zuweilen. Dieser Kanal war stark mit Treckschuiten befahren, nach dem Haag hin, und nach Delft. Nun beginnen die Windmühlen welche troß ihren respectabel großen Flügeln, wie Geister durch die Lüfte schwirren, ohne Geräusch. Haag fand ich anfänglich nicht so schön wie ich es erwartete, allein wenn man an den Bosch kömmt, gewinnt es außerordentlich. Das königliche Schloß, das in der Nähe des Weges nach Sche-veningen liegt, ist ein langes, aber kein geschmackvolles oder imposantes Gebäude.

Der Weg nach Scheveningen beginnt rechts mit zahl-reichen Windmühlen, dann ist auf beiden Seiten ein kleiner Wald. Der breite Fahrweg läuft durch eine Allee, auf der einen Seite für Fußgänger, auf der andern für Reitende; er führt bis nach Scheveningen. Dort biegt man rechts um eine Ecke und fährt längs den hohen Dünen am Ufer des Meeres bis zu dem schönen, großen Badehause. Ich hatte nie das Meer erblickt, aber oft meinen Vater erzählen hören, er habe dort zuerst den Anblick gehabt. Damals ging die Allee bis zur See und die Dünen waren durch-schnitten, plötzlich befand man sich am unermeßlichen Ocean. Ich suchte vergebens nach einer Aussicht, erst als der Wagen am Portale des Badhauses hielt, erblickte ich das Meer durch eine Glasthüre. Unbekümmert für alles Andere, sprang ich aus dem Wagen, eilte durch das Vorderhaus in den Saal, dessen Glasthüren auf eine Terrasse führten, welche mit einer Menge Tische und Bänke bedeckt war. Hier er-langte ich den großartigen Ausblick auf die See, die Sonne sank eben in das Meer, dieser herrliche Augenblick blieb unvergeßlich. — Ich kam noch früh genug an den Wagen zurück, um bei dem Auspacken und Wählen des Zimmers zu helfen. Zum Ordnen der Wohnungen und sonstigen Bedürfnissen war eine Directrice ernannt, sie konnte uns kein Zimmer mit der Aussicht auf das Meer geben, das unsrige war an der Vorderseite des Hauses, da wo wir ausgestiegen waren. Man erblickte nur Sand mit verkrüppelten Bäumen, aus den Dünen blickt das Dach des königlichen Pavillons, in dem der König, die Königin und die Prinzessin Marianne im Sommer wohnen. Auch die Wohnung des Badearztes Doctor Domery konnte man sehen. Die Directrice versprach für den kommenden Tag im hohen Entresol ein Zimmer mit Alkoven und Meeresansicht. — Walther hatte mir schriftlich mitgegeben, wie es mit dem Baden zu halten sei und mir gerathen, den dortigen Badearzt zu umgehen. Mein Vater, die Güte selbst, schickte mir nach dem Haag einen Creditbrief an einen dortigen Banquier, auch ein Empfehlungsschreiben an den königlichen Leibarzt im Haag. Wie erstaunten wir, als es spät Abends an unsere Thüre klopft: Doctor Domery trat ein mit dem Anerbieten, mich zu behandeln; ich vertröstete ihn auf später. Am andern Tage sagte uns die Directrice, daß Domery keine Besoldung habe, als Familienvater dränge er sich den Badenden auf, ich möge ihn nicht umgehen. Die Directrice füllte ihren angewiesenen Platz im Badehause gut aus. Nachsichtig und dennoch streng gegen das Dienstpersonal regierte sie mit Umsicht das ganze Haus, an der Table d'hôte thronte sie oben an wie eine Königin, sie hatte Augen

für Aller Bedürfnisse. Abends ward nicht an der Tafel ge=
speist, man konnte sich nach Wunsch in den Speisesaal Ge=
wähltes bringen lassen, Alles exquisit, aber theuer, — sehr
theuer. Eine Menge Badegäste wohnte im Dorfe bei Bür=
gern. Große Ansprüche durfte man dort nicht machen. Mein
Mann mußte an die Rückreise denken. Einen alten Herrn
Grafen aus Köln, den mein Mann genau kannte, bat er,
sich meiner anzunehmen; er versprach es und hielt Wort;
er sorgte für mich, keinen Tag ließ er vorübergehen, ohne
bei mir vorzusprechen und seine Dienste anzubieten. Die
Directrice that desgleichen. Ich bekam nun mein Zimmer
mit der gewünschten Aussicht. Der „Ocean", so hatte man
das Riesenschiff genannt, fuhr einst vorüber, ward unpraktisch
gefunden und nach Jahren wieder auseinandergelegt. Die
Terrasse nach dem Meere zu liegt hoch, eine breite, lange
Treppe führt an den Strand; dort spazieren zu gehen, ist
eine wahre Wonne, man wandelt wie auf den weichsten
Teppichen, sieht man zur Erde, so möchte man sich Muscheln
und Seetang aneignen. Für wenig Geld bekommt man von
Kindern der Fischer hübsche Exemplare. Schön ist es am
Samstag nach Tische, wo das halbe Dorf mit den meisten
Badegästen auf die Rückkehr der kleinen Scheveninger Fischer=
Flottille harrt, um diese Zeit fahren dieselben mit frischen
Fischen in den Hafen. Sie bleiben am Sonntag zu Hause,
gehen in die Kirche, Gott für glückliche Fahrt zu danken.
Gegen Abend reinigen und richten sie ihre Boote, um am
Montage bei dem ersten Morgengrauen aufs Neue in See

zu stechen. Die Frauen besorgen indessen den Verkauf ihrer Fischbeute. Welche Sorgen und Gefahren ein solches Leben vereinigt, kann man sich denken; mancher brave Familien= vater verschwindet spurlos. Die Fischer suchen so viel wie möglich gegenseitig in Sicht zu bleiben. Eine große Zahl Fischerfrauen in tiefer Trauer sieht man am Strande; es sind meist die, welche Männer zur See verloren; sie legen ihre Trauer nie ab; möglichst sorgt man für sie, sie werden vorzugsweise zu Badeweibern gewählt; bei guter Saison können sie hübsch verdienen. Während meines Dortseins blieben einmal die Fischer aus, die Aufregung war groß, steigerte sich, da gegen Abend sich Wind erhob, der nach und nach Sturm ward, so daß die tobende See ihre Wellen bis beinahe zu den Füßen der Terrassentreppe sich wälzte. Viele Badegäste blieben auf, überall brannte Licht, die kleine Glocke läutete, die Weiber beteten in der Kirche. Früh er= schien die Flotte am Horizont, das Meer war wieder be= ruhigt und es hatte kein Opfer gekostet, — Alle kehrten glücklich zurück.

Das Baden konnte ich nicht vertragen, am Ende mußte ich zu Bette. Doctor Stieglitz, der berühmte Arzt Hamburgs, besuchte mich einige Male, er rieth mir, das Baden zu lassen, ich würde sonst krank. Der Leibarzt des Königs, den man holen ließ, war gleicher Ansicht. Gute Luft und strenge Ruhe, machten bald möglich, nach Frankfurt zu reisen, ich kam ohne Beschwerde wieder zurück.

Meine Eltern holten nach meiner Rückkunft mich zu

einer Spazierfahrt ab; durch sie hörte ich, daß mein jüngster Bruder an einer heftigen Halsentzündung erkrankt sei. Man dachte an Rötheln, zu unserm Unglück hatte der Kranke sein ganzes Vertrauen einem Freunde zugewendet, welcher als Arzt nicht den besten Ruf besaß. Die Rötheln kamen nicht; er war leidend, Brustschmerzen, Schlaf= und Appetitlosigkeit nahmen zu. Einen andern Arzt zu nehmen, davon wollte er nichts wissen. Endlich so weit hergestellt, daß er ausgehen konnte, magerte er sichtlich ab, seine Heiterkeit, Witz, Humor, alles war gänzlich geschwunden. Anfangs 1827 ward Walther hieher beschieden, er rieth, meinen Bruder, sobald wie mög= lich nach Ems zu schicken, mir gab er wenig Hoffnung zur Rettung. Welche gräßlichen Worte mußte ich da hören, einen Bruder in der Blüthe seiner Jahre zu verlieren, welch' trost= loser Gedanke; wir beide liebten uns sehr, ein Leben ohne ihn konnte ich mir nicht denken, auch war ich für meine Eltern besorgt. Sie sollten einen Sohn begraben, ein theures werthes Leben missen! Welcher Zukunft sahen wir entgegen!

Gegen Ende Mai reiste mein Bruder nach Ems, ich holte ihn wieder ab, und brachte ihn halbtodt zurück. Am neunzehnten October 1827 starb er im 36. Jahre!

Gontard und Guaita schrieben mir sogleich nach dessen Tode von Geisenheim aus, sie baten nach dorten zu kommen, diesesmal sollte ich bei Guaita wohnen; Gontard wollte seinen Wagen bis Hattersheim schicken. Mann und Eltern riethen mir zu, ich war an Körper und Geist gebrochen. In Geisen= heim boten diese guten Menschen Alles auf, mich zu trösten, um meinen Gedanken eine andere Richtung zu geben. Das Wetter blieb ausgezeichnet, jeden Tag fuhren wir wo anders hin. Das Rheingau ist so reich an schönen Parthien! — Einmal fuhren wir nach Eberbach, ehemals ein Kloster, die neu eingerichtete Irren-Anstalt zu sehen. Der Director soll eine besondere Kunst besessen haben, jene unglücklichen Menschen zu behandeln, auch ein vorzüglicher Arzt war angestellt. Der Pförtner meldete, er kehrte mit der Entschuldigung, der Director könne eben nicht abkommen, würde uns jedoch unter= dessen Jemand zuschicken, welcher Alles zeige. Der Herr, welcher uns herumführte, brachte uns zuerst in den Garten, am Walde romantisch gelegen, es sind Wege der Art darin, daß man alle Anlagen übersehen konnte. Der Wald selbst ist durch eine Mauer getrennt. Unser Führer zeigte uns mehrere Irre, welche theils saßen, theils spazieren gingen, sie sahen nicht unglücklich aus, dennoch waren ihre Blicke starr. Dann gingen wir in das Haus, der Herr brachte uns zuerst in ein kleines Zimmer, worin ein Schreibpult stand, belegt mit großen Rechnungs=Einschreibebüchern, nebst einem etwas kleineren Buche. Wir wurden gebeten unsere Namen einzuschreiben, dies habe der Herzog von Nassau, Gründer der Anstalt befohlen. Nachdem wollte er den Speisesaal und andere Zimmer zeigen, da schlug die große Uhr auf dem Hause die vierte Stunde. Unser Führer änderte seinen Gesichtsausdruck, vorher ernst, ward er sehr freundlich, grüßte in die Luft, als ob Jemand da stände, reichte die Hand hin und sagte: „Willkommen liebe Helene! Also end=

lich bist Du da, komm setze Dich zu mir, erzähle wie es Dir gegangen?" — Wir wußten Anfangs nicht, was das bedeute, merkten aber bald, daß wir einen Irren vor uns hatten. Indem kam der Director, er rief uns ab und gab uns Aufschluß. Der junge Mann war in dem Hause als Commis vor einigen Jahren angestellt worden, man kannte ihn von früher, wußte daß er mit einem jungen braven Mädchen verlobt sei, und hatte ihm versprochen, nach seiner Verheirathung, ihn mit der Frau im Hause zu behalten. Der Tag der Hochzeit war bestimmt, das Paar sollte in Rüdesheim getraut werden, dort wohnten Verwandte der Braut. Diese befand sich mit ihrer Mutter in einem anderen Orte, sie meldete den Tag ihrer Ankunft, bemerkend, er möge um zwölf Uhr, oder vier Uhr sie erwarten. Niemand kam zu beiden Stunden, dagegen erhielt der Director durch Stafette Nachricht, die Braut sei plötzlich an einem Blutsturz verschieden. Vorsichtig brachte man das Unglück ihm bei, er stürzte wie vom Schlag getroffen zu Boden. Lange Zeit kämpfte seine Jugend gegen das Nervenfieber, endlich erholte er sich; blieb auch, ausgenommen jene zwei genannten Stunden, an denen er wähnt seine Braut zu sehen, bei Verstande. Der Director versicherte uns, einen besseren und richtigeren Rechner könne es nicht geben, derselbe verändere aber seit einiger Zeit auffallend sein Aussehen, er müsse fürchten, ihn bald zu verlieren. Ich hörte später, ein Herzschlag habe dem Unglücklichen rasch das Leben geraubt.

Mein Schwager Pensa hatte sein Gut wieder abgegeben,

ich bewegte mich nur in beiden Familien. Gontard besaß
zwei Knaben, den älteren wolle er Soldat werden lassen,
der Junge bezeigte keine Lust dazu, er sagte: „Vater, zwinge
mich nicht, mir ahnet, die erste Kugel, nach mir geschossen,
tödtet mich." — Natürlich gab es Gontard auf. Er bestimmte
beide zum Handel. Das Schicksal ließ diesen älteren Knaben
Kaufmann in Leipzig werden. Er wurde Offizier bei der
Bürgergarde 1848 stehet er bewaffnet am Rathhausfenster,
auf dem Markte versammeltes Volk zu beobachten, ein Kerl
schießt auf ihn: er ist Leiche! —

Der zweite Knabe kam in österreichische Dienste, er
ist gleich seinem Vater, ein hochstehender Soldat geworden.

Einst aßen wir bei Gontard zu Mittag, der jüngste
Knabe hatte es sich gut schmecken lassen, er lehnte sich nach
Tische an seine Mutter, welche fragte: „Nun, bester Junge,
was willst Du denn werden?" — Ein Gelehrter, gab der
Knabe pathetisch zur Antwort. „Ja," sprach Gontard, „liebes
Kind, jetzt bist Du aber ein Gefüllter."

Nach zehn Tagen verließ ich Geisenheim, dankbar für
Aller Güte.

Meine Eltern fand ich gefaßter als ich fürchtete. Mein
Vater hatte meinen Sohn und den Sohn meines Bruders
auf seine Schreibstube genommen. Onkel Gontard-Borkenstein
wohnte in Paris, er kam nicht oft hieher.

Gegen Ende des Jahres gab Angelika Catalani ein
zweites Conzert hier. Aus Kabale bekam sie das Theater=
Orchester nicht. Am Tage ihres Conzertes gab man eine

Oper, sie ließ sich von Mainz Musikbegleitung kommen, die fiel schlecht aus. Das Ganze war verfehlt. Am 26. December 1827 aß sie bei Moritz v. Bethmann zu Mittag, Abends betrat sie mit ihm seine Loge, lebhaft unterhielt er sich mit ihr. Plötzlich hörte man einen Schrei: Bethmann liegt vom Schlage getroffen, an der Schulter der Sängerin. Am 28. Dezember starb er; sein Andenken wird nie erlöschen.

Meine Cousine Mimi Schönemann heirathete Carl Jügel, ihm verdanke ich angenehme Stunden. 1829 entwarf mein Vater den Plan, seine beiden Enkel, meinen Sohn nach Genf, und den andern Enkel nach Lausanne in ein Handels=Geschäft zu bringen. Sie sollten etwas von der Welt sehen, und lernen, sich selbstständig zu bewegen. Mein Mann und ich zogen zu der Mutter in den Garten. Die Federn rührten sich oft für unsere Reisenden, wir bekamen die besten Nachrichten. Bei der Großfürstin Anna auf El-fenau hatten sie einen angenehmen Tag zugebracht.

Es kamen Briefe unserer Reisenden; sie waren glück-lich am Ziele angekommen. Der Vater reiste mit den jungen Leuten nach Gervais und Chamounie und allein, ohne Bedienten von Genf über den Splügen nach Mailand. Später fuhr er auf dem Comer See, zu leicht gekleidet, er kam unwohl in Stuttgart an. Sein Vorsatz war, von dort sogleich wieder nach Hause zu reisen; er hatte der Mutter den Tag seiner Ankunft gemeldet. Er ließ sich aber dort noch erbitten, einen Arzt zu rufen und mußte mediziniren, wollte aber fort. Der Arzt rieth ab, er ließ sich nicht

halten, weil er der Mutter zum zweitenmale den Tag seiner
Ankunft genannt, und gebeten, ihm bis Darmstadt entgegen
zu kommen. Voll banger Erwartung fuhren wir ab, bei
Langen trafen wir uns. Die Mutter setzte sich zur Rückfahrt mit ihm in den Wagen. Wie verändert war der gute
Vater! Eingefallen und bleich, reichte er uns die Hände,
Thränen hinderten ihn am Reden. Der Vater hatte
große Freude an seinem Garten. Er hielt viel auf
gutes Obst, er aß es gern, deswegen ließ die Mutter
den Theetisch mit schönem Obst, Gebäck, Urnen mit
Blumen u. s. w. bestellen. Wortkarg stieg er aus, bat
die Mutter, für sein Gepäck zu sorgen, er ließ alles von
dem geschmückten Tische nehmen, und bestellte eine Tasse
Suppe, im Bette zu trinken. Die Schlafzimmer lagen im
zweiten Stock, mühsam ging er (vor der Reise noch ein
kräftiger, gesunder Mann, welcher stets zwei Stufen bei dem
Aufsteigen der Treppen nahm), hinauf und legte sich sogleich
zu Bette. Die Mutter sagte, er glaube, er würde nach
einigen Tagen der Ruhe wieder wohl werden, es sei ihm zu
arg gewesen, allein zu reisen. Eine Art Heimweh habe ihn
befallen; dabei die Erkältung auf dem Comer See, die
Sehnsucht nach guter Pflege, alles das habe ihn übermannt.
Nun sei er ja wieder in seiner gewohnten Ordnung. — Er
hatte nicht gut geschlafen, leider waren meine Eltern ohne
Arzt; der, welchen Ehrmann empfohlen, ein junger Mann,
war plötzlich gestorben, und so lange sich alles wohl befand,
dachte Niemand daran, einen andern zu wählen. Nach

Tische fuhr der Vater auf seine Schreibstube, sonst der fleißigste Arbeiter, war er apathisch geworden, nichts machte ihm Freude, an nichts nahm er Theil. Jeden Tag blät= terte er in den Zeitungen. Er las, daß Paganini hier sei und sein zweites Concert anzeigte. Er hörte, ich wäre noch nicht dort gewesen, er ließ sogleich Plätze bestellen und zwang mich, mit meinem Manne hinzugehen. Der hochberühmte Virtuos gab das Concert im Theater. Das Orchester blieb an seiner Stelle. Decoration war ein Zimmer, ein Musik= pult mit Kerzen stand in der Mitte. Nach einer Ouvertüre trat Paganini mit seinem Instrumente unter dem Arme hervor. Wie ein wandelndes Gerippe sah der Mann aus: geisterbleich, mager zum Erschrecken, eingefallene Wangen, große, glühende schwarze Augen, eine gebogene spitze Nase, die beinahe das Kinn küßte, lang herabhängendes pech= schwarzes Haar, nicht groß, nicht klein, von eckigen, ver= legenen Bewegungen, nach allen Seiten grüßend, so stand der Künstler da. Er ward mit donnerndem Applaus em= pfangen. Schon nach den ersten Tönen vergaß man seine Gestalt, sein Spiel ist wohl nie wieder erreicht worden, wird es wahrscheinlich niemals. Wird Violine nicht trefflich ge= spielt, erzeugt sie Langeweile; diese reinen Glockentöne möchte man immer wieder hören. Die Tempi, welche er zum Allegretto nahm, waren schnell, so schnell, daß man meinte, er würde gegen das Ende nachlassen: im Gegentheile, sie wurden immer rascher, jede Note hörte man deutlich, nicht die geringste Ueberstürzung. Dem Orchester kostete es Mühe, in gleicher Weise zu begleiten; die Kunst aber riß hin, Alles gelang vortrefflich. Meinem kranken Vater dankte ich diesen Genuß, nicht ahnend, daß es später von mir abhing, den Meister bei mir zu hören.

Das Schlafzimmer der Eltern war von dem meinigen durch eine dünne Holzwand getrennt, die Eltern wünschten, daß wir bis zum Einzug in die Stadt bei ihnen bleiben sollten. Eines Morgens früh klopft die Mutter an jene Wand und ruft mich. Welch ein Anblick! — Der Vater bricht Blut, der Fußboden, sein Bett, Alles ist mit Blut bedeckt! Da er wieder reden konnte, berieth er sich mit uns, welchen Arzt er nehmen solle, sein Zustand verschlimmerte sich täglich, bis Gott ihn am 26. September 1829 zu sich nahm.

Es liegt in der Einrichtung der Natur, seine Eltern zu verlieren, jedoch bleibt der Schmerz ein ungeheurer. Nie und durch nichts können die uns ersetzt werden, welche ihr Leben hindurch uns so viel Liebe erzeigten! Meine arme Mutter war trostlos; gewöhnt, nur in dem Willen des Vaters zu leben, war sie jetzt auf sich allein angewiesen. Heiter ward sie nie wieder; der Schmerz hatte ihre schönen Züge entstellt.

Ein Jahr später war ihr Wunsch, ihre beiden Enkel wieder um sich zu haben, besonders das Kind des bei ihr zuweilen wohnenden Sohnes, welcher sich in Mainz befand. Mein Mann und ich reisten nach Basel, wo mich mein Sohn abholte, da ich einige Zeit in der Schweiz bleiben sollte, um Molken zu trinken. Wir hatten dazu den Weißenstein bei Solothurn gewählt, ein neues Wirthshaus war oben eröffnet.

In Basel trennten wir uns von meinem Manne und fuhren durch das Münsterthal über den Hauenstein nach Weißenstein. Es war beinahe Nacht, als wir oben ankamen; am anderen Morgen bei schönem Wetter, welch herrliche Aussicht bot sich dem Blicke: die Aar schlängelt sich in vielen Krümmungen durch ein schönes, mit Dörfern und Städten besetztes Thal bis Solothurn; die dortige Jesuitenkirche steht dicht am Thore der Stadt, sie überragt alle anderen Thürme. Am Horizont thront rechter Hand der Montblanc, und die ganze Schweizer Alpenkette bis zu der des Cantons Graubündten. Durch die aufgehende Sonne in Glut beleuchtet, bot das einen überraschend schönen Anblick! Die Einrichtung oben war zu neu, man rieth mir Bex zur Cur an; wir reisten hin. Den Genfer See erblickt man kurze Zeit von einer Anhöhe, dann nicht eher, bis nahe an seinen Ufern; wir fuhren über Lausanne, Montreux vorüber, nach Villeneuve. Im Vorüberfahren stiegen wir bei Chillon aus, um diese Insel zu sehen. Bex, durch seine gesunde Lage gegen Norden geschützt, ist angenehm zu bewohnen. Das Wirthshaus liegt schön, am Anfange des Ortes, und hat Aussicht nach den schneeigen Alpenspitzen; die innere Einrichtung, die Kost, die Bedienung, alles war gut. Mein Sohn kehrte nach Genf zurück, um mich später abzuholen. Eine noch nicht alte Dame, die allein in einem Wirthshaus wohnt, hat meistens eine schiefe Stellung, wenigstens war dies damals der Fall bei mir. Zwei Fräulein Wickham von Cork in Irland, ältere Damen, Schwestern des Generals

Wickham, der in der Schweiz einst keine Lorbeern pflückte, allein menschenfreundlich gegen die Schweizer handelte, so daß sein Name stets mit Achtung genannt ward, kamen nach längerer Zeit für einige Monate nach Bex. Die Wirthin stellte mich an der Table d'hôte ihnen vor, ich bat sie, tägliche Spaziergänge mitmachen zu dürfen; sie waren etwas steif, sagten jedoch zu; sie würden mich rufen lassen; dies geschah nicht. Ich sah sie nach St. Maurice gehen und wußte nun, woran ich war, sie trauten mir nicht, ich ging nun täglich allein; man versicherte, es sei hiebei keine Gefahr. Einmal war ich noch dem Orte nahe, da kommt der Kellner mir nach und meldet, ich möge schnell nach Hause kommen, es sei eine Herrschaft angelangt, welche mich zu sprechen wünsche. Ich fand zu meiner unendlichen Ueberraschung Herrn Stansfield aus London mit seinen beiden Schwestern, welche ich aus meiner Eltern Hause genau kannte. Sie hatten in Genf meinen Aufenthalt in Bex erfahren und kamen, mich zu besuchen. Die Freude, uns wieder zu sehen, war gegenseitig. Sie kannten die Damen Wickham. Von da ab änderten diese ihre Ansicht über mich; wir wurden die besten Freunde. Lange Jahre schrieben wir uns; ich besitze die geistreichsten Briefe von ihnen. Der Tod trennte uns erst.

Später kam mein Sohn, mich abzuholen; er brachte mir die Einladung von Herrn und Frau Hentsch, nach ihrem Landsitze bei Genf zu kommen, um bei ihnen zu wohnen.

In Villeneuve schifften wir uns ein, um den See bis nach Genf kennen zu lernen, wir bekamen heftigen Sturm,

la Bise, so nannten sie es. Er ward so stark daß, als wir oben
auf dem Verdecke aßen, Porcellan=Teller vom Tische in den
See flogen. Die meisten Passagiere lagen seekrank in der Cajüte.
Wir hielten uns tapfer. Lange wüthete Boreas nicht, da strenge
Herrn stets kurz regieren. Hierauf hatten wir den Genuß der
schönen Ufer; das Landhaus der Familie Hentsch lag dicht
am See, mit Aussicht auf den Montblanc, welcher indessen
hinter den Nebeln versteckt blieb, so lange ich dort war.

In Genf wohnte der Uhrenhändler Herr Martin, ein
Freund von uns Allen; so lange ich denken konnte, kam er
jede Messe nach Frankfurt, um dort Geschäfte zu machen.
Einen munterern Greis konnte man kaum finden, von uns
Allen geschätzt und geliebt, freuten wir uns jede Messe auf
ihn. Seit mehreren Jahren bezog er seines Alters wegen
diese nicht mehr. Ich fand ganz den heitern Greis wieder,
ein hübsches Wortspiel von ihm war folgendes: „Quant je
me regarde dans le miroir, je ne me vois point de-
dans." Er hatte seine Zähne verloren, wenn er in den
Spiegel blickte, sah er keine, („de dents"). Herr Martin
wanderte mit mir durch die Stadt, wir fuhren auch nach
Fernay in das ehemalige Landhaus Voltaire's; die Zimmer
welche er einst bewohnte und die Anlagen des Gartens,
waren noch wie unter seiner Regierung. Ein alter Mann,
eine Art Aufseher, behauptete sich Voltaires noch zu erinnern,
er sei Kind gewesen, als der Philosoph gestorben.

Die prachtvolle blaue Farbe der Rhone bei Genf ließ
mich die Frage thun, ob in der Nähe ein Färber wohne?

Später fällt die milchweiße, tobende Arve hinein, dann ist es mit ihrer Schönheit vorüber.

Herr Martin rieth mir, auf dem großen Mont Salève die Molkenkur, die ich in Bex bis zu der Zeit meiner Abreise getrunken, fortzusetzen. Oben sind mehrere Pensionen. Die Aussicht auf der andern Seite des Berges nach Savoyen hin, ist wunderschön. Der Hintergrund geschmückt durch die volle Ansicht des Montblanc, im Vorgrund liegt im Thal, von reizend bewaldeten Bergen umringt, das kleine Städtchen Boneville, mit einer hohen steinernen Brücke über die Arve, geschmückt durch eine Statue, alles nimmt sich vortheilhaft aus.

Die Pension, welche ich wählte, war nicht die beste, die Einrichtung der Zimmer ging an, Butter, Milch, Rahm und Brod waren gut, die übrige Kost miserabel. Die Pensionäre ließen ebenfalls zu wünschen übrig, am ersten Tage stellte der Besitzer des Hauses einen Herrn Wagner aus Hanau mir vor, ein Juwelier mit dem ich deutsch reden könne. Herrn Wagners Antwort auf meine Frage, geschah in einem Gallimathias von Deutsch und Französisch, beinahe unverständlich, er sagte, sein Deutsch habe er vergessen und Französisch nicht gelernt. Doch lebte er schon achtzehn Jahre in Genf. Halber Landsmann von mir, saß ich bei Tische neben ihm, eine Qual. Es kamen Kernerbsen auf den Tisch, so dick als ich nie welche sah. Ah! sagte Wagner zu mir, „Connessez das Légume?“ „Oui Monsieur,“ war meine Antwort, ich wollte zugleich dem Wirthe nichts Schmeichelhaftes sagen und fügte hinzu: „mais quand ils sont de

pareille grosseur, nous les donnons aux petits porcs." —
Ein andermal fragte er mich ernsthaft: er habe gehört, daß
in mehreren Städten Deutschlands Keller eingerichtet seien,
in denen man zu essen und trinken bekäme, er hielte es
für ein Mährchen; im Keller sei es ja dunkel; ich möge ihm
die Wahrheit sagen. — Diese war: „On illumine." —
Mit offenem Munde staunte er über diese geistreiche Aufklärung.

Ich ging viel spazieren, der große Salève hat eine
breite Ebene, man kann die Ansichten wechseln, entweder in
das Thal nach Genf oder. nach Savoyen. Die Stadt Genf
siehet man zwar nicht, nur einen Theil des See's und des
jenseitigen Ufers; der kleine Salève bedeckt jene Gegend.

Später holte mich mein Sohn ab, ich hatte einen Brief
vom Rigi-Staffel erhalten, in dem mir eine Bekannte vor-
schlug, dorthin zu kommen, um Molken zu trinken. Wir
nahmen in Genf einen Char à bancs, eine köstliche Einrichtung zum Reisen; sie ist wahrscheinlich, wie so manches
verschwunden, diese Chars à bancs waren wie ein gut ge-
polstertes Sopha, mit Hinter- und Seitenwänden und Decke,
es ruhte niedrig auf vier Rädern. Vorne waren Spritz-
leber zum Schutze gegen Regen angebracht, der Sitz des
Kutschers befand sich außerhalb an der schmalen Seite, man
sah natürlich den Ort, dem man zufuhr, nicht. Ein Engländer, erzählte man sich, hörte so viel von den Reizen der
Ufer des Genfer See's, daß er beschloß, den ganzen See
in solcher Weise zu umfahren. Er fing an von Genf das
rechte Ufer zu befahren, und sah demnach von jener Aus-

fahrt bis zur Rückfahrt nur Berge, keine Spur des See's. Wir
fingen es anders an, und hatten eine angenehme Fahrt mit
der wundervollsten Aussicht. Von Villeneuve fuhren wir
durch Bex, St. Maurice an der Pisse Vache vorüber
nach Martigny. Dort sahen wir von Cretins, Männer,
Frauen und Kinder, die traurigsten Gestalten. Am folgenden
Tage fuhren wir nach Leuck, berühmt gegen Rheumatismus.
Es hat die gleiche Einrichtung wie Baden bei Wien, ein
großer viereckiger Raum, beständig von ab- und zulaufendem
lauwarmem Wasser gefüllt, ist ringsum von Bänken im
Wasser umgeben, wenn man darauf sitzt, gehet es bis an
den Hals. Wir begaben uns Morgens in diesen Raum, und
fanden ihn ganz mit Herren und Damen besetzt, beinahe
Alle hatte blecherne kleine Bretter, mit ihrem Frühstück darauf,
vor sich stehen, sie ließen es sich ganz wohl schmecken. Zwei
bis drei Stunden blieben Morgens die Badenden im Wasser,
nachher wird Toilette gemacht, zu Mittag einfach gespeist;
gegen vier Uhr geht man wieder in das Bad. Anständig
in Flanell waren alle gekleidet, die Damen trugen geschmackvolle, moderne Hauben.

Wir rüsteten uns die Gemmi zu besteigen, um in das
Berner Oberland zu gelangen. Dieser Bergpaß ist keiner
der höchsten in der Schweiz, allein einer der steilsten und
gefährlichsten, er starrt von Eis, der Weg geht in ewigem
Zickzack, ist schmal und nur eine niedrige Schutzmauer findet
sich auf der Seite furchtbarer Abgründe. Wir nahmen einen
Führer und ein Pferd, das Pferd war für mich bestimmt,

ich bestieg es aber nur kurze Zeit, denn so gerne und so viel ich auch ritt, bergauf und bergab war es mir stets ein Gräuel. Ging es bergab, so hatte ich das Gefühl über den Kopf des Pferdes zu stürzen, und bergauf wähnte ich nach hinten zu fallen. Wer über die Gemmi hinauf steigt, trifft es besser als die Herabgehenden, weil die ersteren an die steilen Felsen sich stellen dürfen, während die andern am Rande des Abgrundes ausweichen müssen. Ist man oben so befindet man sich in einer Art Wüstenei: Haide, Sand mit Steinen untermischt, ist die Gegend, Aussicht gar keine. Hohe Berge umschließen das Ganze, oft hörten wir in dieser grausigen Gegend Lavinen bonnernd stürzen. Unser Führer versicherte uns, sie fielen dahin, wo es nicht schadete. Bevor man nach Schwabach kömmt, muß man an einem kleinen, mit schwarzem Wasser gefüllten See vorüber, dessen Tiefe unergründlich sein soll; seine Ausdünstung wäre schädlich, hieß es, man siehet auch in jener Gegend keine Vögel. Schwabach ist ein Wirthshaus, eigentlich nur ein Haus von Brettern, wo man bei bescheidenen Ansprüchen Essen und Trinken bekömmt. Auch findet man Schutz gegen das Wetter, welches hier oft wechselt. Nöthigenfalls kann auch eine Nacht dort zugebracht werden, wir fanden das Haus von Landjägern besetzt. Kurze Zeit zuvor war der Wirth nebst seiner Frau ausgeraubt und ermordet worden. Die Regierung unterhält dieses Wirthshaus zum Wohle der Reisenden, nie war etwas der Art vorgekommen; es machte großes Aufsehen in dem ganzen Lande, eine bewaffnete Wache mußte nun immer

Mailand mitzunehmen, und gleich Eltern über ihn zu wachen. Die Rückreise von dort mußte er freilich allein unternehmen; ich willigte ein, noch drei Wochen wollte ich auf dem Rigi bleiben, und nachher selbst über den Gotthardt bis nach Andermatt pilgern, um dort auf der Post einen Brief zu finden, der mir anzeigen sollte, wann mein Sohn in Zug einträfe; von dort aus wollten wir die Rückreise nach Frankfurt beginnen. Während seiner Abwesenheit erlebte ich zwei Naturschauspiele verschiedener Art. Nach einem stärkeren Regen im Thal stürzt Blasi zu mir in das Zimmer und ruft: „Kommens 'raus, es sein Nebelbilder da;" so rief er Alles zusammen. Ein großes Nebelbild und drei kleinere standen dicht vor dem Hause, eine überraschend merkwürdige Erscheinung, sich selbst oder vielmehr seinen Schatten sahe man verkehrt in einem ganz runden schönen Regenbogen. Das zweite war ernsterer Art. Am Abend kam ein schweres Gewitter, Blasi ließ im ganzen Hause die Lichter löschen, sämmtliche Bewohner mußten sich an die Hausthüre stellen, so dicht an den Ausgang, wie nur immer möglich, damit, wenn es einschlüge, wir uns retten könnten. Die Blitze schlugen nach allen Richtungen in die Erde, der Donner schwieg keinen Augenblick. Einmal blitzte es so heftig und der Donnerschlag war so furchtbar, daß Blasi meinte, es müsse ganz in der Nähe gewesen sein. Wir waren alle betäubt. Von da ließ das Wetter nach, man entdeckte nun, daß eine Kuh, welche keine hundert Schritte von dem Staffel entfernt unter einem Schutzdach angebunden stand, erschlagen war. Meinen Vorsatz, lange auf dem Rigi zu weilen, führte ich nicht aus, nachdem ich die Dienstmädchen in der Küche überraschte, wie sie Messer, Gabeln und Löffel durch Daraufspucken reinigten. Ich verschwieg es, um den Wirth nicht in Verlegenheit zu bringen.

Ein Empfehlungs- und Creditbrief an einen Banquier in Luzern veranlaßte mich, an denselben die Bitte zu richten, mir in Luzern Aufnahme in einer Pension zu besorgen. Die Antwort war bejahend: der Herr würde mich abholen, mich in die gewählte Pension bringen; es war ein junger Mann. Er brachte mich nach Küßnacht, dort stand eine zweispännige Equipage, um uns nach der Stadt zu fahren; vorher ward ein Mittagessen im Küßnachter Wirthshause eingenommen. Eine so reich und gut besetzte Tafel hatte ich in der Schweiz bisher nicht getroffen. Ich wollte zahlen, der Banquier hielt mich davon ab; er sagte, es würde ihn beleidigen. Auf der Fahrt erzählte er mir, er habe bei seiner Mutter, welche Wittwe sei, Zimmer für mich gemiethet; sie wohne nicht in der Stadt, sie besitze vielmehr ein hochgelegenes Landhaus, Gibraltar genannt, mit schöner Aussicht auf Stadt und See. Ich würde ein angenehmes Familienleben da finden; er habe zwei Schwestern, alle seien bereit, für mich zu sorgen. Ich fragte nach dem Preise, er nannte ihn nicht, versicherte aber, der sei gering.

Das Landhaus lag wirklich schön, der Weg hinauf war nicht steil, allein nur Fußweg. Hinter dem Hause befand sich ein Fahrweg, welcher aber einen großen Bogen beschrieb.

Die Einrichtung des für mich bestimmten Zimmers war etwas dürftig; ich bat um eine Kommode, da ich nichts vorfand, meine Sachen unterzubringen. Langweilig waren diese Menschen, keine Spur von Bildung besaßen sie, zumal die Mutter; sie schien durch Glück in ihre Stellung gekommen zu sein. Die älteste Tochter, voller Neugierde, war ein ewiges Fragezeichen, die jüngste ging noch zur Schule und sprach nie ein Wort. Die Kost war einfach, allein erträglich. Ich trinke nie Wein, trotzdem stand jeden Tag eine Flasche Rothwein vor mir, aus der die Andern so lange nippten, bis sie, geleert, einer neuen Platz machte. Der Banquier kam zum Mittagessen aus der Stadt, brachte stets eine Zeitung mit und las sie während des Essens, da er sonst keine Zeit dazu fände. Schweigend saß ich bei Tische. Jeden Tag fragte mich die Wirthin: „Hant er lange Zit?" (Habt Ihr Langeweile?), das war die Unterhaltung. Einmal erzählte sie mir, ein Roß habe sich auf den hohen Axen verirrt und sich aus langer Zit in den Vierwaldstädter See gestürzt! Nach acht Tagen hatte ich meine Lage herzlich satt. Ich frug den Wirth in Luzern, welcher mir als redlicher Mann empfohlen worden, ob er mir einen Führer schaffen könne, um mit demselben über den Gotthardt zu gehen; er that es. Ich packte meinen Koffer, fragte in meiner Pension an, ob ich ihn bis zu meiner Rückkunft stehen lassen könne, nahm eine Reisetasche und schiffte mich nach Flueelen ein. Daß meine Hausleute mir von der kleinen Reise abriethen, lag in ihrem Vortheil. Von Flueelen ging ich nach Ander=

matt, wo ich die Nacht blieb, dann nach Altdorf, nach der Teufelsbrücke, durch das Urſener Loch nach Amſteeg, wo ich einen Brief meines Sohnes fand, in dem er mir den Tag ſeiner Ankunft in Zug angab. Es blieb mir hin= länglich Zeit, länger von Luzern wegzubleiben.

Im Gottharbt=Hospital ſchlief ich abermals. Diesmal konnte ich beſſer das in Flueelen mitgenommene Pferd benützen, der Weg geht oft horizontal, an ſehr ſteilen Stellen ging ich zu Fuße. Ueber Realp ging es nach dem Rhone=Gletſcher, hier ehe die Schneeregion begann, ſah und pflückte ich die erſten Alpenroſen. Dann ging es zur Grimſel, wo ich wieder die Nacht blieb, andern Tages nach der ſchönen Handeck, den prachtvollen Waſſerfall der Reuß mit der Emme zu bewun= dern. Ueber den Brünig kehrte ich nach Luzern zurück. Mit meinem Führer war ich zufrieden; wo ich ſchlief, legte er ſich mit ſeinem Strohſack vor meine Thüre, um mich zu bewachen. Es ging mir wie in Bex, in allen Wirthshäuſern ſprach kein Gaſt mit mir, überall hielt man mich für eine Abenteuerin. In Luzern kehrte ich nun im Gaſthofe ein, ließ meinen Koffer holen und den Bankier bitten, mit ſeiner Rechnung zu mir zu kommen. Meine Bekannte vom Rigi kam ebenfalls an, um mit nach Frankfurt zu reiſen. Sie hatte mich gebeten, in meinem Namen ihr eine Summe Geldes von dem Bankier geben zu laſſen, auch ich mußte Geld haben.

Der Bankier kam mit einer großen Apothekerrechnung: das Abholen von Rigi, das Eſſen in Küßnacht für zwei

Personen, Pferde, Kutscher, Wagen und Trinkgeld Alles stand darauf, ich hatte bei der Ankunft in Luzern dem Kutscher Trinkgeld gegeben, ferner mußte ich das Zimmer des Koffers wegen bezahlen, Essen und Wein waren auch während meiner Abwesenheit berechnet. Zur Entschuldigung sagte er, sie hätten jeden Tag meine Rückkehr erwartet, und für mich gekocht. Ich war empört, in eine solche Mäusefalle gerathen zu sein, ich zahlte nicht, sondern ließ die Rechnung nach Frankfurt senden, dort kam sie wohlfeiler an, der Bankier schämte sich. Zunächst ging es nach Zug, dort, als meine Bekannte und ich unsere Geldrollen zählten, fehlte es an einigen.

In Zürich erfuhr ich, daß Herr und Frau David Heß, Herr Ghsi, Herr Trümpler, Herr Doctor Ebel, welche 1814 so liebevoll gegen mich, gestorben waren. Nur Fräulein Rahn und Doctor Lavater lebten. Da erfuhren wir zuerst den Ausbruch einer französischen Revolution: daß Karl X. flüchtig und Louis Philipp Präsident der Republik geworden. Bei der Rückreise war dies tägliches Gespräch im Eilwagen.

Die Mutter und mein Mann waren erfreut, uns wieder zu Hause zu haben. Die Zeitungen jener Zeit sind merkwürdig. Sie berichten, wie bürgerlich Louis Philipp, seine Gemahlin und seine Kinder sich Alle benahmen, wie sie sprachen, ihre Anzüge, ihre sonstigen Gewohnheiten, ihre Tafel, kurz Alles verschieden wie an andern Höfen. Oft bereute ich es jene Zeitungen nicht aufbewahrt zu haben.

Mit meiner Gesundheit wollte es immer nicht gehen,

man rieth mir hier Herrn Doctor Salomon Stiebel zu nehmen', eine lange Krankengeschichte hatte ich ihm zu er= zählen. Stiebel glich in seinen Behandlungen dem Doctor Ehrmann, er gab mir einfache Mittel. Das traurige Schick= sal, meine liebe Schwester in Crefeld durch den Tod zu ver= lieren, vereitelte die ärztliche Hülfe.

Die arme Mutter hatte nur noch einen Sohn, von ihr entfernt in Mainz wohnend, und eine kränkliche Tochter, ich zitterte für sie, es war schwer zu tragen, jedoch erholte sie sich, aber äußerst langsam.

Montag 1. April 1833 besuchte Professor Seuffert von Würzburg (Bruder des voriges Jahr in Nürnberg verstor= benen Präsidenten von Seuffert) ein durch seine Frau uns nahe stehender Verwandter, meinen Mann auf der Schreib= stube; dieser lud Seuffert zum Mittagessen auf den 3. April ein. Seuffert bemerkte, er sei mit Professor Schönlein gereist, und er könne die Einladung nicht annehmen, ohne Schönlein mitzubringen, worauf mein Mann mit Freuden einging.

Professor Schönlein, als Arzt hoch berühmt, hatte seinen Wirkungskreis in Würzburg begonnen, (Bamberg war seine Vaterstadt) und später den Ruf nach Zürich angenommen.

Noch einige Bekannte hatten wir eingeladen, unter andern meinen Schwager Pensa, bei dem Bauamt als Schöff angestellt. Schönlein war ein sehr liebenswürdiger Gesell= schafter, ein Witzwort jagte das andere, auch satyrisch konnte er sein, aber stets in seinen Grenzen. Eine gute Mahlzeit mit eben so gutem Wein liebte er. Auffallend still war

Professor Seuffert und mein Schwager; dieser wurde sehr oft vom Tisch gerufen, welches er mit Bauamts-Geschäften entschuldigte.

Nach dem Kaffee zeigte ich am Fenster Schönlein unsere reizende Aussicht. Wir wohnten damals im zweiten Stock bei Baurath Burnitz am Untermainquai.

Plötzlich frug mich Schönlein: „Besitzen Sie wohl Muth, Frau Belli?" Meine Antwort war: „Ich glaube wohl." „Nun," frug Schönlein weiter, „würde eine ausbrechende Revolution Sie erschrecken?" „Ich kann dies ja nicht wissen, es kömmt auf die Art der Revolution an." Schönlein kam nicht wieder darauf zurück, er bat mich, mit in's Theater zu gehen. Robert der Teufel ward an jenem Abend zum zweiten Male gegeben, ich hatte die Oper gesehen und schon über meinen Abend verfügt. Einer kranken Freundin war auf fünf Uhr mein Besuch versprochen, dann wollte ich ein Bad nehmen, ich lehnte demnach ab. Die Herren empfahlen sich, sie wollten am andern Tag ganz früh Frankfurt wieder verlassen, versprachen jedoch beide uns wieder zu besuchen, wenn sie hieher kämen. Mein Vorhaben führte ich aus und war gegen halb acht Uhr wieder in meiner Wohnung. Bald darauf kam mein Mann und mein Sohn nach Hause. Zum Abendessen fand sich, wenn er nicht zu spielen hatte, der Schauspieler August Leißring bei uns ein. An jenem Abend riß er stark die Schelle des Vorsaals, ganz gegen seine Gewohnheit, und trat rasch mit den Worten in das Zimmer: „Nun, Ihr sitzt pomadig hier und die ganze Stadt befindet sich in

15

Aufruhr!" Er erzählte nun, daß mehrere bewaffnete Studenten an die Haupt= und Constabler=Wache gezogen seien, die Stadtthore besetzt hätten, in der Absicht, den Bundestag zu stürzen; es sei schon Blut geflossen, eben wären die Soldaten aus der Kaserne nach allen Richtungen vertheilt marschirt, man läute Sturm u. s. w. Dieses Alles war wirklich so, nur mit den Stadtthoren war es ein Irrthum. Mein Mann und mein Sohn eilten in das Handlungshaus zu meiner Mutter, um bei ihr zu bleiben. Leißring ging auch wieder.

Der erste Stock des Hauses, in dem wir wohnten, war durch den damaligen badischen Gesandten von B. bezogen worden. Er und seine Frau zeigten sich stets stolz gegen uns, unsere anfänglichen Grüße auf der Treppe wurden nie erwidert und so gingen auch wir fremd an ihnen vorbei. Kaum war ich an jenem Abend allein, ward wieder die Schelle des Vorsaales gerissen und zu meinem Erstaunen stand der Herr Gesandte vor mir, kriechend höflich, mit der Bitte, ihn zu verbergen, da er gehört, nach ihm solle ganz besonders gesucht werden; ich schlug es ihm mit der Bemerkung, daß wohl im ganzen Hause nachgesucht würde und ich mich keiner Gefahr aussetzen möchte, ab.

Unsere gute, alte, freie Reichsstadt hatte schon manche Unbill zu tragen gehabt, aber in ruhigen Zeiten, von gebildeten jungen Leuten eine Revolution zu erleben, war noch nicht dagewesen, deswegen die ungeheure Aufregung. Wie die ganze Sache ablief, ist allbekannt; wir behielten den Bundestag bis 1866.

Von da an kam Schönlein öfter hierher und besuchte mich jedesmal. Er war ganz Demokrat. Um so mehr erstaunte ich, daß er den Titel Geheimerath annahm und später zum Leibarzt des Königs von Preußen Friedrich Wilhelm IV. ernannt ward. Im Jahre 1839 zog er nach Berlin. Auf seiner Hinreise besuchte er mich abermals, lachte und spöttelte über seine Emancipation.

Späterhin las ich in den Zeitungen, er ginge nach Brüssel, die Königin zu entbinden. Nach deren Niederkunft kam er wieder durch Frankfurt, besuchte mich und klagte, daß, nachdem die Niederkunft der Königin gut gewesen sei, sich nach Wochen eine unbesiegbare Schwäche bei derselben eingestellt habe, da sie gar nichts genießen könne; sie erbräche Alles. Wenn dieser Zustand noch lange dauere, bekäme sie die Auszehrung. Alle Köche hätten schon ihre Kunst an Speisen vergebens versucht. Die Mutter Ihrer Majestät, die Königin Amalie von Frankreich, sei mit ihren Köchen vergebens von Paris gekommen, auch Victoria, die Königin von England, habe Köche gesendet, es sei aber nie geglückt, eine Speise zu finden, um dem Uebel zu steuern. „Nun", sagte Schönlein, „Sie sind ja auch eine gute Köchin, wissen Sie denn nicht Rath?" — Meine Antwort lautete natürlich verneinend. „Ach!" fuhr er fort, „besinnen Sie sich." Da fiel mir ein zu fragen, ob man der Königin schon eine Grünekern-Suppe gegeben habe? „Was ist das?" sprach Schönlein, „das kenne ich gar nicht. Bitte, schreiben Sie mir die Bereitung auf, und wo ich es hier kaufen kann?" Es geschah — und half. Von da an war die Verdauung hergestellt und die Königin genaß.

Schönlein erhielt einen Diamantorden und 10,000 fl.

Fürst Tschitschakoff, der russische Admiral, in Ungnade gefallen, vermied Petersburg. Er ging mit seiner Tochter viel auf Reisen. Hier schien es ihm besonders zu gefallen; uns empfohlen, bedauerte er meine immerwährenden Nerven= leiden. Hahnemann, Erfinder der Homöopathie, machte durch seine Curen Aufsehen, des Fürsten Tochter hatte er herge= stellt. Sie war längere Zeit in Cöthen gewesen, er meinte, ich solle auch hin, da die Heilung durch Briefe unsicher wäre. Ich wollte es wegen Doctor Stiebel nicht thun, da ich dessen Cur dadurch unterbrach. Ich fand endlich den Muth, ihn darum zu fragen. Er rieth zwar zu, meinte jedoch, es würde nichts nützen.

In meines Sohnes Begleitung, reisten wir mit Post über Halle, Merseburg nach Cöthen. Leißring hatte in Halle einen bei der Bergakademie angestellten Bruder, welcher früher öfter in unserm Hause war; dieser war verheirathet und bat brieflich, ihn zu besuchen. Leißring drängte uns, den Wunsch seines Bruders zu erfüllen.

Man riecht die Nähe von Halle schon früh; Braunkohlen, welche dort allgemein gebrannt werden, geben einen qual= menden, erstickenden Geruch.

Wir kamen gegen 11 Uhr Morgens in Halle an und gingen sogleich zu Leißring. Er stand zufällig am Fenster, da wir in die Nähe seiner Wohnung kamen; mit großer Freude öffnete er uns die Hausthüre, mit der Bitte, bei ihm zu Mittag zu essen; er kenne zwar den Küchenzettel nicht, es würde sich indeß schon etwas vorfinden. Seine Frau schien weniger erfreut über seinen Vorschlag, uns zu Tische zu behalten, sie hatte damals keinen Dienstboten, und konnte nicht gut etwas holen lassen. Das ganze Essen bestand aus Gänsepfeffer, später Butter und Käse; jenes Gericht war mir nicht angenehm. Ich schützte Zahnweh vor, ich könne nichts Warmes im Munde vertragen, und aß nur Butter-brod mit Käse.

Wir kamen Abends spät in Cöthen an. Der Fürst hatte uns ein vor der Stadt gelegenes Wirthshaus em-pfohlen, wo wir gute Zimmer fanden. Morgens ließ ich mich bei Hahnemann anmelden; er wünschte mich um 11 Uhr Morgens zu sprechen. Um eine Consultation von ihm zu erlangen, mußte man, bevor man ihn sprach, sechs Friedrichs-d'or auf den Tisch legen. Hahnemann war ein kleiner, alter, corpulenter Herr, in Schlafrock gehüllt, mit langer Pfeife im Munde, aus welcher er beständig rauchte. Die Luft des Zimmers war stark von Dampf geschwängert; so empfing er mich. Das Porträt in seinen Werken ist sprechend ähnlich; durchdringende schöne Augen besaß er. Die Fried-richsd'or zahlte ich, dann hörte er mir aufmerksam zu, und that viele Fragen. Während dieser Zeit brachte ihm seine Tochter öfter eine Tasse lauwarme Milch, die er trank. Das Resultat war, ich müsse nach einigen Tagen um die gleiche Stunde, und nach Tisch um 4 Uhr wieder zu ihm kommen, er wolle mich genau beobachten.

Die Table d'hôte war für Sachsen ganz gut, ward aber durch ein dickes, schmutziges Schaf, welches bettelnd zu allen Gästen ging, unangenehm. Es schien der Liebling des Hauses; die Stammgäste hörten nicht auf, das Thier zu liebkosen. Vier Tage später schlug mir Hahnemann vor, nach Dessau zu fahren, um den wunderschönen Wörlitzer Garten zu besuchen, drei Tage wären hierzu nöthig; bei der Rückkunft wolle er mir seine Verordnungen übergeben.

Dessau liegt eine Station von Cöthen entfernt; wir fuhren nach Tische hin und ließen in unsern Zimmern den größten Theil des Gepäckes.

In Dessau angekommen, war es noch zeitig genug, Stadt und Schloß anzusehen. Das Schloß, berühmt durch den alten Dessauer, ist ein altes Gebäude, umgeben von einem breiten Graben, Todtenstille herrschte überall. Die Kost in jenem Wirthshause war durchaus sächsisch; alle Saucen mit großen Rosinen gemischt und überaus vielen dürren Zwetschken.

Andern Tages fuhren wir nach Wörlitz. Der Weg dort- hin führt größtentheils über einen nicht breiten Damm. Alle Wege schienen mir wegen des wasserreichen Bodens so an- gelegt; jene Dämme sind schmal, so daß es gefährlich schien, auszuweichen; die Leute sind aber geschickt darin: zwei Holzwagen fuhren gut an uns vorbei. Der Wörlitzer Garten prangte gerade im schönsten Blüthenschmucke, die Anlagen,

Rasen, Bäume, Tempel, Grotten, Weiher, Springwerke, alles ist sehr klug aufgestellt, allein wie in dem Schwetzinger Garten, nicht die kleinste Aussicht. Ich würde unbedingt dem Schwetzinger Garten den Vorzug geben, er ist reicher an schönen Gebäuden und sein Baumschlag reizender. Friedrich von Matthison, geb. am 23. Januar 1761, war am 12. März 1831 in Wörlitz gestorben. Unser Führer ermüdete nicht, den großen Dichter zu preisen, wie freundlich und gut er gewesen. Er zeigte uns das Haus, dicht am Garten, welches der Herzog ihm zur Wohnung angewiesen.

Am andern Tage verließen wir ziemlich frühe Dessau; kaum einige Schritte gefahren, wendete sich der Postillon um und sagte, es sei heute Nacht eine Feuersbrunst in Cöthen gewesen, mehrere Häuser wären abgebrannt. Bei dem Aufziehen des Schlagbaumes am Stadtthore, fügte der Zöllner hinzu: in dem Wirthshause vor der Stadt Cöthen, wäre das Feuer ausgebrochen, und dasselbe mit mehreren Nebenhäusern seien bis auf den Grund abgebrannt.

Eine angenehme Ueberraschung für uns! — Das Portefeuille mit Papieren und Geld hatten wir bei uns, nebst der Nachtgarberobe. In Spannung fuhren wir hin. Man roch keinen Brand; der Weg ging um eine Ecke, früher konnte man nichts sehen, da sie erreicht war, stand das Wirthshaus nebst den Nebenhäusern unbeschädigt da. Der ganze Brand reducirte sich auf einen kleinen alten Stall, welcher dem Hause gegenüberstand. So gehet es mit Frau Fama!

Hahnemann gab mir vier nummerirte Pulver mit, zu Hause sollte ich nach der Zahl alle acht Tage eines nehmen: dafür zahlte ich abermals vier Friedrichsd'or. Wären die Pulver genommen, so möge ich ihm schreiben; ich bekäme dann wieder welche, allein ein Wechsel oder das Geld müsse in dem Briefe liegen, sonst schicke er nichts. Seine Vorschriften für die Kost waren umständlich; man dürfe keine Kräuter an die Speisen thun, keinerlei Gewürze, kein fettes Fleisch, keinen Essig, nicht Butter und Käse; Milch und Wasser war das einzige erlaubte Getränk.

Wir fuhren Abends von Cöthen nach Delitzsch und dann nach Leipzig. Der Weg nach Delitzsch war so schlecht, daß, als wir verspätet dort beim Posthause anfuhren, die Uhr die zwölfte Stunde schlug. Es dauerte lange, bis geöffnet ward. Wir begehrten andere Pferde, endlich wurden sie gebracht. Der Postillon sagte uns, es sei eine rechte Thorheit, bei so dunkler Nacht diesen Dammweg zu fahren, der äußerst schmal und schlüpfrig sei, der Eilwagen wäre am hellen Tage schon mehrere Male umgefallen; bei Nacht fiele es Niemand ein, zu fahren. Wir fragten nach einem Wirthshause, allein Delitzsch bestand aus dem Postgebäude, und der Postmeister logirte Niemänden. Zu jener Zeit nahm ich auf Reisen immer eine kleine Handlaterne und Wachsstümpfchen mit; die Laternen am Wagen brannten, so fuhren wir ab. Es dauerte nicht lange, da schwankte der Wagen der Art, daß der Postillon meinte, wir sollten lieber aussteigen, er sei bange, der Weg wäre zu schlecht; ich gab ihm meine kleine

Handlaterne, mit ihr ging er vor den Pferden her und führte sie. Wir gingen weit über eine Stunde hinter dem Wagen, in argem Kothe hin und her ausgleitend. — Es war ein Jahr, in dem alle Gemüther sich in Aufregung befanden, besonders that sich dies in Sachsen durch den „rothen Hahn" kund. An mehreren Stellen sah man, da diese Gegend ganz flach ist, die Brände am Horizonte lodern!

Spät, allein glücklich, kamen wir in Leipzig an, wir blieben kurze Zeit dort, meine Nichten lachten mich aus, die Pulver so theuer bezahlt zu haben. Sie versicherten mich, für einen guten Groschen das Stück, hätten sie mir gleiche geschafft.

Zu Hause brauchte ich die Cur, genau nach Vorschrift, ließ mir auch noch wieder vier Pulver kommen, jedoch ohne allen Erfolg. Doctor Stiebel sandte mir zu Weihnachten durch sein Töchterchen ein ganz kleines Körbchen, worin ein Fläschchen mit homöopathischen Pillen lag und ein passendes Gedicht.

Während meiner Abwesenheit hatte sich Paganini an meinen Mann mit der Bitte gewendet, seine Geldsachen in Ordnung zu bringen; die Capitalien gut anzulegen, besonders seine Conzert=Einnahmen. Er behauptete, sein früherer Agent habe ihn betrogen. Paganini spielte in keinem Privathause, ein hiesiger reicher Kaufmann, dem er empfohlen war, lud ihn zu Tische mit dem Bemerken ein, er werde ihn mit seiner Equipage abholen. Paganini stieg ein, saß aber noch,

nicht, da fragte ihn der Herr: „Et votre violon?" — „Je
veux voir," war des Künstlers Antwort. Er stieg wieder
aus, und ließ sagen, „da seine Geige eingeladen, würde er
zu Hause bleiben." —

Bei uns machte er eine Ausnahme, er spielte so oft,
wie wir es wünschten. Er sagte dann, wir möchten alle unsere
Bekannte einladen, besonders schöne junge Mädchen. Seinen
kleinen Knaben von sechs Jahren brachte er immer mit.
Den armen Jungen legten wir, bis sein Vater nicht mehr
spielte, auf ein Sopha, auf dem er einschlief; Paganini
ging nie ohne diesen Knaben aus, der Kleine sah bleich und
angegriffen aus, er aß für seine Jahre ungewöhnlich viel,
auch Paganini that es trotz seiner Magerkeit. Das Leben
des Kindes dauerte nicht lange, einige Jahre nachher ward
sein Tod in den Zeitungen angezeigt.

Nach einem, zu Ehren Paganini's gegebenen Diner wollte
dieser Abends spielen; er sah meine Guitarre liegen; nicht ohne
Absicht hatte ich sie hingelegt. Man sagte allgemein, er spiele
dieses Instrument beinahe noch besser als die Geige, lehne es
aber meistens ab. Diesmal griff er nach dem Instrumente,
stimmte dasselbe, lobte den schönen Ton, und begann zu spielen.
Die Anwesenden und wir staunten seine beinahe übernatür-
liche Kunst an. Er selbst vertiefte sich in sein Spiel, eine volle
Stunde dauerte es. Im höchsten Entzücken schenkte ich ihm
mein Instrument. Auf meine Frage, warum er nie in
Conzerten sich auf der Guitarre hören ließe, sagte er, es
verderbe ihm die Finger für sein Violinspiel. Im Theater

pflegte er meist zu uns in die Loge zu kommen. Er fragte dann jederzeit: „Eh bien, quand jouons-nous cette semaine?" — Ich durfte nur den Tag nennen, so fand er sich ein. Admiral Tschitschakoff sah ihn in unserer Loge und sagte, noch nie habe er ihn gehört, überall sei er zu spät gekommen, ob ich nicht erlauben wollte, denselben mit seiner Tochter bei mir zu hören, was ich natürlich zugab, und den Abend nannte, den der Virtuos angegeben. Als Paganini dies erfuhr, schützte er Unwohlsein vor, und kam nicht früher wieder zu uns, bis der Admiral abgereist war. Den Grund, warum er vor Tschitschakoff nicht spielte, erfuhr ich nicht. Angelika Catalani hat auch vor Kaiser Napoleon I. nie gesungen. Sie gab seinen wahrhaft kaiserlichen Anerbietungen kein Gehör.

Die Fürstin Wolkonski kam von Paris an. Sie war eine gescheidte unterrichtete Frau, gewöhnlich kam sie Morgens acht Uhr zu uns, um mancherlei zu erfragen. Ihre Absicht war, Frankfurt genau kennen zu lernen. Sie besah und unterrichtete sich von Allem, stets ging sie allein, sie reiste auch ohne Bedienung. Sachsenhausen, der Markt, alles ward von ihr besucht. Es entstand ein Omnibus, welcher alle zwei Stunden von Frankfurt nach Offenbach für wenige Kreuzer die Person fuhr, die Fahrenden waren ein gemischtes Publikum. Die Fürstin wollte sich bei Dick und Kirschten einen Wagen bestellen, und zugleich die Offenbacher Fabriken ansehen. Sie schlug meinem Sohne vor, sie zu begleiten und in jenem Omnibus zu fahren. Sie wünschte auch die niedere

Classe unserer Bevölkerung zu kennen; indessen fand sie jene Fahrt so unangenehm, daß sie mit Post zurück fuhren. Sie gab viel Geld aus, sehr reich und von hohem Range, war sie beinahe immer auf Reisen, ihr Gemahl, obgleich hoch stehend, war nicht geachtet. Er hatte ungeheure Schulden und keinen Kredit. Schwer bepackt, reiste sie wieder ab; in ihren Geldangelegenheiten ganz geordnet, wußte sie auch kluge Geschäfte zu machen. Wir sahen sie ungern scheiden, sie gab sich liebenswürdig als eine einfache Frau.

Bald darauf begleitete ich meinen Mann nach München, wo Graf Taufkirch und Baron Eichthal uns alles Sehenswerthe zeigten. Der Palast des Herzogs Max in Baiern war noch nicht lange vorher fertig geworden. Dort sah ich wundervolle Portraits, alle von dem genialen Schönberger gemalt. Die Bildergallerie der Fürstin von Leuchtenberg war an Zahl der Bilder nicht groß, enthielt lauter Originale, besonders Murillos, wie ich nie wieder welche sah. Nymphenburg ist schön an Baumwuchs, allein tobtenstill. Der Starnberger See war damals noch nicht mit prachtvollen Palästen umringt, allein die herrliche Aussicht die gleiche. Wir aßen in einem kleinen Wirthshause zu Mittag, und hörten in dem Garten hinter dem Hause das Jubelgeschrei spielender Kinder. Der Graf Tascher de la Pagerie mit der Gräfin, einer gebornen Fürstin von Ley en, deren Mutter in Paris auf dem Balle des Fürsten Schwarzenberg, schon gerettet, sich auf das Neue in die Feuergluth stürzte, um die Tochter zu suchen, und den gräßlichsten Tod fand, waren es mit ihren

Kindern. Wie sehr gealtert hatten sie beide, er war häßlich geworden; in Frankfurt trug er beständig Uniform, hier war er in Civil. Der Stolz beherrschte ihn damals der Art, daß, wenn er ausfuhr, zwei Postillone vor seinem Wagen hertrabten, damit der Graf durch kein Fuhrwerk am raschen Fahren gehindert wurde.

Doctor Stiebel hatte sich überzeugt, welches Mittel anzuwenden sei, um mich gründlich zu heilen. Er ließ mich vierzehn Tage lang die Hungerkur gebrauchen. Es ist eine martervolle Zeit gewesen, allein meine Gesundheit habe ich wiederlangt; niemals bekam ich mehr so furchtbare Nerven= schmerzen in dem Kopfe, ich blieb ihm ewig dankbar.

Meine Mutter konnte keine große Fußtouren mehr machen, ging jedoch für ihr Alter noch ziemlich weit. Sie liebte, an irgend einen entfernten Ort zu fahren, um auszusteigen und dann spazieren zu gehen. Sie fuhr eines Sonntags mit mir auf das Forsthaus, stieg auf dem Wege nach Isenburg aus, und ging zu Fuße dorthin. Einigemal bat ich wieder einzusteigen, sie that es nicht, erst in Isenburg setzte sie sich wieder ein. Am folgenden Tage aßen wir bei ihr zu Mit= tag mit noch einigen Bekannten, wir fanden sie alle ver= ändert! — Sie klagte über Mattigkeit und aß beinahe gar nicht. Ohne daß sie es wußte, ließen wir Doctor Stiebel rufen, es war Alles vergebens, jeden Tag nahm ihre Mattigkeit zu, sie legte sich nicht zu Bette und ging gestützt auf meinen Arm im Garten. Am 12. Mai 1835 starb sie ohne alle Schmerzen, der 13. Mai war ihr Geburtstag.

Religion und die Zeit ließen mich diesen unersetzlichen Verlust tragen.

Ich hatte den Garten geerbt. Kurz nachdem ward ich
durch einen Makler beinahe täglich gepeinigt, den Garten an
Amschel Rothschild zu verkaufen, dessen Nachbarn wir geworden waren. Der Mann sagte mir sogar, wenn Rothschild
seinen Wunsch nicht erfüllt bekäme, wäre er im Stande, in
Geschäften unserer Handlung zu schaden. Darauf ging ich
sogleich zu der Mutter Rothschild's, ich bat sie, mit ihrem
Sohne zu sprechen. Die alte Dame tadelte das Betragen
Rothschild's und versprach, Alles zu ordnen; sie hielt redlich
Wort. Von da an besuchte ich sie, nach ihrem Wunsche,
beinahe jede Woche, sie war eine gute, gescheidte Frau und
blieb ganz klar bis in ihr hohes Alter. Doctor Stiebel war
ihr Arzt, sie hielt viel von ihm. Einst klagte sie ihm kör-
perliche Schwäche und er antwortete: „Ja, liebe Frau
Baronin, jünger kann ich Sie nicht machen." „Ach", antwortete sie schnell, „jünger will ich ja auch nicht werden,
aber älter, älter sollen Sie mich machen."

Im Frühjahr zogen wir in den Garten. Mein Sohn
war nach Baden in Geschäften gereist; aufgeregt und ermüdet, rieth mir Doctor Stiebel, ihn etwa in Stuttgart abzuholen und mit ihm auf einem Umwege zurückzukehren.
Ein junges Mädchen, welches bedeutendes Malertalent besaß, bat ich, mich zu begleiten. In Stuttgart sahen wir
alles Sehenswerthe: den rothen Berg, die schöne Aussicht,
die russische Kapelle, dann Cannstatt, Berg und Eßlingen; in

Berg hatte der König außer seiner Stuterei auch noch eine Sammlung ausländischer Thiere, häßlicher wie die chinesischen Schweine sah ich nie etwas.

Hier ward berathen, wohin wir weiter wollten. Ich neigte nach Straßburg, die andern nicht. Sie wünschten München zu sehen; ich gab nach. Vor Ingolstadt mußten wir an einer hölzernen Brücke halten, da bekam ich eine Staberlische Antwort von einer Frau, welche am Wege stand, ich fragte: „Wie heißt der Fluß?" „Ja," sagte sie, „hier nennen's be Donau, an andern Orten heißt's anders."

Kaum in München im Wirthshause abgestiegen, fragte uns der Kellner, ob wir nicht das Theater heute besuchen wollten? Raimond von Wien spiele in der „gefesselten Fantasie". Wir gingen hin, allein der Cassier konnte uns keine Plätze mehr geben. Für den folgenden Tag versprach er welche. Da das Stück wiederholt ward, bekamen wir anderen Tages Plätze. Raimund war der beste Komiker, welchen ich je sah. Er erlaubte sich keine Uebertreibungen, Alles war reine Natur, und der Mann, welcher durch sein Spiel so viele Menschen zum heitersten Lachen brachte, war tief Hypochonder.

Auch Staudigl, den trefflichen Bassisten, hörten wir als Orovist in der Norma. In München begegneten wir auf der Straße einem jungen Frankfurter, der bei Kaulbach Unterricht nahm; er wollte Maler werden. Er hatte die Gefälligkeit, uns überall hinzubegleiten, auch zu seinem Lehrer, der uns sehr gütig empfing und uns seine schönen Arbeiten zeigte.

Meine junge Begleiterin schwamm während unseres Aufent=
haltes dort in einem Meere von Wonne. Sie ward später
eine geschickte Malerin.

Der als hoher Tenor berühmte Wild mit seiner reizenden
Frau gab in Frankfurt Gastrollen; er riß durch seinen
Gesang hin, sang er, war das Haus stets überfüllt.
Außer der Bühne war er ganz „Wiener", vollkommen un=
genirt, ließ er sich durch den Augenblick hinreißen. Dadurch
brachte er mich in der „Vestalin" einst in Verlegenheit: wir
saßen in der Parterre=Gitterloge, er sang den Sever; dieser
erscheint bekanntlich im ersten Acte auf der Bühne in einem
römischen Wagen stehend, von Sklaven gezogen, sein Helm
war reich mit Federn geschmückt; er nickte uns zu, wodurch
sich jene bewegten, was Aufsehen erregte. Der kunstsinnige
Großherzog von Hessen=Darmstadt, Sohn der berühmten
Landgräfin Karoline, hatte Wild zum Gastspiel auf dortiger
Bühne aufgefordert und war so entzückt von ihm, daß er
ihn engagirte. Wild durfte aber während dieser Zeit nirgends
gastiren. Er erhielt einen enormen Gehalt, Pension, wenn
er nicht mehr singen könne u. s. w., Alles so vortheilhaft wie
möglich, allein er blieb nicht lange da. Er wurde melancholisch,
so still und einsam fand er es mit Wien verglichen.

Doctor Stiebel verordnete Wiesbaden meinem Manne,
ich ging mit. Dort lernten wir Herrn Mertens von Cöln
kennen, Gatte der geistreichen Frau Mertens=Schaffhausen,
welche später hier in Frankfurt öfter bei mir war und
längere Zeit mit mir Briefe wechselte.

Dem Hause gegenüber war ein hübscher Garten mit Lauben, in denen man gewöhnlich Nachmittags Kaffee trank. Dort fanden wir Seydelmann mit seiner liebenswürdigen Gattin. Er hatte zuweilen die Gefälligkeit, uns Gedichte oder Scenen aus seinen Rollen vorzulesen. Hier in Frankfurt sah ich ihn oft auftreten; Carlo in „Clavigo" und Franz Moor in den „Räubern" hielt man für seine besten Darstellungen, besonders Franz Moor. Er zeichnete ihn vortrefflich. Seydelmann hatte im Anfange seiner Laufbahn mit vielen Schwierigkeiten zu kämpfen; er stieß stark mit der Zunge an; seine Bewegungen waren eckig, edle Rollen konnte er nicht darstellen.

Der Carneval in Mainz war beinahe so berühmt geworden, als der zu Köln. Mein Bruder Fritz verkaufte sein Weingut und nahm in der schönen Ludwigsstraße seine Wohnung. Schon einige Male waren wir von ihm eingeladen worden, den Carneval anzusehen, es wollte sich jedoch nie fügen. Nun war Main und Rhein fest gefroren. Mein Mann und ich fuhren nach Mainz. Als wir in Castel ankamen, wußten wir nicht, ob das Eis des Rheines noch so fest sei, um mit Pferd und Wagen hinüberzufahren. Das Wetter war während der Fahrt plötzlich umgeschlagen; es regnete fein und auch die Luft war bedeutend wärmer. Wir fuhren am Bären in Castel an, um Rath zu halten; die Rheinschiffer umringten sogleich den Wagen, versichernd, das Ueberfahren könne ohne die mindeste Gefahr geschehen. Drei Männer mit brennenden Fackeln gingen

16

vor dem Wagen her, um dem Kutscher den Weg zu zeigen. Ein ängstliches Fahren, nicht weit vom Ufer rauschte das Schwellwasser; wir mußten es aber wagen, umkehren wäre gleich gefährlich gewesen. Der Rhein ist bekanntlich bei Mainz breit. Wir fuhren im Schritt; nie ist mir eine Fahrt so lange vorgekommen, wie jene. Endlich erreichten wir glücklich das andere Ufer. Nicht lange befanden wir uns in den Zimmern, welche mein Bruder für uns genommen hatte, da donnerten die Kanonen auf der Festung, zum Zeichen des Rheinaufganges.

Andern Tages, ganz in der Frühe, marschirte die Ranzen= garde auf, besetzten ihre Hauptwache und ihre übrigen zu bewachenden improvisirten Thore. Es war in diesen Tagen ein tolles Leben in Mainz, die ältesten Leute trugen Narren= kappen und waren ausgelassen. Der Aufzug fiel höchst komisch und burlesk aus. Um drei Uhr am folgenden Tage fand eine Narrenvorstellung im Theater statt. Der Eisgang hinderte uns nicht, wieder überzusetzen; die Schiffer hatten große, mit Eisen beschlagene Stangen, mit denen sie geschickt großen Eisschollen auswichen. —

Mein Sohn verheirathete sich mit Fräul. Louise Seufferheld.

Auch Steine unterliegen der Civilisation, je edler sie sind, desto mehr!

Lucian Buonaparte, Prinz von Canino, war bekanntlich der einzige Bruder des Kaiser Napoleon I., welcher keinen Thron von demselben annahm. Anträge und Bitten, zu welchen sich der Kaiser herabließ, blieben erfolglos. Napoleon wußte, daß gerade dieser Bruder ein gescheidter Kopf sei, der ihm hätte nützen können. Sonst würde er Jerome nicht aus Amerika zurück gerufen haben.

War Lucian nicht besonders reich, umgab ihn doch Luxus, seinen Kindern schuf er eine vortreffliche Erziehung, sie waren auch an Wohlhabenheit gewöhnt.

Nach des Kaisers Tode wünschte ein Sohn Lucians einen prachtvollen Solitair, welchen er in früher Jugend von seiner Großmutter Lätitia geschenkt bekommen hatte, zu verwerthen. Der Werth des Steines soll nach allgemeiner Schätzung eine Million Gulden überstiegen haben, nicht der kleinste Fehler fand sich daran, der Schliff war prachtvoll. Wahrscheinlich ein Geschenk des Kaisers an seine Mutter; solche Gabe hatte ihn oft wenig gekostet.

Der Stein verbreitete einen seltenen Glanz, er war als Knopf à jour gefaßt, und lag in einem Etui. Man behauptete preisend, seine Strahlen leuchteten durch das Behältniß und Brusttasche Lucians. In Italien kaufte ihn Niemand. Torlonia wäre reich genug gewesen, mußte aber Gründe haben, es zu unterlassen.

Der Sohn Lucian Buonapartes (er hieß wie sein Vater) kam nach Frankfurt a. M., hoffend in der reichen freien Reichsstadt einen Käufer zu finden. Am Tage der Ankunft war Abends Concert. Musikfreund und neugierig, eine Ausführung deutscher Musik zu hören, begab sich Lucian dorthin. Kaum hatte er den Saal betreten, so entstand ein allgemeines Aufsehen, die Köpfe der Zuhörer wandten sich nach ihm,

er hatte eine frappante Aehnlichkeit mit seinem Oheim dem
Kaiser. Ich befand mich ebenfalls dort und beklagte den
Armen, welcher Gegenstand allgemeiner Neugierde war, und
sich bald darauf entfernte. Er, und der Violinspieler Boucher,
hatten die größte Aehnlichkeit mit dem verstorbenen Kaiser
Napoleon.

Am folgenden Morgen kam Lucian mit Credit- und
Empfehlungsbriefen auf die Schreibstube, er brachte den
Solitair mit der Bitte, zu versuchen, ob sich hier ein
Käufer fände. — Man stellte ihm einen Empfangschein über
den Stein aus, und versprach, sich der Mühe des Verkaufes
zu unterziehen. Nach Erledigung dieses Geschäftes, sprach
Lucian über seine Aehnlichkeit mit dem Kaiser, in Italien
bekümmere sich Niemand um ihn, allein kaum sei er
über die Grenze gekommen, so wäre ihm die allgemeine
Neugierde zur Last geworden, wo er sich zeige, gingen ihm
die Menschen nach. Er käme sich wie ein seltenes Thier vor,
lächelnd fügte er hinzu, er glaube es würde ihm Capital
eintragen, wenn er sich für Geld wolle sehen lassen. Die
Liebenswürdigkeit des jungen Mannes konnte man nicht
genug loben.

800,000 Gulden begehrte Lucian für den Stein, alle Mühe
blieb erfolglos; weder der reiche Juwelenhändler Borgnis noch
sonst jemand wollte ein so großes Capital anlegen. Zu jener
Zeit hatten die regierenden Herren für große Juwelen noch
keine Gelder zusammen, später soll es Lucian geglückt sein,
denselben an den Kaiser von Rußland zu verkaufen.

Nach dem Tode der Großfürstin Anna von Rußland, kam Herr von Schifferli hieher, in der Absicht einen Solitair zu verkaufen, dieser war als Nadel gefaßt, früher ein Geschenk der Fürstin. Herrn von Schifferli's Verhältnisse hatten seit dem Todesfall der Großfürstin sich verändert. Den Preis des Steines setzte er auf achtzigtausend Gulden an. Mit dem von Lucian durfte man ihn nicht vergleichen, obwohl er schön war, und noch größeren Werth gehabt hätte, wäre nicht bei dem Schleifen der Fehler begangen worden mit dem Instrumente auszufahren, das hatte auf der unteren Seite des Steines einen Strich verursacht, fein wie ein Haar, allein deswegen war der Edelstein nicht anzubringen. Er blieb lange Zeit in der Casse der Handlung.

Der außerordentlich reiche Paul Demidoff war in Paris gewesen. Auf der Rückreise nach Petersburg hielt er sich einige Tage hier auf. Credit- und Empfehlungsbriefe veranlaßten ihn, öfters auf die Schreibstube zu kommen. Einmal traf er meinen Mann allein; nachdem Geldgeschäfte und Politik erschöpft waren, bot ihm mein Mann den Stein zum Kaufe an.

Demidoff bemerkte den Fehler, fragte aber nach dem Preise; mein Mann dachte, Demidoff würde handeln und forderte zehntausend Gulden mehr. Ohne sich zu besinnen, bot Demidoff achtzigtausend Gulden; da er eben in Paris einen Schmuck für seine Maitresse fassen ließe, und ihm ein gleicher Stein für den einen Ohrring noch fehle, so sei er froh, solchen gefunden zu haben.

Nach mehreren Jahren kam Demidoff, der sich unter=
dessen vermählt hatte, mit seiner Frau hier an. Sie stiegen
im „Englischen Hofe" ab. Nach der Hochzeit, auf welche
ich zurückkomme, waren sie über Belgien nach Paris gereist,
von dort langten sie in Frankfurt an. Es war ein ganz
besonders heißer Tag. Paul Demidoff, schön von Gesicht,
soll früher untadelhaft von Wuchs gewesen sein; seine Füße
waren klein, man begriff kaum, wie solche einen so corpu-
lenten Mann zu tragen vermögten. Bei seiner Ankunft
befand der Graf sich unwohl; sein Gesicht war blauroth, er
vermochte nur schwer zu athmen und begehrte eilig ärztliche
Hülfe. Er fürchtete, jeden Augenblick durch einen Schlaganfall getödtet zu werden. Man schickte zu dem alten Doctor
Lejeune, welcher in der Nähe wohnte; dieser erschien sogleich,
anstatt aber Aderlaß oder Blutegel zu verordnen, worauf
der Leidende gefaßt war, ließ er Mandelmilch bereiten und
befahl die größte Ruhe, verbot zugleich alles Essen und gebot
im Bette zu bleiben, bis er am andern Tage wieder käme.

Demidoff fühlte sich nach und nach erleichtert, hatte eine
ruhige Nacht und empfing seinen Arzt heiter. Frankfurt
gefiel Demidoff; er beschloß, einige Jahre hier zu wohnen.
Doctor Lejeune achtete er hoch; er mußte ihn jeden Morgen
besuchen. Der Doctor, als französischer Emigrant hierher
gekommen, hatte viel erlebt, war ein fein gebildeter gescheidter
Mann und für Demidoff ein angenehmer Gesellschafter.
Jeden Tag lag auf der Tafel ein Couvert für ihn bereit.
Da Demidoff sah, daß der Arzt einspännig fuhr, sendete er

ihm einen Wagen mit zwei Schimmeln zum Geschenk. Lejeune konnte viel erlangen. Demidoff befolgte seine ärztlichen Rathschläge nur im Essen nicht, trotz ernstlicher Warnungen. Der Magen Demidoff's hatte sich nach und nach ausgedehnt, so daß viel Speisen ihm Bedürfniß wurden. Zuweilen kam es vor, daß er mitten in der Nacht den Koch wecken ließ, damit der Kammerdiener Speisen bringen konnte.

Mein Mann und mein Sohn suchten eine Wohnung für ihn. Dieser wählte das ehemalige Schützenhaus an der Hanauer Chaussee. Da die Entfernung groß war, mußten zwei Equipagen, eine für seine Gemahlin und die andere für ihn, aushelfen.

Demidoff führte keinen Titel, man mußte ihn deßhalb fragen, als der Miethcontract aufgesetzt ward. Der Kaiser von Rußland hatte denselben aus besonderer Vergünstigung als Oberjägermeister betitelt. Zum Heirathen fühlte Demidoff früher keine Neigung, allein da er zu jener Zeit, wo er Schifferli's Solitair hier gekauft hatte, nach Petersburg zurückkam, lernte er ein schwedisches Fräulein kennen, eine Hofdame der Kaiserin. Sie war sehr schön und liebenswürdig; er nahm Theil an deren Schicksal; sie hatte mit einem schwedischen Cavalier sich verlobt, konnte ihn aber nicht heirathen, weil es ihnen an Geld fehlte. Demidoff, bei seinem Reichthum äußerst großherzig, schenkte dem Verlobten ein Capital, das ihre Ehe möglich machte, da aber, am Ziele seiner Wünsche, erkrankte der Bräutigam und starb.

Die trauernde Braut ward von Demidoff mit Trostesworten aufgesucht; es entspann sich gegenseitige Neigung, sie vermählten sich.

Nachdem Demidoff sein Haus eingerichtet, gab er öfter kleine Mittagessen; er befolgte den weisen Grundsatz, nie mehr als elf und nie weniger als drei Personen einzuladen. Man fand unter der Serviette das geschriebene Menu, stets fein und reichlich, jedoch nie überladen. In Weinsorten herrschte Luxus; der Haushofmeister legte vor, eine Menge Diener servirten. Hinter Herrn und Frau Demidoff standen deren Kammerdiener. Auf Silber speiste man nicht, allein fast bei jedem Wechseln der Schüsseln erschienen andere reiche Porzellainteller. Etwas war auffallend: beide Gastgeber aßen mit goldenen Löffeln, Gabeln und Messern; diese wurden nach jeder Speise gewechselt.

Die Einrichtung der Zimmer war geschmackvoll; überall, wo passend, bequeme Sitze und schöne Oelgemälde. Reiche Etageren waren mit goldenen, silbernen und andern Schätzen gefüllt. Viele Statuen und Statuetten zierten nebst den schönsten Blumentischen die Zimmer. Auf Marmortischen lagen die herrlichsten Albums. Demidoff liebte Kunst und verstand sie; auch beschäftigte er Künstler. Eine reiche, gewählte Bibliothek fehlte nicht. Ein gutmüthiger, gebildeter, liebenswürdiger Mann ist er gewesen. Seine Gemahlin trug er auf den Händen; diese war nicht allein schön, sondern besaß auch seine trefflichen Eigenschaften. Sie sagte mir oft, sie müsse in seiner Gegenwart sich zurückhalten, etwas schön zu finden, denn sie könne darauf zählen, es zu bekommen.

Einst waren sie bei uns zu Tische, ich konnte Perlen, acht lange Reihen die sie trug, nicht für ächt halten, dennoch begriff ich kaum, daß diese reiche Frau etwas Falsches tragen solle, ich fragte: es waren orientalische Perlen. Bei ihrer Vermählung hatte Demidoff nach allen Seiten Auftrag gegeben, jenen Schmuck zu erwerben. Jedesmal wenn sie an den Russischen Hof zur Cour befohlen worden, ließ die Kaiserin sagen, Frau Demidoff möge ihren Perlenschmuck anlegen, nachdem sie der Kaiserin die Hand geküßt, mußte sie der Herrscherin die Perlen geben, die sie ihr erst wieder bei ihrem Weggehen zustellen ließ. Dem Kaiser gelang es nicht, ähnliche Perlen für seine Gemahlin zu bekommen.

Demidoff trug, außer seinem Trauring von Gold, niemals Schmuck, ausgenommen einen schönen Stock, mit prachtvoll gearbeiteten dicken goldnen Knopfe. Er erzählte einst, wie reich Sibirien an Gold, Kupfer und Smaragden sei; das Gold würde oft gar nicht erkannt, er habe einmal mit seinem Stocke einen Stein von der Erde gelöst; zu seinem Staunen war es mehr als ein Pfund Gold. An das Klima würde man sich haben gewöhnen können, nur die vielen Menschen in Ketten wären ein trauriger Anblick.

Am Tage wußte sich Demidoff angenehm und nützlich zu beschäftigten; bewandert in der Literatur las er alles Gute, was erschien in verschiedenen Sprachen. Große Correspondenz führte er nach Rußland, zwar hatte seine Gemahlin und er einen Secretair, er diktirte aber, die eingegangenen Briefe las er selbst. Täglich fuhr er aus, zum Gehen war

er nicht zu bringen. Hinter dem Hause, wo er wohnte, be=
fand sich ein Garten, auch darin sich Bewegung zu machen,
konnte er sich nie entschließen, so ward er immer stärker,
mithin das Gehen ihm stets mühsamer.

Die Wünsche beider Eheleute sollten sich erfüllen, Frau
Demidoff befand sich in interessanten Umständen. Zum Kind=
bettgeschenke ließ Demidoff bei dem Juwelier Spelz ein
Diadem mit Brillanten fassen, die Mitte war ein Solitair
von großer Berühmtheit, nämlich der sogenannte Regent,
welchen er von Paris hatte kommen lassen. Dieser Stein
hat schon viele Federn in Bewegung gesetzt. Welcher Stein
eigentlich diesen Namen verdient, läßt sich nicht entscheiden.
Demidoffs Stein war größer als jener Lucians. Die Fas=
sung bestand aus kleinen Solitairen, ein prachtvoller Kamm,
Ohrringe, auch ein Bouquet von edlen Steinen, nach Farbe
der Blumen, rosa Juwelen, Smaragden, Rubinen, Opalen,
Topasen, war beigefügt.

Baron Amschel von Rothschild hatte das Haus auf der
Zeil, neben dem Römischen Kaiser, den Erben des Barons
von Leonhardi abgekauft. Zu jener Zeit war die innere
Einrichtung fertig geworden; Rothschild gab seine erste Ge=
sellschaft. Frau Demidoff nach ihrer Niederkunft befand sich
unter den Gästen, Demidoff ging nie in große Gesellschaft;
sie trug an diesem Abend jenen Schmuck nebst ihren Perlen
und ward darin über drei Millionen geschätzt.

Glücklich hatte sie einen gesunden Knaben geboren, Demi=
doff konnte sich nicht von seinem Kinde trennen, obgleich

zwischen diesen Eheleuten nie der geringste Streit entstand, so waren sie doch wegen der Aehnlichkeit des Kleinen nicht einig, jeder behauptete er gleiche dem Andern.

Demidoff fühlte sich unbehaglich, das Kind war drei Monate alt, er beschloß mit seiner Gemahlin zu Wagen eine kleine Rheinreise, zur Erholung. Beide baten mich, öfter und jedesmal zu anderer Stunde nach ihrem Kinde zu sehen, ich versprach und hielt es. Doctor Lejeune fuhr jeden Tag hin, während der Secretair den Eltern täglich berichtete.

Weit fuhren die Reisenden nicht, halbtodt kam Demidoff zurück, ein Schlagfluß endete bald sein Leben.

Von Stuttgart war ein Russischer Pope berufen, um die Leiche einzusegnen. Darauf ward sie auf dem hiesigen Friedhofe beigesetzt, bis sie nach Rußland gebracht werden konnte. In Lübeck kam der Sarg auf ein Schiff, welches unterwegs von einem Orkan erfaßt wurde; der Capitain zweifelte an Rettung, dennoch kam er glücklich in Kronstadt an, da ward der Sarg in die Gruft auf seinen Gütern gebracht. Gräfin Demidoff reiste später mit ihrem Kinde nach Peters=burg. Da sie von mir Abschied nahm, fiel sie mir um den Hals und weihte die bittersten Thränen dem Andenken ihres geliebten Mannes.

Das ist die Geschichte der drei Solitaire!

Der Wunsch, nach England zu reisen, um dies in jeder Hinsicht merkwürdige Land zu sehen, ward mir erfüllt. In der Begleitung meiner Schwiegertochter und meines

Sohnes, fuhren wir mit Eisenbahn nach Verviers. Dort
war eine Frankfurter Dame verheirathet, welche wir alle
kannten, einige Tage brachten wir in Verviers zu, die Dame
war so freundlich, uns dort alles Sehenswerthe zu zeigen,
sie wohnte in einem sehr schönen Landhaus vor der Stadt.
Dann ging es über Lüttich nach Brüssel, von dort aus
sahen wir auch den Löwen bei Waterloo und das Schlachtfeld.

In Antwerpen, wo wir uns einschiffen wollten, mußten
wir einige Tage bis zum Abgange des Dampfschiffes ver-
weilen, wir bestiegen die Flèche, leider war es nach dem
Meere hin nebelig, sonst, behauptete der Thürmer, könne
man es erkennen, ich glaubte es kaum, die Entfernung ist
zu groß.

Den Brunnen mit dem fein und geschmackvoll gearbeiteten
eisernen Gitter von Quintin Messis, konnte ich nicht genug
bewundern, besonders wegen der eigenthümlichen Geschichte
dieses Künstlers, die ich hier folgen lasse.

Er war seines Handwerks ein Schlosser, arbeitete mit
großem Fleiß den ganzen Tag in der Werkstatt seines
Meisters, Abends in freien Stunden zeichnete er kleine
Bilder. Einziges Kind einer Wittwe, übte er seine Kunst;
die Mutter verkaufte die Bilder, da dieselben immer besser
wurden, erhielt sie manche Summe dafür. Quintin Messis,
Meister bekam von der Stadt den Auftrag, wie andere
Schlossermeister auch, eine Gitterzeichnung um den Brunnen
zu machen, damit man wählen könne, wer die Arbeit bekäme.
Die Zeichnung von Quintin Messis ward am schönsten

gefunden, er führte sie aus. Ein reicher Maler mit seinem einzigen Kinde, eine Tochter, wohnte der Schlosserwerkstätte gegenüber, die Jungfrau bemerkte den Fleiß des schönen Gesellen, er war nicht blind für die Reize des jungen Mädchens, und liebte sie. Daß der reiche Mann ihm die Tochter nicht zum Weibe geben würde, dachte er, und zugleich fühlte er Neigung Maler zu werden. Da er durch den Verkauf seiner Bilder sich Geld gespart, auch von seinem Meister und der Stadt, für seine vortrefflich gelungene Arbeit eine schöne Gratification erhalten hatte, so beschloß er nach Italien zu wandern, um sich dort auszubilden. Vorher ging er aber zu dem reichen Maler, mit der Frage ob er ihm, wenn er wiederkäme, und etwas Tüchtiges gelernt habe, dann seine Tochter zum Weibe geben wolle? — Er gefiel dem Vater und da auch die Tochter erklärte, sie würde auf seine Rückkunft warten, so willigte der Vater ein.

Nach zwei Jahren angestrengter Arbeit kehrte Messis als großer Künstler zurück. Der Maler war mit seiner Tochter zur Kirche gegangen. Sich in dessen Hause anmeldend ging Quintin Messis in des Malers Atelier, um Gemälde anzusehen. Das fertige Bild eines Mannes stand auf der Staffelei, er nahm Pinsel und Palette und malte auf das Bild eine kleine Fliege, entfernte sich dann wieder, ohne seinen Namen zu nennen, sagte jedoch, er käme wieder.

Als der Maler zu Hause kommt und siehet die Fliege auf seinem Bilde, ergreift er ein Tuch, sie wegzujagen, bis er bemerkte, daß sie gemalt ist. Alsbald erschien Quintin

Messis; schnell kam alles in Richtigkeit. In der schönen und reichen Bildergallerie zu Antwerpen sah ich das Bild mit der Fliege. Im Städel'schen Institute in Frankfurt am Main befindet sich ein schönes Gemälde von Quintin Messis, Knipperdolling vorstellend. Um 11 Uhr schifften wir uns ein. Gutes Wetter und ruhiges Wasser begünstigten unsere Fahrt, bei dem Ausfluß der Schelde war die See etwas bewegt, dies ist bei dem Ausströmen jedes Flusses in die See der Fall. Das Verdeck, auf dem alle Passagiere saßen, ward bald leer, Männer wie Frauen taumelten in die Cajüte, ein alter Engländer, der Capitain und ich blieben allein. Ich hatte beschlossen, bis in die Themse oben zu bleiben, um nicht das Opfer der Seekrankheit zu werden. Da es anfing zu dunkeln, war der Capitain so freundlich mir auf das Verdeck eine Matratze, Kissen, nebst warmer Decke legen zu lassen. Zum Schutze des Kopfes ließ er einen ziemlich großen umgedrehten Kahn darüber stellen, welcher seinen Zweck erfüllte, mich jedoch nicht am Sehen hinderte. Die Nacht war prachtvoll, wir hatten gerade Vollmond, dessen Licht beinahe Tageshelle verbreitete. In der Entfernung und in der Nähe fuhren beständig Dampf- und Segelschiffe vorüber, auch mehrere Signalraketen stiegen, ein herrlicher Anblick. Spät schlief ich ein und erwachte erst bei Tage in der Themse. Beinahe hätte ich Woolwich zu sehen versäumt, hierauf kam Greenwich, das palastähnliche Gebäude, Asyl der Matrosen-Invaliden. Dicht am Ufer stand ein altes, abgetakeltes Seeschiff, es war ein Matrosengefängniß. Von da ab ist der Verkehr von Schiffen aller Art ungeheuer, man muß die Geschicklichkeit des Ausweichens bewundern. Wenn man in London selbst einfährt, bemerkt man es kaum. Durch den dort herrschenden Nebel siehet man die Thürme nicht weit. Am Ufer stehen Villen aller Art, dann kommen Häuser mit Schildern bedeckt, welche Buchstaben, beinahe ein Stockwerk hoch, tragen, ferner die immensen Ostindien= Docks, man fährt nahe an der London Bridge an das Customhause an, bevor man es denkt. Kleine Kähne bringen die Passagiere mit ihren Koffern an die Treppe, welche auf der Terrasse vor dem genannten Hause sich befindet. Bei dem Ein= und Aussteigen muß man sich hüten, eine der vielen hülfreichen Hände der Matrosen zu ergreifen und allein mit sich fertig zu werden suchen. Jede Handreichung kostet ein schmähliches Trinkgeld. Die Visitation der Koffer im Customhause ward tief gründlich betrieben; da viele durch= zusehen waren, ging ich mit meiner Schwiegertochter auf die Terrasse vor dem Hause, um das Treiben auf der Themse anzusehen. Wir bogen um die Ecke und befanden uns auf dem Fischmarkte; die häßlichen Gestalten der Verkäuferinnen, mit wahrhaft kannibalischem Ausdruck im Gesichte, die schmutzigen gedrückten Hüte auf dem Kopfe, vertrieben uns bald von dort. Nachdem das Visitiren zu Ende war, fuhren wir in einer Hackney-coach, (Miethwagen), zu einem geborenen Frankfurter, welcher in London seit Jahren Banquier=Geschäfte machte. Wir wollten ihn bitten uns ein gutes Boarding-house (Logierhaus), welches nicht zu weit von den Hauptstraßen der Stadt sei, zu empfehlen. Der Banquier wohnte sehr schön auf einem Square, wir waren aber nie bei ihm im Hause, trotz seiner freundlichen Einladung. Wir konnten nur vierzehn Tage in London bleiben, und wollten gerne Alles sehen, deswegen schlugen wir sein Anerbieten aus.

Er empfahl uns eine Pension in der Albemarle-street bei einer Wittwe, wir bekamen zwei Zimmer im zweiten Stock, reinlich und gut. Das Bett war groß wie ein Salon, groß auch die Waschapparate. Die Straße war sehr still, sie mündete aber in Piccadilly, wenn man das Fenster öffnete war der dortige Lärm zu hören. Um sechs Uhr Abends war das Dinner, um zwölf Uhr ward vorher ein Lunch genommen. Das hätte uns aber, die wir bis zur Mittagszeit herumsteigen wollten, schlecht gepaßt, wir baten deswegen die Wirthin bei dem Frühstück Morgens acht Uhr, etwas Fleisch und Käse hinstellen zu lassen, das that sie.

Ohne alle Begleitung, nur mit dem Stadtplan in der Hand, gingen wir aus. Die überall stehenden Policemen wenn sie bemerken, daß Fremde, anständig gekleidet, etwas suchen, sind von höchster Gefälligkeit, sie geben genaue Auskunft. Wir sahen nach einander die St. Paulskirche, die Westminster-Abtei mit ihren schönen Monumenten, die Parlamentshäuser und die Wollsäcke, den merkwürdigen Tower, wo unten in einem düstern Gewölbe die Schatzkammer der Krone ist. Darin war es kalt, moderige Luft kam uns bei dem Eintritte entgegen. Die Juwelen und andere Kostbarkeiten lagen hinter Drahtgittern; ein Mann und eine

Frau zeigten diese Herrlichkeiten und erklärten sie; ich zog vor, wieder in die frische Luft zu gehen, auf einer Bank sitzend sah ich dem Schwirren der Vögel zu, zweimal kam die Frau aus dem Gewölbe zu mir, sie wollte mich bereden anzusehen, was ich nirgends in der Menge und Mannigfaltigkeit wieder sehen könne, allein ich blieb standhaft; da sie zum zweitenmale wegging, machte sie mit den Händen Zeichen, sie glaubte wahrscheinlich, ich sei nicht völlig bei Sinnen.

Bei dem ersten Mittagessen, am Tage unserer Ankunft, sah man meine Schwiegertochter und mich voll Staunen an, weil wir nicht in full dress zu Tische kamen; wir entschuldigten uns; eine alte, liebenswürdige und kluge Dame nahm unsere Parthie, sie rieth uns den Abend in die italienische Oper zu gehen, es sei die letzte Vorstellung. Da sie uns versicherte die Logen im zweiten Range wären durch Nebenwände abgetheilt, konnten wir, so gekleidet, gut hingehen. Die Hausfrau ließ sogleich drei Plätze in einer solchen Loge kaufen, diese kosteten drei Pfund Sterling.

Das Haus war besetzt, nur unsere Logenreihe nicht; sie war wohl nicht gentil; auch blieben wir allein. Man gab die „diebische Elster" vorzüglich; wir hörten die Grisi, Lablache, Rubini und Tamburini, die Chöre waren vortrefflich. Nach der Oper kam Ballet, worin die Taglioni tanzte. Das Haus war brillant erleuchtet, überall herrschte Helle. Wir waren der alten Dame recht dankbar, uns auf diesen hohen Genuß aufmerksam gemacht zu haben. Einen andern Abend besuchten wir Coventgarten. Ein Trauerspiel ward

17

mit Macready gegeben, der trefflich spielte. In der British Gallerie sahen wir herrliche Gemälde, nicht weit davon ist der Palast des Herzogs von Cumberland, oben auf dem Dache stehet ein in Stein gehauener Löwe, welcher ungeheuer groß sein muß, da er in dieser Höhe, von unten gesehen, noch colossal erscheint. Die Horse Guards sind merkwürdig, zwei große Schilderhäuser stehen rechts und links an einem eisernen Thore, das in einen Hof mündet; hier findet sich im Hintergrunde ein palastähnliches Gebäude mit zwei Nebenflügeln, in denen die Pferdeställe sind. Die Wohnungen der Offiziere und der Gemeinen ebenfalls. In jenen Schilderhäusern, hielten auf ihren Pferden die Horse Guards in voller Uniform, die gezogene Waffe in der Hand. Diese Reiter scheinen mit ihren Pferden wie aus Stein gehauen, nicht die geringste Bewegung siehet man sie machen, nur die Augen bewegen sich etwas. Carltownhouse mit seiner Terrasse liegt nicht weit davon.

An dem Eingange des Hydeparks ist die Wohnung Wellingtons gewesen; seine colossale Statue zu Pferde in Gyps modellirt, stand dem Palaste gegenüber. Der ausgedehnte Hydepark, von dem Serpentin-Flüßchen in vielen Krümmungen durchflossen, ist von geschmackvollen Gebäuden umringt. Der königliche Buckingham-Palast ist groß, stehet jedoch so finster in die schönen duftigen Anlagen, daß man ihn nicht zum Wohnsitze haben möchte, wir sahen in der Ferne die königliche Jungfrau von einer Menge Damen und Herren begleitet ausreiten. Den Kensington Palast konnte man

nicht sehen, die verwittwete Königin bewohnte ihn. Unser
Wunsch war auch Mansionhouse, die Wohnung des Lord
Mayors anzusehen, wir fuhren in einem Miethwagen hin.
Vor uns war eine Equipage angefahren, mit einem gepuder=
ten Kutscher auf dem Bocke, und gepuderten Bedienten,
Zeichen des hohen Ranges des Besitzers. Eine Dame und
ein kleines Mädchen stiegen aus, wir folgten ihnen, fanden
sie im Treppenhause im eifrigen Gespräche mit einem eben=
falls gepuderten Bedienten in Livree, der, sich uns zuwen=
dend, fragte was wir wünschten. Er hörte uns ruhig an,
und erwiederte hierauf höflich, ohne eine Erlaubnißkarte seines
Herrn dürfe er nichts zeigen lassen, er bot uns an,
eine für uns zu begehren. Die Dame mit ihrem Kinde
mußte warten. Er brachte uns Erlaubniß, rief einer Dienerin,
die er Housekeeper (Haushälterin) nannte; ihr folgend
erstiegen wir die Treppe, sie führte uns im ersten Stock
in ein großes Zimmer, nachher in den Speisesaal, in dem
jedes Jahr das berühmte Essen gehalten wird, oben ist
eine Gallerie für Zuschauer. Die Dame sah Alles mit uns
an, schien aber viel zu stolz, um eine Frage an die Haus=
hälterin zu richten, ein wohlgekleideter Herr trat ein, und
sprach einige leise Worte mit unserer Führerin, worauf sich
diese entfernte. Der Herr wandte sich höflich mit der Frage
an uns, ob die Frau wohl alles genau beschrieben habe?
er hätte nicht gleich kommen können; die Beschreibungen der
Dienstboten seien nicht immer genau. Er hatte die Güte,
uns Alles noch einmal weit gründlicher zu wiederholen, ohne

im entferntesten von der andern Dame Notiz zu nehmen.
Da wir nun glaubten, gehen zu müssen, lud er uns drei
ein in den zweiten Stock zu kommen, die Privat=Woh=
nung von dem Lord=Mayor zu sehen. Wir folgten ihm, die
Dame ging nach unten. Oben angekommen, klopfte er an
eine Thüre, eine weibliche Stimme rief herein; ein Hünd=
chen bellte; wir fragten, ob es für die Dame nicht störend
sei, er lächelte, versichernd seine Frau würde sich nur freuen,
uns kennen zu lernen: er sei der Lord Mayor, die wegge=
gangene Dame habe er, ihres Stolzes wegen, nicht einge=
laden, Stolz könne er an Niemanden ausstehen. Seine Frau
saß in der Mitte des Zimmers an einem Tische mit weib=
licher Arbeit beschäftigt, sie stand auf und bot uns freund=
lich die Hand, wir mußten uns zu ihnen setzen. Er fragte
in welcher Gegend Deutschlands unsere Heimath sei. Da
er Frankfurt nennen hörte, äußerte er sich sehr freundlich,
es sei eine Stadt, welche er hochschätze, ihre Einwohner
hätten sich stets durch Fleiß, Intelligenz und Redlichkeit aus=
gezeichnet; nach unsern Namen fragte er nicht. Beide er=
zählten, das Glück, Kinder zu besitzen, hätten sie zwar nicht,
allein einen Neffen und eine Nichte adoptirt, welche sich recht gut
entwickelten, diese zwei jungen Leute ließen sie rufen, um
sie uns vorzustellen. Wir sollten bei ihrem Lunch bleiben,
welcher bald servirt würde. Da wir ablehnten, fragte er, ob
er uns durch seine Stellung mit etwas dienen könne, ob
wir Newgate das Staatsgefängniß sehen wollten? ohne
eine von ihm ausgestellte Karte dürfe das nicht geschehen.

Wir dankten, baten aber um die Erlaubniß Guildhall an=
sehen zu dürfen; sogleich schrieb er das Nöthige, nnd gab
uns noch eine Karte mit seinem Namen, im Falle wir
etwas wünschten, oder uns etwas geschähe, möchten wir uns
an ihn wenden. Voller Dank trennten wir uns. Das gab
einen Gegenbeweis des arg verschrienen Nationalstolzes. Wir
fuhren sogleich nach Guildhall, wo selten der Eintritt Fremden
erlaubt ward. Der Tunnel unter der Themse war noch
nicht fertig, dennoch war es schon erlaubt ihn anzusehen; da
wo gearbeitet wurde, tropfte es noch, die Arbeiter mußten
das einsickernde Wasser stets auspumpen; so weit wir gehen
durften, war es trocken.

Unser Frankfurter Banquier fuhr mit uns in die Ost=
indien=Docks, mächtige Gebäude, in denen die nach Ostindien
gehenden und von dort zurückkehrenden Schiffe ein= und
ausladen. Vauxhall besuchten wir eines Abends, er bestehet
nicht mehr; kaum kann man fassen, was man hier an einem
Abend zu sehen bekam: Theater, prachtvolles Feuerwerk,
Concert, Luftballon, Seiltänzer, Illumination, Wasserwerke
u. s. w. Eine große Menschenmenge wogte hin und her;
plötzlich hörten wir deutsche Laute, es war ein uns bekannter
Frankfurter Kaufmann, der auf der Hochzeitsreise mit seiner
jungen Frau und deren Schwester nach England gekommen
war, wir ließen uns zusammen in einer Laube einige
Gerichte bringen, und tauschten unsere gegenseitigen Gedanken,
über das Gesehene aus.

Die damals berühmte Brauerei von Perkins mit ihren

unzähligen Fässern sahen wir; der Raum, den sie einnahm
und die Gebäude schienen uns wie eine kleine Stadt.

Nun ging es in den Zoological Garden; gleich bei
dem Eintritt findet sich die Wohnung eines schönen Bären;
Freund Petz war sehr zutraulich; er bettelte beständig noch
eine Gabe, im Augenblick hatten wir bei einer nebensitzenden
Brodverkäuferin so vieles Geld verschwendet, daß wir uns
schämten. Die Anlagen sind dort prachtvoll. Daß die Zahl,
die Schönheit und die Mannigfaltigkeit der Thiere groß ist,
dafür bürgt die Leichtigkeit, mit welcher England aus seinen
Besitzungen alles zu schaffen vermag. So häßlich das Zebra
ist, so schön fand ich die Giraffe.

Nahe bei dieser Thierwelt stehet das Colosseum, eine
mächtige hohe·Rotunde, mit einer Gallerie, von der man
die ungeheure Stadt übersehen könnte, wenn es der Rauch,
welcher durch so viele Schornsteine gegen Himmel steigt, er=
laubte. Dagegen ist im Innern jener Rotunde ein vor=
trefflich gemaltes Panorama der Stadt, dort siehet man
zuerst, wie eigentlich London mit seinen vielen Thürmen,
dem Lauf der Themse und zahlreichen Brücken aussieht.

Das Merkwürdigste der Stadt hatten wir gesehen. Nun
nach Greenwich, wo wir fanden, wie gut die Invaliden ge=
halten werden; jeder hat sein nettes Zimmer, welches meist
mit ausländischen Dingen geschmückt ist, die sie von ihren
Fahrten, oft um die Welt, mitbringen. Ihre Kirche, Säle,
Gärten, die herrliche Terrasse, auf der sie gerne weilen, um
dort auf der Themse die Seeschiffe zu betrachten, alles

zeigten sie mit Freundlichkeit. Wir hörten, daß unser Landsmann Licius, der 1833 gefangen genommen — wegen der
Umtriebe junger Leute in Frankfurt — auf geniale Weise
sich seine Freiheit zu schaffen wußte, hier wohne, sich verheirathet habe, und daß es ihm gut ginge.

Kew, wo der kleine Palast und der große Park des
Herzogs von Cambridge sich befindet, hat keine Aussicht,
der Palast liegt an einem runden, großen und hier und da
mit schönen Bäumen bepflanzten Rasenplatze; der Rasen in
England gehört bekanntlich zu den größten Schönheiten des
Landes. Man ist nicht ängstlich besorgt, darüber zu gehen,
die Dünste des Meeres mildern das Klima und erhalten des
Rasens Schönheit frisch, noch gefördert durch die Pflege, die
darauf verwendet wird. Gleich bei dem Eingange des Parkes
frappirte mich eine ungeheure Gingo Biloba, eine Pflanze,
welche an der Rückseite eines Treibhauses bis auf das Dach
geklettert war. Dies Gewächs trägt keine Blumen, ist blos
Blättergewächs; die Blätter, in Form eines Fächers, haben
Atlasglanz. In Treibhäusern werden diese Pflanzen sorgfältig gezogen; auch im Winter sind letztere in England un-
bedeckt. Die herrlichsten Rhododendron, Lorbeer und andere
Warmhauspflanzen standen üppig und groß gruppenweise an
dem Rasen. Die größte Schönheit bestand in Cedern, nie
sah ich wieder in England solche Bäume, sowohl an Dicke,
als auch an dem Reichthum der Zweige; diese hingen bis
zur Erde; bequem konnte man sich darunter verbergen.
Fließendes Wasser, Hirsche und Rehe fanden sich dort;

auch einige herrlich gebaute Schlösser sah man in der
Nähe liegen.

In Richmond aßen wir einfach zu Mittag; dort wird
jedoch der kleinste Genuß mit Gold aufgewogen. Richmond
hat seinen wohlverdienten Ruf der Schönheit; die Aussicht
ist reizend, die Themse hier schmal, hat Ebbe und Fluth verloren, kleine Schiffe trägt sie noch.

Das Schloß von Windsor war eben unbewohnt; uns
wurde das so herrlich gelegene Bauwerk in allen Theilen
gezeigt. Auch die Kapelle, in welcher die Königin die Ritter
St. George's schlägt, ward uns geöffnet; allein sie ist so
mit Fahnen auf den Seiten bedeckt, daß man keinen sichern
Begriff von ihr bekömmt. Auf der Terrasse ist eine der
schönsten Aussichten Englands, man siehet London liegen,
zwar im Nebel, doch St. Paul erkennt man gut; durch die
Mitte der Terrasse zieht sich tief unten eine prachtvolle,
schnurgerade, breite Allee, welche bergab in den Windsor-
Park führt. Nahe dabei ist die besuchteste gelehrte Schule
und Pensionsanstalt Englands, Eaton-Castle, das Schul-
gebäude erkennt man deutlich.

Auch in Hamptoncourt sahen wir das kleine, durch Alter
berühmte Schloß mit dem ungeheuren Weinstock, welcher
ebenfalls alt, dennoch jedes Jahr reichlich Trauben bringt.

Die Rückreise von England wollten wir nicht auf demselben Wege machen. Wir fuhren nach Ostende. Auf dem
Schiffe, einem belgischen, befand sich unter den Passagieren
ein Mann nebst Frau in tiefer Trauer. Auf der Terrasse

standen bei dem Einschiffen Herren und Damen, welche ein
Kind bei sich hatten, sie alle winkten jenen mit Tüchern so
lange, als sie sichtbar waren. Die Frau in Trauer weinte,
ihr Begleiter schien sie trösten zu wollen; er war ein hei=
terer, artiger Mann. Bald redete er uns an, was bei Eng=
ländern eine Seltenheit ist. Auch suchte er seine Frau mit in
die Unterhaltung zu ziehen, es waren angenehme Leute; wir
wurden rasch bekannt mit ihnen. Sie sagten uns, sie hätten
das Unglück, ein kleines Kind durch den Tod verloren zu
haben; die Frau sei leidend seitdem. Der Arzt habe zur
Pflicht gemacht, mit ihr den Continent zu bereisen. Ihr
ältestes Kind hätten wir vielleicht auf der Terrasse bemerkt,
Mutter und Schwestern wären dabei gewesen, bei diesen sei
das Kind in Pflege.

Das Meer war, nachdem wir die Mündung der Themse
passirt, wie ein Spiegel. Da das Schiff nicht so reinlich
wie ein englisches Schiff gehalten ward, beschlossen wir
auf dem Verdecke zu bleiben, und uns dort möglichst
einzurichten. Es war drei Uhr Nachmittags, als wir zu
Schiffe gingen, um zehn Uhr Abends sollten wir in Ostende
landen. Es kam aber Nebel, der Capitain durfte nicht mit
voller Kraft fahren, oft ließ er das Senkblei in die Tiefe.
Der Nebel ward am Ende so stark, daß wir, um oben
bleiben zu können, Regenschirme aufspannen mußten; ein
Guttapercha=Mantel bedeckte den Körper; eine komische und
dennoch angenehme Fahrt. Unser neuer Freund, der Eng=
länder, verhielt sich nicht so ruhig; so oft das Senkblei

herunter gelassen ward, stand er von seinem Lager auf und fragte den Capitain: „Do you see the lighthouse?" (Sehen Sie den Leuchtthurm?). Mit stoischer Ruhe bekam er immer eine verneinende Antwort, endlich langweilte den Capitain das ewig sich wiederholende Fragen; er gab keine Antwort mehr. Der Engländer verhehlte uns seine Besorgniß nicht, er fürchtete, der Capitain habe den Curs verloren. Wir kamen jedoch glücklich in dem Hafen von Ostende an; allein um fünf Uhr Morgens. Hier trennten wir uns von unsern Engländern, sie wollten einige Zeit in Ostende bleiben. Auf ihrer Reise in die Schweiz besuchten sie Frankfurt, die gute Frau sah gesünder aus, sie hatte sich erholt.

Wir blieben nur kurze Zeit in Ostende und fuhren in einem Treckschuit nach Brügge. Diese alte merkwürdige Stadt mit ihren Gebäuden, welche meist eine von andern Städten verschiedene Bauart haben, besahen wir und kehrten darauf in kleinen Tagereisen wieder in die Heimath zurück; befriedigt von unserer schönen Reise.

Eine kleine Reise nach Strasburg veranlaßte mich, folgenden Brief zu schreiben:

Frankfurt a. M., 8. October 1840.

Liebste Feodore!

Der September führte mich nach Strasburg, und, beste Feodore, dort erlebte ich Dinge unglaublicher Art, welche ich Dir mittheilen will, selbst auf die Gefahr hin, daß Dein, sonst so lieber Gatte, spöttisch lächeln wird, wenn er sie liest.

Viele Fehler habe ich, allein wahr bin ich immer gewesen, wie Du weißt, also auch dieses Mal, nun — Du wirst staunen.

Die Nothwendigkeit den Gärtner zu wechseln (ich fand hier keinen), und ausgegangene Spalier-Obstbäume, welche ich stets von Baumann in Bollweiler kaufte, zu rekrutiren, brachten mich auf den Gedanken, hin zu reisen, in der Hoffnung dort beides erhalten zu können. Ferner bin ich niemals in Strasburg gewesen, obgleich Herr Louis Scherz, ein recht liebenswürdiger, höchst gefälliger Mann, welcher in Geschäften beinahe jedes Jahr hieher kömmt, und uns besucht, dringend bat, ihm die Freude zu machen, uns seine Vaterstadt zeigen zu können.

Im Jahre 1838 kam Frau Professor Frühauf mit ihrem Manne von Karlsruhe hieher, um Gastrollen zu geben, sie gefiel und ward als erste Liebhaberin am hiesigen Theater engagirt. Herr Professor Frühauf, vortrefflicher Lehrer der italienischen Sprache, bekam rasch viele Schüler. Sie hatte einen hohen Gehalt, war kinderlos, und konnte recht gut für schöne Toilette sorgen. Gutzkow's „Zopf und Schwert" ward aufgeführt, Frau Frühauf spielte die Prinzessin Wilhelmine, welche im letzten Aufzuge in großer Toilette zu erscheineu hat, sie ließ sich von Paris ein weißes Blondenkleid dafür kommen, darunter sollte ein blaßrosa Atlaskleid getragen werden. Das Blondenkleid ward bei Frau Frühauf im Hause zusammen genäht, das Unterkleid bekam der Theaterschneider; als er es zur Anprobe brachte, war es weit wie ein Sack, der Mann hatte gerade viele Arbeit, er brachte es erst kurz vor dem letzten Aufzuge in die Garderobe, ein schnelles Anziehen war nöthig. Nun hatte er das unglückliche Kleid zu enge gemacht. Frau Frühauf drängte die Garderobiere mit Gewalt, die Schließen einzuhängen, welches denn endlich mit Mühe gelang. Alle, welche die Bühne vor dem Publikum betreten, fühlen durch die Aufregung keinen Schmerz. Ebenso ging es der armen Frau Frühauf, allein so wie der Vorhang fiel, schrie sie vor Schmerz laut auf, man mußte mit der Scheere das Kleid aufschneiden, sie fiel in Ohnmacht. Der Arzt ward gerufen, da entdeckte es sich, daß die Schließe tief ins Fleisch, bis auf den Rückgrat gedrungen war. Alle ärztliche Hülfe war vergebens, sie hatte Tag und Nacht die gräßlichsten Schmerzen, und verlor den Gebrauch des Gehens. Der Bühne mußte sie für immer entsagen. Sie hatten sich stets speisen lassen, waren jederzeit zufrieden gewesen, allein nun genügte ihr jene Kost nicht, und mehrere Familien übernahmen es, ihr Speisen zu senden. Ohne sie je gesprochen zu haben ging ich zu ihr, um auch meine Hülfe anzubieten. Ich erzählte ihr unter anderm meinen Reiseplan, sie bat, mich in Strasburg nach einem Somnambülen zu erkundigen, sein Name sei Wilhelm, sie stände, ohne Wissen ihres Arztes, schon einige Zeit mit ihm in Briefwechsel, durch eine Locke ihres Haares habe er ihre Leiden erkannt, schon einigemal Mittel gesendet und völlige Genesung mit der Zeit versprochen. Sie wünschte zu wissen, in welchem Rufe er sei, und da ich es ihr zusagte, gab sie mir ebenfalls eine Locke mit. Auch einen Ring Friederikens nahm ich zu mir.

Ein junges Mädchen war meine Begleiterin, im Eilwagen ging es bis Heidelberg, da fing die Eisenbahn an. In dem Wagen fuhr ein Herr mit uns, welcher, da er hörte, wir seien Frankfurterinnen, uns bescheiden und artig ansprach. Er war ein Straßburger Kaufmann, hieß K. und war mit einer Mainzerin Namens H. verheirathet. Eben hatte er auf einige Wochen seine Frau zu deren Eltern nach Mainz begleitet. Die Frau, seit mehreren Jahren krank, konnte zum ersten Male wieder die Reise unternehmen. Alle Aerzte hatten nicht Hülfe geschafft, da entschloß sie sich, Herrn Wilhelm zu fragen, welcher eben mehrere glückliche Kuren vollendet. Nach einiger Zeit genas sie vollkommen, sie fühlte sich wohler denn je. Herr K. war voll seines Lobes. Einige Stunden vor Kehl war die Eisenbahn noch nicht fertig, die Passagiere schaffte man im Omnibus nach Kehl an die französische Douane; in diesem gewaltigen Durcheinander verloren wir unsern Straßburger Begleiter.

In der Stadt empfing uns Herr Scherz, welchen ich schriftlich ersucht hatte, mir im Gasthofe Zimmer zu bestellen. Dort installirt, bot er mir an, uns am andern Morgen nach Bollweiler zu begleiten. Auch für diese Fahrt hatten wir schönes Wetter, es war ein Hochgenuß, durch das schöne Elsaß zu fahren. Auf dem Rückweg waren wir längere Zeit mit Herrn Scherz allein, ich fragte ihn nach Herrn Wilhelm, ohne jedoch die Absicht zu verrathen, denselben

aufzusuchen. Herr Scherz hatte von ihm gehört, kannte ihn
jedoch nicht, erzählte uns aber Wunderdinge, die er in
seinem Hause von einer Somnambüle erlebt. Herr Professor F., am dortigen Gymnasium angestellt, sei einer seiner
besten Freunde, er habe eminente, magnetische Kräfte; Frau
Scherz glaubte an dergleichen nicht, entschloß sich dennoch,
von dem Professor sich magnetisiren zu lassen, allein ohne
den kleinsten Erfolg; aber ein junges Mädchen, welches beinahe jeden Tag zu Frau Scherz kam, fühlte sich durch das
Ansehen des Magnetiseurs schläfrig. Es veranlaßte den
Professor, bei ihr einen Versuch zu machen; es gelang
nicht allein über alles Erwarten, sie beantwortete auch jede
Frage, welche er an sie richtete. Marie, so hieß das Mädchen, hatte für ihren Stand eine gute Erziehung bekommen,
war kerngesund, ein fröhliches, hübsches Mädchen, die sich
durch Nähen ernährte; sie war bei dem Wiedererwachen
sogleich bereit, einigemal im Hause der Frau Scherz sich
magnetisiren zu lassen, sie folgte allen Gedanken des Professors und führte im schlafenden Zustande seine Aufträge aus.

Nun, liebe Feodore, höre und staune: Marie war die
Verlobte eines braven französischen Sergeanten, sie wollten
sich noch einige Jahre etwas sparen und sich dann verheirathen.
Herr Professor F. fragte sie eines Abends, wo sich eben
ihr Verlobter befände? „Ich weiß es nicht", war ihre Antwort. „Du mußt suchen", erwiderte der Magnetiseur; nach
einiger Zeit erröthete sie und sagte: „Ich weiß es nun,
aber erlassen Sie mir die Antwort, doch nein", fuhr sie

fort, „ich will es sagen, er ist in Prison, er machte einen kleinen Subordinationsfehler, sein Hauptmann ist recht streng." Herr Scherz erkundigte sich sogleich, und fand, daß sie die Wahrheit gesagt.

Der Professor gab Marien einst einige Haare in die Hand, von einer Leiche abgeschnitten, sogleich stieß sie einen furchtbaren Schrei aus, warf sie mit den Worten: „Gerechter Himmel, eine Leiche im Sarge!" weg.

Der Professor war Wittwer und Vater von drei Kindern, schon oft hatte er die Absicht, diesen wieder eine Mutter zu geben, kannte aber Niemanden, mit dem er es wagen wollte; in Rouen lebte sein bester Freund, der war nun gestorben, früher schilderte er dem Professor oft das Glück seiner Ehe, die vortrefflichen Eigenschaften seiner Frau, Kinder hatten sie aber nicht. Die Dame sah der Professor niemals stand jedoch in mit ihr Briefwechsel, welcher nach dem Tode ihres Gatten noch fortbestand; auf sie fiel seine Wahl. Durch Briefe verlobten sie sich, auch wechselten sie Ringe. Einige Wochen nach des Professors Bekanntschaft mit Marien, sollte seine Verlobte nach Straßburg zu Frau Scherz kommen, um bei ihr die Vermählung zu feiern.

Der Professor steckte seinen Ring an Mariens Finger, mit dem Begehren, von derselben zu erfahren, wie seine Braut aussähe, was sie eben mache. Nach längerem Schweigen erwiederte Marie: „Sie sitzt am Fenster und strickt." „Und wie siehet sie aus, Marie?" fragte der Professor weiter. „Muß ich es sagen?" erwiederte Marie. „Es ist mein Wunsch," sagte er. „Nun," fuhr sie fort, „schelten Sie mich aber nicht, denn sie ist nicht schön, sehr groß und hager, ein gutmüthiges Gesicht, schöne blaue Augen, aber" hier stockte Marie wieder, „sie hat rothes Haar."

Mariens Schilderung war treu, die Ehe wurde aber eine vollkommen glückliche.

Marie bekam von dem Professor den Auftrag, nach Amerika zu reisen, ihm Newyork zu schildern, nach sehr, sehr langer Zeit versicherte sie angekommen zu sein. „Ein schönes Land, sprach sie, sehe ich, ungeheures Wasser, Schiffe in Menge darauf, weit größer wie die Rheinschiffe, eine prachtvolle Stadt erblicke ich ebenfalls mit vielen Thürmen (Newyork ist bekanntlich reich an Thürmen), und viele Menschen darin." Der Professor fragte, „Ob die Thürme Zifferblätter hätten, und welche Stunde es sei." „Ja," erwiederte sie, es ist dort heller Tag, die Sonne scheint, es ist nicht Nacht, wie eben bei uns in Strasburg," und sie nannte die Stunde. Der Professor stellte die Berechnung darüber an, und fand die Stunde richtig angegeben.

Ich sagte schon, Marie sei ein schönes Mädchen gewesen, allein früher soll sie unter dem einen Auge eine Warze gehabt haben, welche sie etwas entstellte; der Professor wünschte zu wissen, ob sie im Schlafe nicht ein Mittel wisse, diese zu entfernen. Marie ward dunkelroth und sprach: „Ein Mittel weiß ich schon, welches auch hilft, allein ich schäme mich es zu sagen, es schickt sich nicht." Alles Bitten und Befehlen von dem Professor blieb vergebens, endlich entschloß sie sich doch dazu, es mit Bleistift aufzuschreiben, um es der Frau Scherz zu geben. Es war allerdings eine häßliche menschliche Sache, allein der Gebrauch half vollkommen.

Der Professor wollte versuchen, ob Marie seinem Befehle folgen würde, in den Mond zu steigen; es war zunehmendes Licht, ein wolkenloser Himmel, als er ihr diesen Auftrag gab, sie war bereit dazu, doch fing sie immer heftiger an zu zittern, klagend über Kälte und Luftmangel, da gab der Professor seinen Plan auf. Nach ihrem Erwachen fühlte sie in dem ganzen Körper eine furchtbare Kälte. Frau Scherz behielt sie die Nacht bei sich, sie ward in ein gewärmtes Bett gebracht, und erst nach langem Reiben mit wollenen Tüchern, erhielt sie ihre Blutwärme zurück. Bald darauf erkrankte ihre Mutter am Nervenfieber, Marie ward ange= steckt; nach ihrer Genesung hatte sie jedoch die Facultät, im magnetischen Schlafe zu sprechen, gänzlich verloren.

Herr Scherz, welcher natürlich bemerkte, wie sehr mich seine Erzählungen interessirten, schlug mir vor, da an jenem Tage kein Theater in Straßburg sei, den Abend bei ihm zu sein; er werde den Professor einladen, Marie käme an diesem Tage zu seiner Frau zum Nähen, dort könnte ich mich selbst überzeugen, welche magnetischen Kräfte der Professor noch über sie ausübe, Marie wäre nun glücklich verheirathet.

Dankbar nahm ich die Einladung an, Herr Scherz wollte mich mit seiner Frau um 12 Uhr in den Münster führen, um die berühmte Uhr schlagen zu hören, und die bekannten Figuren marschiren zu sehen, nachher sollte ich mit

18

ihnen auf das Plateau des Münsters steigen, nach Tische wollte mir Frau Scherz im Wagen die Merkwürdigkeiten der Stadt zeigen, zuletzt mich auf die Ruprechtsau bringen. Den Pavillon, welcher zum Empfange von Marie Antoinette im Jahr 1770 von Holz gebaut wurde, und wo sie in dem links gelegenen Kabinette von ihrer Begleitung Abschied nahm, auch ihre Kleider und Wäsche wechseln mußte, um im rechts gelegenen Kabinette sich mit französischen Kleidern und Wäsche wieder anzuziehen und darauf in dem mittleren Saal die französische Begleitung zu empfangen, wollten wir sehen. Diesen Pavillon ließ die Stadt nachher auf gleiche Weise in Stein aufführen, nun wohne ein Restaurant darin, die Insel sei als Park angelegt und würde von den Straßburgern viel besucht.

Ich ließ mir gegen 11 Uhr Morgens einen Wagen in der Absicht kommen, zu Herrn Wilhelm zu fahren, sprach aber mein Vorhaben gegen Niemanden aus. Zufällig fragte ich in einer ziemlich breiten Straße den Lohndiener nach Wilhelms Wohnung, wir befanden uns ganz in der Nähe. Bei dem Anfahren des Wagens wollte der Lohndiener hinauf gehen, mich zu melden, welches ich nicht zugab, und ihm befahl, bei dem Wagen zu warten.

Im zweiten Stock lag seine Wohnung, seine Schwester empfing uns, sie sagte, ihr Bruder befände sich eben im Zustande des Somnambülismus, allein ich möchte etwas verziehen, bis die Dame, welche sich eben bei ihm befände, weggegangen. Die Schwester blieb bei uns im Zimmer, erst nach dem Weggehen der Dame ging sie zu ihm, um zu sehen, ob er noch schlafe; in dem Zimmer, wohin sie uns brachte, war es dunkel, sie führte uns auf Stühle, nahm meine Hand, um sie in die Hand ihres Bruders zu legen. Sogleich sagte dieser: „Sie kommen wegen Ihrer Gesundheit wohl nicht zu mir, denn Sie sind gesund." Ich sagte ihm, mein Wunsch sei, ihn wegen einer Freundin zu fragen, und gab ihm die Locke von Frau Frühauf in die Hand. „Ach!" sprach er, „das ist die Dame, die Mittel von mir hat, allein sie braucht sie unregelmäßig, sie würde wieder ganz gesund werden, wenn sie folgte, sagen Sie es ihr, nimmt sie die Mittel nicht, so wird sie nach und nach auch hergestellt werden, allein nie vollkommen;" darauf gab ich ihm den Ring von Friederike in die Hand mit dem Auftrage, sie aufzusuchen, um zu sagen, was sie eben treibe.

Friederike gibt, wie Du weißt, Klavierunterricht, und gerade jetzt zwei Engländerinnen, Schwestern, jeden Morgen von zehn bis zwölf Uhr, Samstags ausgenommen; deren Schwester sorgt für den kleinen Haushalt, macht daneben die schönsten Handarbeiten für ein Frankfurter Geschäft; sie wohnen gleicher Erde vor der Stadt in einem Garten, ein recht großes Zimmer nebst kleinerem Schlafzimmer, Küche u. s. w., das ist ihre Wohnung. Es war ein Mittwoch, etwas nach elf Uhr, da ich fragte.

Die Antwort dauerte etwas lange, endlich begann er zu sagen: „Die Dame wohnt ziemlich weit, nun aber habe ich sie gefunden, sie stehet in einem Schlafzimmer Parterre am Fenster und zankt, mit wem, ist mir nicht ganz klar, mehr kann ich nicht sagen."

Nun verlor Herr Wilhelm allen Credit bei mir, ich dachte, er spricht, was ihm eben einfällt; vorher schon bat ich meine Begleiterin, die ein sehr scharfes Sehen besitzt, sich Alles in dem Zimmer, wo wir uns mit dem Somnambülen befanden, recht genau anzusehen.

Die anfängliche Dunkelheit war von unsern Augen gewichen, das Zimmer hatte zwei verhängte Fenster; zwischen diesen stand ein kleiner Tisch mit einem Einschnitt, wo man das Geld für Wilhelm hineinlegte; man konnte so viel geben wie man wollte. Ein zweiter Ausgang fehlte. Wilhelm lehnte mit festgeschlossenen Augen im Sessel, bekleidet mit einem schwarzsammtnen Schlafrock; er war ein hübscher junger Mann, sah aber tobtenbleich und etwas verlebt aus.

Seine Schwester magnetisirte ihn täglich gegen zehn Uhr Morgens, gegen ein Uhr weckte sie ihn wieder; die Recepte, welche er angab, schrieb sie ebenfalls nieder. Im wachen Zustande wußte er keine Silbe von dem, was er gesprochen. Sie sagte, er sei heiter, etwas zu heiter, fügte sie seufzend hinzu, und freue sich der Einnahmen.

Was ich mit Herrn Scherz und seiner Frau verabredet, geschah; meinen Besuch bei Wilhelm verschwieg ich. Gespannt auf das, was ich den Abend erleben sollte, kam die gewünschte Stunde endlich heran. Marie hatte den Theetisch bereitet. Der Professor erschien mir als ein fein gebildeter

Mann, welcher, selbst erstaunt über den Magnetismus, es unendlich bedauerte, stets in den Forschungen desselben gestört zu sein, da diese Kraft so vielfältig Veranlassung zu Betrügereien gäbe, sogar zu Unglücksfällen ausgebeutet worden, und deswegen bei den meisten Menschen nicht erkannt und gehaßt würde. Mit Marien seien nun nur noch sehr unvollkommene Versuche zu machen, seitdem sie nicht mehr spräche; ich würde jedoch sehen, wie sie allen seinen Befehlen folge und wie sie sich abmühe, zu sprechen.

Nach dem Thee neckte Marie den Professor damit, daß sie glaube, er habe heute keine Macht über sie, ihr Sinn sei eben besonders heiter. Sie setzte sich in die Ecke des Sophas und ich nahm auf einem Stuhle dicht an deren Seite Platz, um sie genau zu beobachten; anfänglich lächelte sie mir einige Male, während der Professor sie schon magnetisirte, zu, gar bald aber wurden ihre Züge immer ernster, bis endlich ihre Augen zufielen. Nun richtete der Professor Fragen an sie, worauf eine große Unruhe sie befiel, ihre Brust arbeitete heftig, der Magnetiseur hörte endlich auf, befahl ihr aber, den rechten Arm in die Höhe zu halten, er selbst hob die Hand hoch, sie befolgte alle seine Bewegungen, er ließ den Arm in gehobener Stellung und machte es ebenso mit dem linken. Niemand würde im Stande sein, dieses zu thun, ohne daß ein kleines Zittern entstünde, bei ihr waren die Arme wie von Stein; der Professor bat mich, es zu versuchen, den Arm zu biegen, allein nur höchst vorsichtig, ich würde ihn sonst brechen;

Stein kann nicht fester und steifer sein, als Mariens Arme.
Der Professor konnte sie mit seiner Hand zu jeder Bewegung zwingen, ohne es redend auszusprechen. Nachdem
er sie wieder geweckt, war es komisch, als sie aufstehen
wollte und es nicht konnte, der Professor hatte vergessen,
ihre Füße zu bestreichen; als das geschehen, sprang sie heiter
auf, fragend, ob sie gesprochen; sie versicherte uns, der
magnetische Schlaf sei höchst angenehm, kein Traum, nichts
beängstige ihn.

Am folgenden Tage reisten wir, dankend und ganz erfüllt von all den Erfahrungen, wieder nach Hause. Mein
erster Gang war am Samstag Morgen zu Friederike, und
denke Dir, Wilhelm hatte ganz recht gesehen, Friederiken war
an jenem Tage die Stunde abgesagt worden, sie hatte Holz
bekommen und war mit dem Holzhacker in Streit gerathen.

Frau Frühauf folgte nicht den Verordnungen Wilhelms,
sie ist noch im gleichen Zustande.

Antworte mir recht bald, was Du über Alles denkst,
liebe mich, wie bisher.

Deine treue Freundin

M. Belli = Gontard.

Herr Karl Jügel, welcher Wittwer geworden, lud meinen
Mann und mich zu einem Mittagessen ein, wir sollten
Goethes Schwiegertochter die wir mit Schwester fanden,
kennen lernen. Die Dame war einfach gekleidet, allein die
Art, wie sie ihre Haare trug, war zu phantastisch, bei-
nahe unordentlich, sie sprach viel, es kam die Rede auf

Originale, welche ohne Nachwuchs aussterben; man sprach von Doctor Ehrmann, sie erlaubte sich ihn zu tadeln, ohne ihn gekannt zu haben. Ich nahm Partei für ihn, und ward darin von dem alten Pfarrer Kirchner kräftig unterstützt, wir brachten sie zum Schweigen. Frau von Goethe reiste an jenem Tage weiter, sie entfernte sich sogleich nach Tische; wir andern blieben noch, das Urtheil über sie lautete: sie sei Schwiegertochter eines berühmten Dichters.

Doctor Stiebel besuchte mich jeden Morgen als Freund, seine Unterhaltung war munter und witzig; ich freute mich seines Kommens. Goethe lebte noch. Jedes Jahr ward auf dem Forsthause das Stiftungsfest der Senckenbergischen Gesellschaft gefeiert, an dem Tage, von dem ich rede, waren sehr viele Theilnehmer versammelt. Eine Menge Toaste brachte man aus, Stiebel zuletzt einen auf Goethe, den er mit folgenden Worten schloß: „Goethe bleibt uns ewig theuer zahlt er gleich kein Einkommsteuer." Ein Sturm von Beifall folgte. Wegen der Einkommensteuer gab bekanntlich der Dichter sein Frankfurter Bürgerrecht auf.

Der treffliche Schauspieler Ferdinand Löwe starb, er hinterließ eine Wittwe ohne Vermögen, drei kleine Mädchen und drei Knaben weinten an seinem Sarge. Verwandte nahmen sich ihrer an, besonders ihr Oheim, der berühmte Schauspieler Löwe in Wien (welcher kürzlich starb), sorgte liebevoll für sie. Die meisten Kinder besaßen Schauspielertalent; sie haben ehrenvolle Carrieren gemacht. Sophie die älteste, hatte schöne Stimme und ausgezeichnetes Spiel. Ein

Engagement erhielt sie zu Berlin, zur nämlichen Zeit war Fräulein Faßmann, ebenfalls Sängerin, dort engagirt. Die meisten Berliner zogen die Löwe vor, die Faßmann hatte indessen auch ihre Anbeter, es kam so weit, daß junge Leute sich durch Vorstecknadeln zu erkennen gaben: Man hatte Löwianer, diese trugen goldne Löwen, Faßmannianer mit kleinen goldenen Fässern in Tuchnadeln. Sophie Löwe kam zu Gastrollen nach Frankfurt, sie hatte gute Einnahmen und war sparsam. Ganz allein erhielt sie ihre Mutter, in dem schönen Kronberg am Taunus war für sie eine Wohnung gemiethet, dabei sorgte sie für Alles.

Hier war man gespannt, sie zu hören; großes Interesse erregte schon ihr Benehmen gegen die Ihrigen. Die Vestalin war die erste Rolle, sie gefiel ungemein; ihr edler Anstand, ihre plastischen Bewegungen waren meisterhaft; der Gesang correct und zum Herzen gehend. Jede folgende Rolle steigerte den Beifall; in der Nachtwandlerin, als Amine, machte sie gegen das Ende der Oper einen Sprung, welcher besonders reizend war, man nannte ihn den Löwensprung; manche andere Sängerin nach ihr, ist daran gescheitert. Ihr Mund und ihre Augen waren schön, sie war groß, wohl gewachsen und hatte eine herrliche Taille; dabei verstand sie, sich auf, und außer der Bühne gut zu kleiden, nie überladen. Von größter Sittlichkeit war ihr Betragen; daß es ihr an Anbetern nicht fehlte, kann man denken. Ich hörte sie einem hiesigen, reichen jungen Manne eine kluge, abweisende Antwort geben.

Sie wohnte im weißen Schwanen, vor Ende des zweiten Actes war sie in einer Oper fertig, sie hatte meinen Mann und mich, als wir sie kennen lernten, gebeten, ihre Abendmahlzeit mit ihr zu theilen. Wir waren eben gekommen, da ließ der junge Herr sich melden; nachdem er Sophien, wohlverdient viel Schönes über ihr heutiges Spiel gesagt, fügte er hinzu: „Ich komme eben vou Sartorio; er hat prachtvolle Austern; lieben Sie dieses Gericht? — „Paſſionirt," war ihre Antwort, „allein nur, wenn ich sie selbst bezahle." —

Ich lernte Sophie immer mehr lieben und schätzen; wir sind uns in allen Fällen des Lebens nahe geblieben, und schrieben einander häufig. Bei ihrem Scheiden von hier schenkte sie mir ihre Statue in Gyps, als „Madeleine" im Postillon von Longjumeau. Das Gesicht ist nicht sehr ähnlich, jedoch Figur und Kleidung sind es.

Auf der Reise nach Constantinopel fand ich sie gastirend in Triest, dort vertraute sie mir ihre Verlobung mit dem Fürsten von Liechtenstein. Sie blieb bis zu ihrer Vermählung in Triest, der Fürst lag in Venedig in Garnison, da konnten sie sich öfter sehen. Später war der Fürst Commandant in Mailand. Sophie, schon längst seine Frau geworden, spielte dort durch ihre angeborne Liebenswürdigkeit eine bedeutende Rolle, trotz des Hasses der Italiener gegen die Oestreicher. Als Fürstin besuchte sie ihre Mutter in Kronberg. Sie kam auch zu uns, und schalt, da ich sie „Durchlaucht" nannte. Sie sagte: Für Sie, bin und bleibe ich die alte Sie liebende Sophie." — Kinder bekam sie nicht. Sie ist an einem Herzübel gestorben. Der Fürst, außer sich über ihren Tod, folgte ihr bald.

Herr Doctor Dingelstedt ward von uns geladen. Später machte sein „Kosmopolitischer Nachtwächter" hier sehr viel Aufsehen.

Baron Amschel von Rothschild, welcher neben uns wohnte, nahm mit seiner Frau Einladungen bei uns an, doch war er höchst religiös und genoß bei Niemand das Geringste; gab er große diplomatische Mittagessen, so aß er immer vorher von seiner Köchin Bereitetes. Viele durchreisende Potentaten nahmen seine Einladungen an. Ludwig I. König von Bayern aber that es nicht. Rothschild's Alter war traurig er verlor seine Mutter und seine ihn pflegende Frau, litt daneben an einer schmerzhaften Krankheit. Ich besuchte ihn einst, da er zu Bette lag; sein Schlafzimmer, mit allem Luxus und aller Bequemlichkeit eingerichtet, welche der Reich= thum geben kann, ist sehr schön gewesen, es machte einen traurigen Eindruck gegen das elende Aussehen seines Be= sitzers; indessen war er doch damals heiter. Später besuchte ihn einst ein Verwandter und erkundigte sich nach seinem Befinden. Rothschild gab zur Antwort: „Nun wie geht es mir? schlecht genug, die Sonne ist jetzt meine beste Freundin, sie ist mir lieber wie mein Geld;" gleich darauf schien ihn das Gesagte zu reuen, er setzte schnell hinzu: „Nein nein, mein Geld ist mir doch lieber."

Frau Baronin von Rothschild machte gerne eine Parthie L'hombre, sie spielte so gerne, daß sie häufig nach dem

Mittagessen bis zur Gesellschaftszeit, mit den beiden apana= girten Fürsten von Löwenstein und Wittgenstein beim L'hombre saß. Später, da sie keine Gesellschaft mehr besuchte, machte sie mit den genannten zwei Herrn jeden Abend ihre Partie; sie spielte leicht, wagte viel, und war beinahe immer baar Geld. Da sie es liebte, hoch zu spielen, sollen jene Herren sich namhafte Summen gewonnen haben; Baron Amschel spielte nicht mit. Die alte Baronin von Rothschild aß niemals außer Hause, auch bei keinem ihrer Söhne; gab Baron Amschel kein diplomatisches Mittagessen, so erschien sie nach Tische einige Zeit im Garten, sie liebte dort spazieren zu gehen. Einmal that sie es, von mir geführt, sie klagte über ihre Gesundheit, sie sagte: „Wissen Sie ich habe zu viele Kinder gehabt; schöpft man doch den tiefsten Brunnen aus." — Sie hatte die Eigenheit, ihre Rechnungen auf das Comptoir zu senden, die Söhne mußten Alles bezahlen. Mit ihrem Gelde mochten diese aber auch speculiren, sie gab nichts aus; sie sparte stets; von den Söhnen begehrte sie Geschenke, diese ließen ihr Schmuck und Hauben von Paris kommen von kostbaren Spitzen, und mit blaßrothen Rosen verziert. Anders trug sie sie nicht. Den Schmuck hob sie auf, ohne etwas davon zu benutzen. Sie starb am 7. Mai 1849, beinahe 96 Jahre alt.

Baron Karl von Rothschild vermählte sich mit Adelheid, der ältesten Tochter des hiesigen Banquiers Herz, sie war eine schöne, geistreiche und beliebte Dame. Die erste Zeit ihrer Ehe wohnten die jungen Leute in Neapel; nachher einige

Jahre hier. Ihr Haus richteten sie luxuriös und geschmackvoll ein, mit einem Balle ward es eröffnet. Alles
strömte hin, man war gespannt, die Einrichtung zu sehen,
Jedermann bewunderte sie. Auch ein Toilettenzimmer für
Damen war eingerichtet, wo bis auf Kleider Alles sich befand, was zum Anzuge nöthig ist. — Ich ging mit einer
Bekannten in jenes Zimmer, mir es anzusehen, gleich darauf
trat Herr von Strahlenheim, der hannövrische Gesandte am
Bundestage, mit dem Hausherrn ein. — „Ei, wie schön,"
sprach der Gesandte, „das macht Ihrem Geschmacke alle
Ehre, lieber Rothschild, hier finden ja die Damen Alles
Erdenkliche, aber sagen Sie mir, wo ist denn das Zimmer,
in dem wir Herren barbiert werden?" —

„Auf unserer Schreibstube, Exellenz," — war Rothschilds
schnelle Antwort.

Unter den Personen, welche unser Haus besuchten, war
auch der aus Polen verwiesene General von Umminsky, ein
sehr lebhafter, unterhaltender alter Herr. Er hatte viel
Trauriges erlebt. Rußland durfte man nicht erwähnen, da
gerieth er in Affect. Vortrefflicher Gesellschafter, weil er
viel zu erzählen wußte, war er hier in mehreren Häusern
gerne gesehen. Mit Geld verstand er nicht umzugehen, er
war stets in Schulden. Mir ward gesagt, er werde mich
wahrscheinlich um Vorschuß ersuchen, es geschah; recht froh
war ich, ihm eine kleine Summe leihen zu können, welche
ich von ihm zur richtigen Zeit wieder bekam. Wie ich den
armen alten Haudegen, der viel Gutes mit seinem Wissen

und aufgeklärten Geiste hätte wirken können, dem es aber im Alter an Allem gebrach, bedauerte, läßt sich nicht beschreiben.

Mit dem Hause Frege in Leipzig hatte mein Mann ein Geschäft abzuschließen; er mußte hinreisen, es war dort gerade Messe, die ich zu sehen, und auch meine Schwägerin zu besuchen wünschte. Wir reisten hin, das Ganze kam so schnell, daß man vorher nicht schreiben konnte. Von einem Wirthshause zu dem andern fuhren wir, ohne Unterkunft zu finden, bis uns endlich ein Zimmer in einem Privathause von einem Wirthe noch nachgewiesen ward, seinem Hause gegenüber. Die nöthige Besorgung für Alles wollte er übernehmen, meine Schwägerin gab das nicht zu; sie wohnte in Weigel's Garten, wir zogen dorthin.

Zum Mittagessen lud uns Herr Frege ein, und wir fanden die Schröder-Devrient, welche eben mit Tichatscheck ihr Gastspiel in Leipzig beendigt hatte. Sie war gesprächig, bescheiden und unterhaltend; wer es nicht wußte, hätte sie nie für eine Darstellende gehalten. Ihre ganze Erscheinung ist anmuthig gewesen; dabei besaß sie großen Anstand. In Leipzig schwärmte man für sie. Die Rolle des Fidelio sang sie öfter dort. Frankfurt bewunderte sie ebenfalls in dieser Rolle.

Der Sohn meines Bruders hatte die gleiche militärische Neigung, wie seiner Zeit Oberstlieutenant Gontard; er wünschte Soldat zu werden. Bei der Rückkehr von Lausanne trat er als Cadet in österreichische Dienste; er ward bald Lieutenant. Seine Garnison war in Kaschau in Ungarn.

Mein Bruder wollte ihn dort besuchen; da sein Sohn Urlaub bekam, reiste er nach Wien, woselbst ihn derselbe erwartete. Sie besuchten unsere dortigen Verwandten und
reisten dann nach Kaschau. Nach einiger Zeit kehrte mein
Bruder nach Wien zurück. Bei der Abfahrt erhitzt und
durch den Abschied seines Sohnes aufgeregt, hatte er sich
auf der Reise erkältet und kam unwohl in Mainz an. Wir
besuchten ihn öfter, fanden ihn jedoch leider immer kränker.
Bei unserm letzten Besuche sah ich mit Schrecken das sogenannte hippokratische Gesicht an ihm. Bettlägerig fanden wir
ihn nicht, theilweise sogar heiter; ich wollte bei ihm bleiben,
ihn zu pflegen; es fehlte zwar nicht daran, doch wäre mir
solches ein Trost gewesen. Er litt es nicht. Todesahnung
hatte er nicht. Der Abschied von ihm ging mir nahe, ich
durfte ihm meine Empfindung nicht zeigen; am folgenden
Tag, den 24. März 1840, starb er schnell und schmerzlos.

Nun hatte ich meine Geschwister alle begraben. Getrennt
von den theuren Gespielen meiner Jugend, mit denen ich
gewöhnt, Leid und Freude zu theilen, war mir dieser Todesfall
doppelt schmerzhaft. Ich lebte längere Zeit einsam. Meiner
Gewohnheit, täglich spazieren zu gehen, blieb ich treu, hatte
aber das Unglück, eine Treppe herunterzufallen und mich
am Fuße zu verletzen. Stiebel befand sich in Berlin; die
Heilung des Fußes mußte ich einem andern Arzte anvertrauen. Es trat Linderung ein, allein meine frühere Geh-
kraft hatte gelitten.

Schon längst war ich in Gedanken wieder in Holland,

es hatte mir dort außerordentlich gefallen, mein Mann redete mir zu. In Begleitung einer jungen Dame und des Herrn Leißring reisten wir Ende Mai 1842 nach Köln, wir blieben dort eine Nacht und fuhren andern Tages zu Wasser bis Nymwegen, den folgenden Tag nach Rotterdam. Auf dem Dampfschiffe befand sich ein Holländer, von diesen erfuhr ich, daß das gute Wirthshaus, in dem ich vor Jahren mit meinem Manne gewohnt, eingegangen sei. Er rieth uns den „Schweinskopf" als billig und vorzüglich an; wegen der ominösen Benennung machten wir Einwendungen, er hielt aber fest an seinem Rath. Unbekannt in jener Stadt, kehrten wir dort ein, schon der erste Eindruck im Treppenhause war ein schlimmer; von der holländischen Reinlichkeit keine Spur, die Zimmer entsprachen dem Uebrigen, die Betten schienen nicht rein, die Luft war verdorben. Ich schlug den Andern vor, sie sollten die Stadt sich ansehen, ich wollte unterdessen schreiben; nach dem Mittagessen wünschte ich nach dem Haag zu fahren. Bei den vortrefflichen Wegen, hieß es, würden wir gegen Abend des andern Tages dort sein, und in reinlichen Betten uns erholen. Gegen fünf Uhr Abends fuhren wir von Rotterdam ab, und kamen am nächsten Tage vier Uhr Abends im Haag an. Dem Boosch gegenüber nahmen wir Wohnung, für meine Begleiterin und mich konnte die Wirthin Zimmer geben, Leißring dagegen mußte sich bequemen im Speisesaale zu schlafen. Gegen acht Uhr Abends kommen keine Gäste mehr dorthin, es wird spät zu Mittag gespeist und findet keine Abendtafel statt.

Wir benutzten die Zeit vor dem Mittagessen und besahen den Boosch. Wir trafen die Königin mit einer Hofdame auf einer Bank sitzend. Sie war eine Großfürstin von Rußland, unser Lohndiener hatte uns auf sie aufmerksam gemacht; natürlich grüßten wir, sie erwiederte, allein ihr Gesicht sprach keinen Frohsinn aus. Die frühere Königin war gestorben, der alte König hatte abgedankt.

Wir trennten uns nach dem Mittagessen, um die nöthige Ruhe zu suchen. Eben wollte ich mich auskleiden, da klopfte es an meine Thüre, Leißring bat mich, zu öffnen, er klagte, daß er mit der Wirthin sich nicht verständigen könne, und bat mich als Dolmetscher aufzutreten. So ging es während der ganzen Reise in Holland, nicht ein Wort verstand er, und wenn die Leute nicht begriffen, was er wünschte, so gerieth er zuweilen in's Schreien, als spräche er mit Schwerhörigen. Sonst ein gebildeter Mann, und guter Darsteller, faßte er keine fremde Sprache.

Holland mit seinen Gebräuchen kam diesmal mir oft komisch vor, durch Leißring geriethen meine Begleiterin und ich selten aus der Erschütterung des Lachens. Dennoch habe ich Respect vor dieser intelligenten Nation. Von dem Haag fuhren wir nach Scheveningen, aber nicht durch die Allee, sondern hinter dem kleinen Wald, man kömmt da auf eine Anhöhe, und hat oben das Meer vor sich. Mit Leißring stritt ich mich, er hielt das Meer für einen Wald, erst als in weiter Ferne sich Segel zeigten, gewahrte er seinen Irrthum. Wir hatten einen Postillon-Virtuosen auf dieser Fahrt, der blies so schön, daß Leißring vor Freude weinte. Am Badhause angekommen, ließen wir halten, und gingen um das Haus auf die Terrasse, die Directrice war nicht mehr da, ein Wirth hatte es gepachtet. Dann fuhren wir durch die Allee nach dem Haag zurück, und von dort nach Amsterdam. Ich ließ den dortigen Frankfurter Consul bitten zu uns zu kommen, er begleitete uns dann oft mit der größten Gefälligkeit bei unsern Gängen. Die zwei Brüder Buchler von Frankfurt hatten sich vor Jahren als Weinhändler dort etablirt, auch zu ihnen sandte ich die Bitte sie zu sehen. Der jüngste kam, er bedauerte nichts für uns thun zu können, sein Bruder sei schwer erkrankt. Der Aermste ließ bei einem Unwohlsein den Arzt rufen, dieser schrieb ein Recept, als der Kranke den ersten Löffel schluckte, verbrannte ihm die Zunge und Gaumen. Die Schmerzen im Magen wurden furchtbar. Der Apotheker hatte sich vergriffen und Gift unter die Arznei gemischt! — Schnelle Hülfe gab Erleichterung, er bekam die Sprache wieder, allein alle Zähne fielen ihm aus. Er konnte weder Arme noch Beine rühren, in diesem Zustande wollte ihn sein Bruder nicht verlassen. Später kam der Kranke soweit, an Krücken gehen zu können, die Bewegungskraft der Hände kam ebenfalls.

Wir sahen das Rathhaus Amsterdams, wo vorzügliche Gemälde sich befinden. Bei einem Diamantenschleifer betrachteten wir dessen mühsame Arbeit. In der Schaubühne sprach man holländisch, wir sahen den Bruderzwist von Kotzebue. Besonders zeichnete sich Frau Grisgram durch treffliche

19

Darstellung aus. Die Schauspieler spielten gut, allein wir mußten uns des vielen Lachens wegen schämen. Leißring verstand nicht das Geringste.

Es war gerade Jahrmarkt in Amsterdam, auf einem freien Platze standen die Verkaufsbuden, auch einige, worin Waffeln gebacken wurden. Wir näherten uns einer solchen, welche besonders appetitlich aussah, ein Mann und eine Frau waren darin beschäftigt. Leißring, sehr heiter gestimmt, ließ durch mich den Leuten 2 fl. 42 kr. reichen, sie sollten für jenes Geld Waffeln backen, dann stellte er sich hin, und vertheilte das Gebäck an umstehende Personen; bald war er so belagert, daß wir beiden Frauenzimmer uns hinter eine Barriere flüchteten, welche den Platz einfaßte. Ein ander Mal begegneten wir den Amsterdamer Waisenkindern, nur Mädchen, diese waren auffallend gekleidet, es stand ihnen jedoch gut, die eine Hälfte ihrer Röcke war scharlachroth, die andere blendendweiß, eben so die Mieder. Die rothe Farbe der Röcke paßte zu den weißen der Mieder, dabei trugen sie feine kleine Schürzchen, nette weiße Häubchen zierten den Kopf. Gesund und fröhlich sahen alle Kinder aus, einige waren auffallend schön.

Wir wollten Amsterdam nicht verlassen, ohne in Saardam das Häuschen Peter's des Großen gesehen zu haben. Der Tag war bestimmt, wir hatten einen zweispännigen Wagen gemiethet, mit einem vorsichtigen Kutscher, wie der Wirth versicherte, da der Weg an manchen Stellen gefährlich ist. Schon frühe mußten wir aufbrechen, meine Reisegefährtin

und ich waren bereit, nur unser Herr Leißring fehlte, er
kam im Schlafrocke eingehüllt, und erklärte, nicht mitfahren
zu können, er leide an Kolik. So leid es uns war, wir
mußten die Reise ohne Begleiter machen. — Erst fuhren
wir zu dem Hafen, dann setzten wir in einer Nähe über
den Zuyder See, landeten am jenseitigen Ufer, und fuhren
zu Wagen auf einem schmalen, hohen Damme, auf der einen
Seite war die See, auf der andern sumpfige Wiesen. Es finden
sich allerdings bezeichnete Stellen, wo man ausweichen kann; weil
der Damm gerade aus läuft, sieht man von Ferne die Wagen
entgegen kommen, an einer passenden Stelle wird gehalten. Wir
stiegen zum Aerger unsers Kutschers, der gut fuhr, jedesmal aus.
Windmühlen spielten eine große Rolle, Menschen begegneten wir
weniger. Erst fuhren wir durch den kleinen Ort Bewerwyen
nach Alkmaer, dies ist ein kleines, hübsches Städtchen. Dort
aßen wir zu Mittag. Hierauf ging es nach Saardam.

Das kleine Haus des Czaaren liegt einige Schritte entfernt vom Orte; dem Einsturze nahe, hatte es neue Stützen
bekommen. Der es zeigte, sagte, die jetzige Königin habe
dafür Sorge getragen, die vorige Regierung hätte sich wenig
darum bekümmert; die Königin wäre selbst hier gewesen, die
Arbeit anzugeben, als russische Prinzessin läge ihr daran,
das Andenken ihres großen Ahnherrn zu bewahren. Zwei
kleine Zimmer enthält das Haus, im kleineren stehet seine
Bettstelle, in dem größern sein Sessel, sein Tisch, an der
Wand ein gezeichneter Riß. Diese Möbel sind von grobem
Holze, in Zimmermannsarbeit, nicht die kleinste Bequemlichkeit

ist zu sehen. — Wir fuhren noch weiter, der Damm und das Land wurden immer schmäler. An einer Windmühle ließ ich wenden, wir legten ohne Aufenthalt den gleichen Weg zurück. Bei der Ueberfahrt angelangt, war 'es dämmerig, von Weitem sahen wir die Lichter im Hafen und in der Stadt, ein schöner Anblick; in der Nähe des Hafens stehet ein großes Gebäude, hier werden die Wittwen und Waisen der Matrosen, welche auf der See ihren Tod gefunden, aufgenommen, umsonst genährt und gekleidet. Man sorgt auch für die Erziehung der Kinder, die Frauen werden zur Arbeit angehalten, verdienen sie Geld, so dürfen sie es behal= ten, dieses ist eine Staatseinrichtung.

In Amsterdam fanden wir Leißring wieder hergestellt, eine Dame aus Frankfurt, in Amsterdam verheirathet, war unterdessen bei ihm gewesen, sie dachte mich zu finden, und ihr Anliegen, mit uns nach Bremen zu reisen, mir vorzu= tragen, dort hoffte sie, da wir einige Zeit in Bremen uns aufhalten wollten, andere Reisegesellschaft bis Hamburg zu finden. Ihr Mann war vor dem Brande nach Hamburg gereist, er war in Folge der Anstrengung bei diesem Un= glück erkrankt, heute kam die Nachricht, er sei sehr krank, die Familie, bei der er war, schrieb es möge Jemand von seiner Familie kommen. Natürlich fand sich die Frau gleich bereit dazu, ich versprach die Nacht mit zu benutzen, um schneller nach Bremen zu gelangen. Wir fuhren mit der Post nach Lingen; bei der Abfahrt von Amsterdam, kamen Eltern und Geschwister des Kranken an den Wagen, sie wollten uns die Schwiegertochter bringend empfehlen. Unter=

wegs sprach diese selten, unser Zureden half nicht, sie weinte häufig. Von Lingen aus geht der Weg lange Zeit auf einem schmalen Damm, wir drei merkten nicht auf, die junge Frau ließen ihre traurigen Gedanken nicht zum Schlafen kommen, plötzlich schrie sie mit starker Stimme: Halt, halt Schwager, sonst sind wir verloren!" — Der Postillon war einge= schlafen, die Pferde ohne Leitung, kamen dem Abhang zu nahe, der Wagen neigte sich bereits zur Seite. Von da an mußten wir, bis gebahnter Weg kam, die Fenster hinter dem Postillon offen halten, und ihn öfters wecken.

In Bremen angekommen, fand die Dame bald Gelegen= heit, ihrem Schicksal entgegen zu reisen.

Ich hatte Bekannte zu Bremen, der dortige Aufenthalt war angenehm, das Wirthshaus stand dem ehrwürdigen Rath= hause gegenüber sowie der Statue „Rolands". In einem Gewölbe unter dem Rathhause herrscht keine Verwesung, es stehen einige Särge darin, die Todten sind wohl erhalten. Besonders fiel mir die Leiche einer Engländerin auf, welche noch den englischen Typus zeigte, der Mund war nicht ganz geschlossen, man sah die schönen Zähne. Federvieh, Haasen, alles war dort aufgehängt und wohl erhalten; was dies Besehen angenehm macht, ist, daß es nicht im Halbdunkel geschieht, zwei große, vergitterte Fenster gehen auf den Markt.

Auch zu der berühmten Rose wurden wir geführt, nahe dabei ist der Raum, wo man Abends Speisen aller Art bekommt; in mehreren Abtheilungen, immer durch Neben= wände getrennt, wird gegessen. Der Consul Fischer, welchen ich zu Frankfurt in meinem Hause kennen lernte, gab uns ein Empfehlungsschreiben an seinen Neffen in Harburg mit. Vorher hatte er demselben geschrieben, gute Zimmer zu bestellen. Wir fuhren abermals die Nacht durch, und kamen bei Tage durch die Lüneburger Haide, welche damals trostloser aussah, als jetzt. Am Posthause in der Haide, umringten unsern Wagen eine Menge bettelnder Kinder; wir aßen Orangen, mit Begierde lasen die Kinder weggeworfene Schalen auf, um sie zu verzehren. Leißring unterhielt es nach Haideschnucken auszuspähen, wir sahen davon zwei kleine Heerden. Gegen fünf Uhr Abends langten wir in Harburg an. Am Stadtthore ward, auf Herrn Fischer's Veranlassung, dem Postillon gesagt, wo er hinzufahren habe.

Herr Fischer kam auch sogleich, um zu sehen, ob wir zufrieden seien, und uns einzuladen, mit ihm einen kleinen Hügel zu besteigen, die einzige Promenade Harburgs. Von dort sahen wir zuerst die abgebrannte Stadt, die schönen Thürme waren schrecklich anzusehen, Häuser konnte man nicht deutlich bemerken, dafür war die Entfernung zu groß, wir glaubten noch an einigen Stellen Rauch aufsteigen zu sehen, leider war das wirklich der Fall.

Das Wirthshaus war gut, das Essen vorzüglich, auch die Betten reinlich, ich schlief aber nicht: da es still im Hause wurde, fing neben meinem Zimmer ein Herr an, Violine zu spielen, er geigte vorzüglich, erst gegen Mitternacht hörte er auf.

Am Morgen erkundigte ich mich, wer das gewesen? — Es

war Herr von der Busch, ein hannövrischer Edelmann, den
wir alle kannten. Er hatte in Frankfurt vor Jahren die
reizende Schauspielerin Großmann kennen gelernt, und obgleich er sich durch diesen Schritt mit seiner Familie entzweite,
sie geheirathet. Das Theater verließ die Großmann nicht,
in ihrem nunmehrigen Namen stand sie auf den Komödien-
zetteln. Sie war Liebling des hiesigen Publikums, muntere
Rollen spielte sie vorzüglich. Ihre Toilette auf der Bühne
war reich und geschmackvoll, auf der Straße etwas überladen. Jeden Tag ging sie an ihres Gemahles Arme,
zwischen zwölf und ein Uhr um die Stadt. Jedermann
war es unbegreiflich, wie dieser schöne, gewiß auch gebildete
Edelmann, eine so kokette Frau heirathen konnte, sie war
das im höchsten Grade. Einige Jahre gingen hin, da erzählte man sich: er habe ihr über ihr Betragen Vorstellungen
gemacht, eine heftige Scene zwischen den beiden Eheleuten
hätte die Frau in solche Wuth gebracht, daß sie ihren Mann
mit einem Messer verletzte, ferner hieß es, er habe selbst sich
eine Wunde beigebracht. Mag nun Fama übertrieben haben,
so viel ist sicher, daß er zu Bette lag. Alle Welt war auf-
gebracht gegen sie, bei ihrem ersten Auftreten empfing man
sie mit Pfeifen und Zischen, das nöthigte sie, wieder ab-
zutreten, sie ging, nachdem sie die Achseln gezogen hatte, der
Vorhang fiel. Weidner als Regisseur trat vor und bat das
Publikum, ruhig das Stück ausspielen zu lassen. Weidners
Stimme zitterte heftig, während er sprach. Der Vorhang
ging wieder in die Höhe, das Stück wurde ausgespielt, alle

Abgehende wurden jedesmal applaudirt, Frau von Busch nicht; man merkte ihr nichts an. Dieses Betragen und das Achselzucken erbitterte noch mehr, nach dem Stück ward sie gründlich ausgepfiffen. Es hieß später, Herr von Busch habe sich scheiden lassen. Sie ging nach Mannheim, ward da engagirt, excellirte in alten Rollen, und ist dort vor einigen Jahren hochbetagt gestorben.

Der Wirth sagte, Herr von Busch sei menschenscheu, er ginge mit Niemanden um; Violine zu spielen, schien ihm lediglich Freude zu machen. Er spiele indessen nur Nachts, um nicht gehört zu werden. Leißring ließ sich bei ihm melden, er nahm ihn an und erkundigte sich nach einigen Frankfurtern. Recht gealtert fand ihn Leißring, seine Haare waren schneeweiß geworden.

Bei guter Zeit fuhren wir in einem kleinen Dampfer nach Hamburg. Viele Gasthäuser waren abgebrannt, eine Menge Fremden kamen täglich an. Nach langem Umher= irren fanden wir nahe an der Esplanade, der Alster gegen= über gelegen, eine unvollkommene Wohnung. Im dritten Stock bekam ich mein Zimmer, mit einem Fenster und so klein, daß kaum eine Person Platz darin hatte, meiner Reise= gefährtin ward eine Dachkammer angewiesen, für Leißring fand sich kein Platz. Was wollten wir aber beginnen? wir blieben. Leißring war guten Muthes, er meinte, er wolle sich auf der Straße herum treiben, man würde ihn alsdann auf die Wache führen, das sei besser als im Freien kampiren. Wir fuhren in den Wandrahmen zu dem Kaufmann, bei welchem der Gatte unserer Landsmännin krank lag. Dieser

Straße war das Feuer fern geblieben. Der Kaufmann gab schlechten Trost, die Krankheit war Typhus im höchsten Grade. Der Kranke wüthete so heftig, daß kaum zwei Männer ihn bändigen konnten. Er lag auf dem Landhause des Kaufmanns streng abgesperrt, der Arzt fürchtete Ansteckung, seine Frau hatte ihn noch nicht sehen dürfen, später genas er, blieb jedoch wahnsinnig; in diesem Zustande starb er nach einigen Jahren, seine Frau erkannte er nie mehr.

Wir gingen durch einige Straßen, viele davon, wo es noch rauchte und man den Einsturz fürchtete, waren abgesperrt.

Ich litt während der Reise viel an Heiserkeit, denn ich hatte mich aufs Neue erkältet, dabei machte das grenzenlose Unglück, welches ich vor Augen hatte, Eindruck auf meine Gesundheit, die Heiserkeit nahm zu. Nach dem Mittagessen bat ich meine Reisegefährten, nach Altona und Rainville zu fahren, um die schöne Umgebung Hamburgs zu sehen. Andern Tages wollten wir nach Magdeburg reisen; als die beiden gegangen waren, bestellte ich mir warme Limonade, welche mir schon oft geholfen; darauf stieg ich in mein drei Treppen hohes Zimmer. Bücher nahm ich auf jeder Reise mit, ich begann zu lesen. Keine Limonade kam, ich wollte klingeln, keine Schelle war vorhanden, meine Stimme war weg, ich ging vor meine Thüre, rufen konnte ich nicht. Ich hörte unten gehen, Thüren und Fenster mußten offen stehen, es zog furchtbar. Ich fürchtete, mich noch mehr zu erkälten, Stunde um Stunde verging, ohne daß jemand kam. Endlich klopfte es an meine Thüre, ich öffnete, es war ein Herr, welcher sich mit den Worten: „Ah, verzeihen Sie, ich irrte mich in der Thüre," entfernen wollte; froh, endlich einen Menschen zu sehen, hielt ich ihn fest, und zog ihn am Arme in mein Zimmer. Was mag er Anfangs von mir gedacht haben? — Papier und Bleistift lagen da, ich beschrieb meinen Zustand, mit der Bitte, bei dem Wirthe an die Limonade zu erinnern. Er war so freundlich es zu thun, das Trinken und die Ruhe der Nacht stellten mich her. Leißring bekam, wie im Haag, sein Bett im Eßsaal.

Bei guter Zeit schifften wir uns auf der Elbe ein, um nach Magdeburg zu fahren. Das Schiff war gut einge= richtet, die Kajüte bestand aus einem Salon, von bequemen Divans umgeben, die Schlafcabinen lagen eine Treppe niedriger, zu dem Salon führte die, durch eine Fall= thüre geschlossene Treppe. Wenige Passagiere fuhren mit: zwei gebildete Damen und ein Herr. Der Wasserstand war hoch, deswegen ging die Fahrt langsam; unsere Besorgniß, in Magdeburg nicht vor Thorschluß anzukommen, und die Nacht auf dem Schiffe zubringen zu müssen, bestätigte sich. Wir waren nur noch eine kleine Strecke von der Stadt entfernt, da erscholl der Kanonenschuß von der Festung, ein Zeichen, durch eine Kette den Hafen der Elbe zu sperren. Die Herren begaben sich in die unteren Cabinen, wir Damen legten uns zum Schlafen auf die Divans. Eine Hänglampe brannte in der Mitte des Salons. Im Ein= schlafen begriffen, öffnet sich die Fallthüre. Leißring im Schlafrock steigt wie Banquo in Macbeth empor. Er bat um Entschuldigung, allein unten herrsche solche Hitze, daß er zu ersticken fürchte.

Niemand wollte den alten Mann ausweisen, Platz war hinlänglich da. Die ganze Nacht konnten wir wegen Leißrings Unruhe nicht schlafen: er schnupfte, schneuzte und hustete fortwährend. Wir waren froh, wie der Morgen kam, und wir in Magdeburg ausstiegen, begaben uns aber sogleich auf die Eisenbahn, um nach Berlin zu fahren. Schon bereits im Jahre 1840 hatte ich in Hessen-Cassel den Tod des Königs Friedrich Wilhelm III. von Preußen erfahren. Wir stiegen unter den Linden dem Universitätsgebäude gegenüber ab, hatten aber eine schlechte Wahl getroffen, gerade wo mein Zimmer lag, wurde gebaut, nur durch Staub konnte ich hinein gehen, Staub im Hause, Staub auf der Straße, das war zu arg, früh genug angelangt, konnten wir in die Oper gehen, die Schröder-Devrient und Tichatschek sangen in den Hugenotten, auch gab es Ballet, der Wirth besorgte Billets zu einer Loge ersten Ranges. Als wir eintraten, sahen wir, daß die Loge für sieben Personen eingerichtet war, immer zwei Plätze neben einander, hinten noch ein Bänkchen, auf den vordern vier Plätzen saßen Offiziere in voller Uniform. Nach Aufgehen des Vorhanges erhoben sich die beiden der zweiten Reihe, wir sahen statt der Bühne ihre Rücken, kurze Zeit verhielt sich Leißring ruhig, dann bat er die Herren, sich zu setzen, die Damen könnten nichts sehen. Er fand taube Ohren, wiederholte seinen Wunsch noch einmal, jedoch vergebens. Darauf ersuchte ich ihn, ruhig

zu bleiben. — Nach Schluß des erſten Actes gingen die
vier Herren aus der Loge, ohne alle Rückſicht riſſen ſie
mit ihren Sporen Löcher in unſere Kleider. Jetzt war
Leißrings Geduld zu Ende, er fragte die Schließerin, wer
dieſe Herren ſeien? Es waren lauter Grafen und Herrn
von Adel, ſie erſtaunte, daß für uns ein Wirth zu dieſer
Loge habe Karten holen laſſen, jene Loge ſei „wegen der
Herren" verrufen. Ich fürchtete eine Scene, ſchützte
Kopfweh vor, wir begaben uns nach Hauſe. Den Abend,
bei Tiſche erzählte Leißring unſere Fata. Später hörten
wir, der Vorfall wäre bekannt geworden, und die Herren
Junker hätten einen Verweis bekommen. Berlin fand ich,
den Staub abgerechnet, ſchön. Im Jahre 1813 hatte mich
der König aufgefordert, in ſeine Reſidenz zu reiſen, er war
geſtorben, es zog mich hin, das neue Palais zu ſehen, wo
er gewohnt. Ich hörte, noch wäre Alles in ſeinen Zimmern
wie bei ſeinem Tode, im Schlafzimmer lag und ſtand Alles
wie der König es gewohnt war, ſeine Uhr, ſein Trinkglas,
der Arzneilöffel u. ſ. w. Das Nebenzimmer iſt groß, da
pflegte er am Fenſter zu ſitzen, und die Parade anzuſehen.
Nach hinten fand ſich ein ziemlich großer Saal, in deſſen
Mitte ſtand ein Tiſch, worauf die letzten Chriſtgeſchenke
ſeiner Töchter und Enkel lagen. Die Einrichtung aller
Räume war einfach; man glaubte nicht in der Wohnung
eines Königs zu ſein, Prüfungen aller Art hatte dieſer
gute Herrſcher erlebt. —

Das Schloß, beſonders die Räume, die Friedrich der

Große bewohnte, sahen wir; dann die Gruft in Charlottenburg mit Rauchs Monument: den König von seinem Mantel bedeckt, die Königin durch ihre Schönheit geschmückt. Im Schloßgarten waren wir auch, Potsdam, das neue, von Friedrich dem Großen erbaute prachtvolle Schloß, das Marmor-Palais, worin Friedrich Wilhelm II. lange wohnte und starb, den kleinen Charlottenhof, ein vom Könige Friedrich Wilhelm IV. für seine Gemahlin sinnreich erbautes Haus, Sanssouci, die berühmte Mühle, — dies Alles sahen wir; ferner den botanischen Garten, die Porzellanfabrik, den Kreuzberg, die Hedwigskirche, das nahe dabei liegende Haus, von dem berühmten, leider früh verstorbenen Architekten Schinkel gebaut.

Ein Empfehlungsschreiben an einen Berliner Bankier veranlaßte diesen mir mit meiner Reisegesellschaft ein Nachtessen in einer der ersten Restaurationen anzubieten. Ich lehnte anfangs ab. Da ich aber sah, daß es ihn beleidigte, mußte ich hingehen. Der Gastgeber hatte einige Personen seiner Familie eingeladen, auch einige Herren, es war, was Speisen und Weine betraf, ein sybaritisches Mahl. Nach dem Essen hatte der Bankier die unbegreifliche Indelicatesse, in unserer Gegenwart den Wirth auszuzahlen, er legte eine Menge Goldstücke auf den Tisch. Ich schämte mich seiner.

Am Brandenburger Thore sah ich in Gedanken die alte Höckerin sitzen, an welche Friedrich der Große, als er nach dem siebenjährigen Kriege in jenes Thor wieder einzog, die Frage richtete: „Na, Mütterchen, wie geht's, was habt

Ihr zu dem langen Kriege gesagt?" und folgende Ant=
wort bekam: „Ach, Majestät, Pack schlägt sich, Pack
verträgt sich."

Von Berlin fuhren wir nach Leipzig. Die Stadt hatte
sich abermals verschönert, diesmal war ich an Gellerts Grabe
auf dem Johanniskirchhofe. Leißring bekam einen Brief
seines Bruders von Halle, unter andern erhielt derselbe
eine Einladung zum Mittagessen. Sein Bruder war Uni=
versitäts = Rechnungsrath geworden, hatte drei Söhne und
lebte auf ziemlich großem Fuße. Wir fuhren früh Morgens
hin, wurden auf dem Bahnhofe von dem Gastgeber em=
pfangen, und um unsere Wirthin in ihren Anordnungen
nicht zu stören, baten wir ersteren, uns zunächst die Merk=
würdigkeiten der Stadt zu zeigen. Was mir in Halle auf=
fiel, war der alte, ziemlich dicke Thurm, welcher vereinzelt
in einer engen Straße steht, und die freie Bewegung hindert.
Wir gingen zuerst in das Waisenhaus; der edle Franke hat
bekanntlich dasselbe mit wenig Mitteln gegründet. Als wir
heraus kamen, begegnete uns der alte General von Wolzogen
mit seiner Gemahlin, er war lange Zeit bei dem Bundes=
tage, der Militair=Commission, zu Frankfurt angestellt gewesen
und hatte zwei Häuser von uns entfernt gewohnt. Sichtlich
erfreut, Frankfurter zu sehen, reichten mir beide die Hände,
er war pensionirt, hatte ein Gut bei Halle gekauft, dort lebten
sie. Weit älter als seine Frau war es dennoch eine Muster=
ehe. Häufig an Gicht leidend, konnte er dann Wochenlang
nicht ausgehen, während dieser Zeit verließ sie ihn keine Minute.

Darauf ging es nach Giebichenstein, wo einst Ludwig den berühmten Sprung wagte, von dort sah man das neue Zuchthaus, es ist palastähnlich gebaut. Die Einzelhaft sollte hier eingeführt werden, über den Hof gespannte Brücken stellten leichtere Verbindungen her.

Zuvorkommend von Frau Leißring empfangen, erinnerte sie mich an das Mittagessen vor Jahren, sie wohnte vor der Stadt an der Promenade. Die Gäste, deren ich mich gern erinnere, waren die Professoren Gesenius, Gruber und Ersch. Alle drei sind durch ihren Geist weltbekannt. Die Gesellschaft befand sich in der heitersten Stimmung, eine Menge guter Speisen wurden aufgetragen, wir saßen drei Stunden bei Tische. Auch eine Stolle erschien, welche ich aus Artigkeit lobte, ich finde nämlich das Backwerk zu fest. Leißring, stets bereit, Freude zu machen, gab seinem Bruder den Auftrag mir eine schöne Stolle zum Weihnachten zu senden. Sie langte zur bestimmten Zeit an, Leißring brachte sie mir; als sie ausgepackt wurde, fand sich, daß man in frisches Gras sie eingepackt, vielleicht war der Kuchen noch warm. Das Gras war auf der Reise Heu geworden, das Backwerk aber ungenießbar, denn der Heugeschmack herrschte zu stark vor.

Bei dem Abschiede versprach Professor Gesenius, zum Ziele seiner nächsten Ferienreise Frankfurt zu wählen, und uns zu besuchen, indessen geschah es nicht. Sein Sohn jedoch, ein Knabe von vierzehn Jahren, besuchte mich; solche Aehnlichkeit, wie Vater und Sohn hatten, ist mir im Leben nicht

vorgekommen, den Geist des Vaters soll der Sohn auch gehabt haben.

In Leipzig hielten wir uns nur kurze Zeit auf, Leißring
blieb noch in Halle, wir beide Frauen kehrten allein zurück.

Nachdem ich einige Zeit zu Hause war, bekam ich einen
Brief von Ernst Dronke, der mir seine traurige Lage schilderte,
er bat um Hülfe. Längere Zeit als politischer Verbrecher eingekerkert, hatte er sich befreit, und wohnte in einer erbärm-
lichen Dachkammer, wie er berichtet fehlten ihm die Mittel
sich zu kleiden. Auch klagte er, keine Speise, kaum Wasser
und Brod, sich verschaffen zu können. Ich kannte ihn nicht,
ließ mich aber bei den Leuten, in deren Hause er sich auf-
hielt, erkundigen; sie bezeugten, daß er Wahrheit gesagt.
Mehrere hiesige Familien vereinigten sich, ihn zu unterstützen,
jeden Tag versorgte man ihn mit Speisen, und als er mit
Wäsche und Kleidern ausstaffirt war, gab man ihm Reise-
geld und, auf seinen Wunsch, einen Paß nach Leipzig. Dort
bekam er aus gleichen Quellen Unterstützungsgelder, bis er
etwas verdienen könne; eine Zeitlang war er ruhig, dann
begann er wieder unvorsichtige Schritte, und ward aufs Neue
eingekerkert. Was endlich aus ihm geworden, hat man nicht
gehört. Traurig war es, daß er so jung ein straffer Repu-
blikaner wurde, hätte er eine andere Richtung genommen, wäre
er wahrscheinlich ein ausgezeichneter Schriftsteller geworden.
Zwei Bücher, „die Maikönigin" nnd „Berlin," habe ich von
ihm gelesen, sie sind mit Geist verfaßt.

Karl Gutzkow hatte sich mit einer Frankfurterin verheirathet, nachdem er mehrere Jahre in Hamburg lebte, zog er, wegen der Eltern seiner Frau, hieher. Daß mir der Umgang mit diesem geistreichen Manne angenehm gewesen, kann man denken, auch sie war eine kluge, liebe Frau und gute Mutter, ich liebte sie sehr. Gutzkow organisirte bei mir ein Lesekränzchen, welches Ende Oktober begann, und den Winter hindurch, alle vierzehn Tage, bis Ende Februar, stattfand. Der Dichter bestimmte die Stücke, welche gelesen wurden. Er vertheilte die Rollen, unser Contingent war ziemlich zahlreich, wie die Wahl der Stücke, die ich hier nenne, beweist: „Die deutschen Kleinstädter, der Bürger-capitain, König René's Tochter (von Henrik Herz), Emilia Galotti, Nathan der Weise, die Braut von Messina, Tasso, Clavigo, König Heinrich IV. und Macbeth" wurden gelesen.

Gutzkow selbst las vortrefflich, einen Beweis dafür lieferte meine Haushälterin, sie war nicht ohne Bildung, mit meiner Erlaubniß horchte sie zuweilen vor der Thüre. Gutz-kow las die Rolle „Falstaffs"; nachdem sich die Gäste ent-fernt hatten, fragte sie mich, wer der alte, dicke Herr ge-wesen, der heute mitgelesen? sie habe die ganze Gesellschaft fort gehen sehen, aber ihn nicht bemerkt. — Einige Zuhörer wurden stets geladen, Leißring las nicht mit, fehlte aber nie, die ganze Sache machte ihm Freude.

Ich wetzte die Scharte wieder aus, welche ich als junges Mädchen in der Nonnenrolle einst erlitten, besonders war es die „Isabella" in der Braut von Messina, welche mir zusagte und gut gelang.

Den Odenwald, obgleich ich oft durch die Bergstraße
fuhr, hatte ich nie gesehen, ich war in Dresden, in der
sächsischen Schweiz, mehrere Male in Hessen-Cassel gewesen;
dort aber nicht. Gutzkow und seine Frau hegten den
gleichen Wunsch. Wir vereinigten uns, auch Leißring ging
mit, mein Mann war auf einer Reise nach Stuttgart begriffen. Wir nahmen einen Miethwagen, fuhren den ersten
Tag bis Darmstadt, den zweiten nach Auerbach, dann nach
Erbach. Gutzkow und seine Frau hatten ihre Sorgen zu
Hause gelassen, die Kinder waren bei der Großmutter, der
Dichter vergaß für einige Tage seine literarischen Arbeiten,
beide waren ungemein heiter. Wir gaben uns unterwegs
Räthsel und Charaden auf, jeder mußte eine erlebte Geschichte
erzählen, es war ein angenehmes Treiben. Wir vergaßen
dabei nicht, die herrliche Gegend zu bewundern. Darauf ging
es über Michelstadt nach Amorbach, dart wollten wir das
kleine Schloß des Fürsten von Leiningen (Stiefbruder der
Königin Victoria von England) ansehen und nach Waldleiningen fahren. Morgens bei dem Frühstücke fehlte Leißring, als er kam, trug er seinen Stock wie einen Degen in
die Höhe haltend, oben darauf hatte er eine, mehr wie
schmutzige Frauennachthaube aufgespießt. „Ach, Kinder,“ klagte
er, „ich habe gar nicht geschlafen, wie ich mich legte, löschte
ich mein Licht, Feuerzeug fehlte, es wieder zu zünden, da
ich aber mich auf mein Kopfkissen legte, roch es ekelhaft
um mich; ohne früher den Grund zu entdecken, lag ich bis
der Tag kam, auf dieser garstigen Geschichte.“ — Große

Reinlichkeit fanden wir nicht. Allein es war das einzige Wirthshaus dort.

Im Schlosse zu Amorbach sprach uns besonders das Portrait der verstorbenen Fürstin an, welche jung die Auszehrung bekam, ihre Krankheit kannte und mit schwerem Kampfe starb.

Waldleiningen muß, fertig, eine herrliche Besitzung geworden sein, es ist im schönen englischen Styl erbaut. Da es mit kleinen Hügeln, die alle mit herrlichen Wäldern bedeckt, in einem Wiesenthal, durch das sich ein kleiner Bach schlängelt, liegt, glaubt man sich nach England versetzt. Eine Hälfte des Schlosses war fertig, an der andern baute man noch, quite English, geschmackvoll, praktisch und einfach, selbst die Küche war englisch eingerichtet. Das Schloß hat große Räume, mit schönen Gallerien umgeben, der Fürst liebt die Jagd, es gibt dort viel Wild, und er soll sich freuen, Jagdgenossen einladen zu können. Lange hat er seines Werkes sich nicht erfreuet: er starb jung.

Von Amorbach fuhren wir nach Miltenberg, dort trafen wir ein gutes Wirthshaus, und entließen hier den Wagen, um auf einem Dampfschiffe auf dem Main bis Frankfurt zurück zu fahren. Das Schiff erreichte in einem Tage Aschaffenburg, am folgenden war es bei guter Zeit hier, schade, daß bis Aschaffenburg die Ufer des Mains so wenig Ruf haben, die Ansichten sind nicht so großartig, wie die des Rheines, aber dennoch mitunter reizend.

Gutzkow hatte das Manuscript von Patkul bei sich.

Da von Aschaffenburg aus die Gegend viel an Schönheit verliert, so war er so gefällig, dieses vorzulesen. Andere Passagiere umgaben uns, es war anziehend und geistreich was er las, später ward es gedruckt.

Ein Mißverständniß trennte uns. Gutzkows zogen später nach Dresden, dort verlor er seine Frau in Blüthe ihrer Jugend.

Lange hatte ich versprochen, Lübeck und meine dortige Bekannten zu besuchen, eine junge Dame, ausgezeichnet von Geist und Schönheit, nebst einem Dienstmädchen begleiteten mich. Es würde nicht von Interesse sein, bis dahin eine Reisebeschreibung darüber zu geben, nur eines komischen Zwischenfalls muß ich gedenken. Man hatte mir hier eine Menge Dinge zum Mitnehmen für dortige Verwandte meiner Schwiegertochter anvertraut, unter andern schwarzen Sammt zu einem Kleide; das Zollamt an der hannöverischen Grenze war berühmt durch seine Strenge, wie ich, ohne Zoll zu zahlen, diese Dinge durchbringen würde, wußte ich nicht, rechnete aber auf meinen Glücksstern, dieser hatte sich bis dahin auf meinen Reisen bewährt.

Auf einer Station sagte der Posthalter, wir würden bald die Mauth erreichen, von da an stellte ich mich schlafend, der Wagen hielt, ich hörte den Beamten fragen, ob wir etwas Verzollbares in den Koffern hätten? — Ich schlief fort, erst nach längem Rufen schien ich zu erwachen. Der Mann wiederholte seine Frage, ich stellte mich schlaftrunken, und gab folgende Antwort: „Mauthbar? — ich weiß gar nicht, was das ist, ich habe Kleider, Chemisetten und Leibgeräth in den Koffern, wollen Sie nachsehen, hier sind die Schlüssel." — Ich leugne ein stärkeres Herzklopfen nicht! — Die Schlüssel nahm er nicht, dagegen murmelte er: „Ist das eine Gans!" und rief laut: „Fahr zu Schwager!" — Oft haben wir meiner List gelacht.

Sehr freundlich ward ich von allen Bekannten in Lübeck empfangen. Was die alte, durch ihre ehemalige Stellung in der Handelswelt berühmte Stadt, Merkwürdiges aufzuweisen hat, ward mir gezeigt. So unbedeutend die Trave auch an Breite scheint, so trägt sie doch die größten Seeschiffe in Lübeck's Hafen. Jenseits der Stadt gewinnt der Fluß eine ansehnliche Breite, bei dem Seebade Travemünde wird diese so bedeutend, daß man eine Person auf dem anderen Ufer kaum erkennt, man siehet Mecklenburg mit schönen Wiesen, begränzt von Wäldern.

Die Wirkung des Travemünder Bades ist für manche Uebel nicht kräftig genug, weil der Wellenschlag kein starker ist, allein es besuchen dasselbe jährlich viele Gäste, eine Menge Wirths- und Logierhäuser befinden sich da; was ich besonders schön fand, ist, daß der Ort keine Dünen hat, weil es eigentlich an den Ufern der Trave liegt. Die Anlagen mit Blumen gehen bis an das Wasser. Ein schöner Leuchtthurm ist da, mit weiter Ansicht ins Meer; meine Begleiterin erblickte zum erstenmale die See, sie wollte wissen, ob sie gegen die Seekrankheit gefeit sei, wir bestiegen deswegen ein kleines Boot, zwei Schiffer ruderten. Wir fuhren bis auf die hohe See, und empfanden nur den wohlthuenden Genuß des Schaukelns und herrlicher Seeluft.

Ein großes Dampfschiff nahte, welches wechselnd mit andern Dampfern, alle vierzehn Tage nach Petersburg fuhr, in zwei Tagen sollte es abgehen, der Capitain hatte die Gefälligkeit, uns die innere Einrichtung seines Schiffes zu zeigen, es bot viel Bequemlichkeit. Einen Augenblick hatte ich den Wunsch mitzufahren; indessen die Vernunft siegte, in jener Stadt hatte ich keine bekannte Seele, verstand auch die Sprache nicht, ich unterdrückte mithin den Gedanken an Rußland.

Hierauf fuhren wir nach Hamburg, der Weg dorthin war abscheulich, Knüppeldämme und schlechtes Pflaster wechselten, wir kamen spät Abends an. Schon von weitem schimmerten uns die Lichter entgegen, wie gespannt war ich, das neue Hamburg zu sehen, welches wie ein Phönix aus der Asche, wieder erstanden. Wir stiegen in der Stadt Petersburg ab; diesesmal besah ich die Stadt in allen Theilen, ein junger Mann, an den ich empfohlen, war unser Begleiter. Wir waren so glücklich auch Gabriel Rießer empfohlen zu sein, ein liebenswürdiger Gesellschafter, vereinte er mit hohem Wissen, den angenehmsten Umgang und ist uns höchst willkommen gewesen. Während der Börse gingen wir auf die Gallerie, um das Treiben unten anzusehen, nachher sagte man mir, die Schönheit meiner Begleiterin habe die Börsenmänner zum fortwährenden Anstarren verleitet und in ihren Geschäften gestört. Wo wir hinkamen, ward sie angestaunt.

Diesesmal aßen wir in Rainville, waren auch in Ottensen an Klopstocks Grabe.

Von Hamburg fuhren wir nach Bremen. Consul Fischer war diesmal nicht anwesend. Ich hatte Bekannte dort, und durfte das chinesische Kabinet einer reichen Kaufmannsfrau sehen, mehrere Schiffe, welche ihr gehörten, fuhren nach China, jeder Capitain brachte seltene Dinge mit. Die Muschelsammlung, welche ich dort sah, war prachtvoll, systematisch geordnet, und schmückte mehrere Zimmer.

Von Bremen fuhren wir über Oldenburg nach Amsterdam, ich hatte inzwischen in Frankfurt einen jungen Mann kennen lernen, welcher zu seiner Familie nach Amsterdam zurückgekehrt war; ihn ließ ich bitten, zu uns zu kommen. Er stellte uns seiner Familie vor, und ward unser täglicher Begleiter. In keinem Wirthshause, auf allen meinen Reisen, befand ich mich so ruhig und wohl wie dort, ich hatte ein großes Zimmer zu gleicher Erde mit Balkon, der auf einen breiten Kanal ging. Die Häuser gegenüber waren meist schön, der Kanal von Schiffen aller Art befahren. Neben befand sich ein Schlafzimmer, auch auf den Kanal gehend eine Tapetenthüre führte zu einem kleinen Durchgang, dadurch war ich von jedem Lärm des Hauses abgeschlossen. Im Wohnzimmer fand sich ebenfalls eine Tapetenthüre, welche eine Lauftreppe verschloß, die in meiner Reisegefährtin Zimmer mündete.

Durch Güte des jungen Mannes sah ich diesmal Amsterdam gründlich. Wir frühstückten im zoologischen Garten.

mitten unter Löwen, Tigern und Schlangen. Nirgends sah ich eine so gute Art der Einsperrung der Thiere, sie hatten ihre Freiheit, ohne Gefahr für das Publikum. Ein unternehmender Wirth gründete eine Anstalt, die vielen Beifall hatte, jeden Abend fand man, gegen Eintrittsgeld, Zugang in diese Räume. Genoß man etwas, so wurde ein Theil des Eintrittsgeldes auf die Zahlung für Speisen oder Getränke berechnet. Beide Säle hatten, statt der Tapeten, Wände von Taxus mit Blumen verziert, in der Mitte des ersten größeren Saales befand sich ein Bassin, worin Fische schwammen. An einer schmäleren Wand jenes Saales war eine Nische, in eine große Marmormuschel floß aus einer Röhre Eau de Cologne, jedermann stand es frei, sein Schnupftuch zu benetzen; Tische und Stühle fanden sich überall aufgestellt. Alle acht Tage wechselte der Inhaber die Ausschmückung seiner Säle, er gewann dadurch stets neue Anziehungskraft. Viele Gäste erschienen, bei unserer Anwesenheit war es ganz voll. An den Tischen, wo holländische Familien saßen, herrschte Grabesstille, die Männer rauchten aus langen Thonpfeifen, die Frauen und selbst die Kinder, alles schwieg. Es kam uns eigen vor, unter so vielen schweigsamen Menschen zu sein, an deren Bewegung man lediglich sahe, daß sie lebten, außerdem hätte man sie für Puppen halten müssen.

Einer der reichsten Amsterdamer Kaufleute, Herr Hoope besaß in der Nähe der Stadt ein schönes Landhaus mit großem Park; Fremden ward es in der Regel nicht gezeigt, wir erhielten jedoch Erlaubniß. Der Besitzer empfing uns, um einen Theil des Hauses zu zeigen. Zum ersten Male sah ich die pompöse Einrichtung eines reichen Holländers, nichts war überladen, alles geschmackvoll.

Mit der Eisenbahn fuhren wir nach Haarlem, und zwar längere Zeit am Haarlemer See hin, welcher damals noch größer war wie nun; man arbeitete daran, ihn auszutrocknen. Wir gingen nach unserer Ankunft in Haarlem gleich zu Herrn Krelage, um dessen enorme Tulpen-, Hyacinthen- und sonstigen Blumenbeete zu sehen. Er hatte mir schöne Tulpen und Hyacinthen geliefert; ich kannte ihn seit länger, wir mußten ein Gabelfrühstück bei ihm nehmen; er rief Frau und Kinder, uns zu begrüßen. Nachher führte er uns in die Kirche, ließ den Organisten rufen, damit wir die berühmte Haarlemer Orgel hörten; ihr Ton war herrlich, von großer Kraft, und ebenso sanft und leise klingen die Töne; der Organist spielte aber auch höchst vorzüglich.

Von Haarlem fuhren wir zu Wagen in das Waterland, eine niederländische Provinz Nordhollands. Ein und eine halbe Meile nordöstlich von Amsterdam entfernt ist das Dorf Brook, berühmt als Hauptsitz holländischer Reinlichkeit. Es zählt ungefähr 1400, größtentheils reiche Einwohner; das Dorf besitzt nur schmale, mit glasirten Ziegeln belegte Straßen, am Eingange der Straßen befinden sich hölzerne Barrieren, so eng, daß kaum ein Mensch hindurch kann. Die zierlichen Häuser sind beinahe alle von wunderlich ausgeschmückten Gärten umgeben. Küche, Zimmer und übrige

Räume des Hauses waren so zierlich und rein, daß man schwer glauben konnte, sie seien bewohnt. In den mit Fliesen ausgelegten Kuhställen bindet man den Schwanz der Kuh an die Decke an, damit diese sich nicht beschmutzen. Alle Häuser haben außer der Eingangsthüre noch eine ver= schlossene, diese wird nur dann geöffnet, wenn ein Bräutigam oder eine Braut zur Kirche gehen, oder bei dem Hinaus= tragen eines Sarges. Ein Garten war besonders geschmack= voll angelegt: auf künstlichem Hügel stand ein Tempel, wir bekamen die Erlaubniß, uns dort zu setzen, um das merk= würdige Dorf von oben beschauen zu können. In kleiner Entfernung vom Dorfe stehet ein Wirthshaus, wo die Kutscher ihre Pferde einstellen dürfen, näher fahren können sie schon der Barrieren wegen nicht, kein Pferd findet sich in Brook.

In Amsterdem blieben wir nur noch kurze Zeit, wir fuhren von dort nach Leyden, gingen in den botanischen Garten, in dem noch ein von Linné gepflanzter Baum stand; dann fuhren wir über Utrecht nach Deventer, wo wir eine Nacht blieben und uns mit gutem Deventer Lebkuchen ver= sahen. Am anderen Morgen fuhren wir nach dem reizend gelegenen Arnheim. Dies ist der einzige Ort in Holland, welcher mit kleinen Hügeln umgeben ist. Eine Menge schöner Landhäuser liegen an den Hügeln um die Stadt. Eins, gewiß die schönste Anlage, haben wir gesehen. In dieser Besitzung lag ein Schloß, der Park war geschmackvoll ange= legt und dabei groß. Nach Mittag zu lag, von Mauern umgeben, der Gemüse= und Obstgarten, nebst Treibhäusern und Orangerie. Ananas gab es in Menge in beiden Häusern, Wein in einem dritten, an Spalieren sah man mehrere Sorten edles Obst, Mistbeete mit Melonen und feinem Gemüse, nichts fehlte. Vor dem Schlosse war eine Terrasse, worauf die Orangerie, andere Kübelbäume und eine Masse Blumen standen. Der eigentliche Park, ein Wald, führte bergauf und ab in Schlangenwegen zu einer Aussicht; an steilen Stellen befanden sich Stufen, ein wasserreicher Bach floß durch die Anlage. Im Walde führen viele Stufen in eine Grotte, welche, durch zwei gegeneinanderliegende Thüren verschlossen werden kann. Sie ist ausgemauert mit verschiedenen schönen Steinen, an der Hinterwand fand sich ein bequemes Sopha, Stühle und ein Tisch worauf Bücher lagen, die vordere Seite hatte eine sehr große Oeffnung. Der Bach war so geleitet, daß er, als Wasserfall, so breit die Oeffnung war, herabstürzte; man sah von innen wieder einen Wasservorhang, was sich wunderschön machte. Unser Führer bemerkte, zu der Zeit wo die Sonne darauf schiene, sei es prachtvoll, und Lieblingsaufenthalt der Herrschaft, kein Geräusch des Wassers war zu hören, da der Bach ganz ohne Aufenthalt steil in die Tiefe stürzte. Auf der Weiterreise übernachteten wir in Cleve, dann ging es über Köln nach Frankfurt zurück.

Oberstlieutenant Gontard war gealtert, er kam nicht mehr nach Frankfurt. Einmal besuchte ich ihn in Geisenheim, und fand ihn sehr verändert! Die Heiterkeit, welche ihn früher

belebte, sein frisches Aussehen, Alles war verschwunden.
Er fuhr mich zwar mit seiner Frau nach Rüdesheim, mein
Kommen schien ihn zu erfreuen, allein es war doch anders.
Bald darauf starb er schnell und schmerzlos, so schwand ein
Freund nach dem andern.

Stephan von Guaita war ebenfalls kränklich geworden,
das Unglück, seine Frau zu verlieren, machte seine Kränklichkeit
zunehmen. Bis zu seinem Ende, war ich beinahe täglich bei ihm.

1845 machte ich eine Reise nach Constantinopel, deren
Hergang ich veröffentlichte. Im Jahre 1846 war mein
Sohn allein nach Paris gereist, dort erkrankte er schwer,
meine Schwiegertochter und ich reisten hin, wir fanden ihn
besser. Nachher sah ich Paris mit seinen Umgebungen.
Einer Fahrt nach Longchamps wohnte ich bei. Ein Pair
gab mir eine Karte für die Pairskammer, der Redner sprach
über Viehzucht, wir erstaunten, wie die übrigen Pairs gar
nicht auf seine Rede hörten. Einige sprachen ziemlich laut
zusammen, mehrere lasen, andere sogar — schliefen. Den
Tag vor unserer Abreise ward in Fontainebleau auf König
Louis Philipp geschossen. Wir gingen die Deputirtenkammer zu
sehen und begegneten auf der dorthin führenden Brücke
sämmtlichen Deputirten der Rechten, die sich nach den Tuille-
rien begaben, dem Könige zu seiner Rettung zu gratuliren.
Die von der Linken waren alle, im eifrigsten Gespräche, im
Saale an einem Tische versammelt. Durch diesen mußte
man gehen, um in den Raum zu gelangen, in welchem die
Reden gehalten wurden.

Das folgende Jahr schlug mir eine tiefe Wunde, sie ist nun vernarbt, wird mich aber schmerzen, so lange ich lebe.

Der 5. October 1859 hat mir meinen lieben, guten Mann durch den Tod geraubt.

Von den Lesern dieses kleinen Werkes, nehme ich den freundlichsten Abschied.

En d e.

Register.

Druckfehler.

Seite 6 Zeile 9 v. o. statt 1793 lies 1790.

„ 8 „ 3 v. u. „ Cobus Borkenstein lies Cobus Gontard-Borkenstein.

„ 31 „ 9 v. o. „ Schnorr lies Schneer.

„ 105 „ 1 v. u. „ Klinrath „ Klimrath.

„ 166 „ 10 v. o. „ Slavin „ Sklavin.

„ 237 „ 11 v. o. „ wiederlangt lies wieder erlangt.

www.ingramcontent.com/pod-product-compliance
Lightning Source LLC
Chambersburg PA
CBHW031339070726
47496CB00017B/1305